悄吟文丛（第二辑）

古耜 主编

客路赣南

简心 著

中国言实出版社

图书在版编目（CIP）数据

客路赣南 / 简心著 . -- 北京：中国言实出版社，
2020.12

（悄吟文丛 / 古耜主编 . 第二辑）

ISBN 978-7-5171-3634-7

Ⅰ . ①客… Ⅱ . ①简… Ⅲ . ①散文集－中国－当代
Ⅳ . ① I267

中国版本图书馆 CIP 数据核字（2020）第 254306 号

出 版 人 王昕朋

责任编辑 李　岩

责任校对 宫媛媛

出版发行 中国言实出版社

　　　　地　　址：北京市朝阳区北苑路 180 号加利大厦 5 号楼 105 室

　　　　邮　　编：100101

　　　　编辑部：北京市海淀区花园路 6 号院 B 座 6 层

　　　　邮　　编：100088

　　　　电　　话：64924853（总编室）　 64924716（发行部）

　　　　网　　址：www.zgyscbs.cn

　　　　E-mail：zgyscbs@263.net

经　　销 新华书店

印　　刷 北京中科印刷有限公司

版　　次 2021 年 1 月第 1 版　　 2021 年 1 月第 1 次印刷

规　　格 787 毫米 ×1092 毫米　1/32　 10 印张

字　　数 200 千字

定　　价 59.00 元　　 ISBN 978-7-5171-3634-7

目录

寒露籽，霜降籽

1

十月，时节隐入深处。秋风在山坡田垄间蜷卧下来，孵出大片大片金灿灿的稻黄。没等稻香浓透，群山，已是即将临盆的产妇，安静，不着一点风色。

岭下的人家，笭箵、扁篓生动起来。平日里这些东西沉默在屋子一角，被零打滴扣地使唤着，终于到了隆重登场的时刻。木梓桃要下山了！之后是连绵的晚稻收割，这些灰头土脸的篾器，不养足精神不行。

篾匠被东家西家地请了去，水酒一热，几块棋子团肉下肚，小篾便剥得唑唑起飞……筐筐篓篓，簸箕筅篱，篾皮稍微走上几圈，再顶上几根篾骨，便可以再用上一年半载。毛竹好的东家，还可织上几张晒簟。晒簟厅子般大，但凡有几亩谷田和木梓岭，谁不巴望织上几张呢？天晴辣日，山坡上，屋坪前，晒簟当阳一摊，谷物呀，木梓呀，烫皮呀，还有番薯片，见什么晒什么，一个冬天铺上去，日子便有干酥酥的香味。天上云起堆时，掀起晒簟对角一兜，木梓桃哗哗哗地滚堆，再一筲箕一筲箕撮进箩筐里，晒簟一卷驮进仓房，雨星子都打不着。

木梓桃是一种榨油的干果，我们上犹山区盛产。密麻密塞的木梓林，配上天高云淡的山脊线条，没有一点放荡之气。木梓树硬达，叶片沓亮，随便往哪道坎坡上一站，哪道坎坡就有精神。榨的油叫木油，进嘴一种淡青味，用来煎炒炸都不容易上火。实在没菜下饭，挃一汤匙木油浇在米饭上，再淋圈酱油，撒几粒盐一拌，这种油盐饭也能把人吃得眉头发亮。遇个高烧头痛，脑门手脚心抹几滴木油，歇上一晚兴许就不碍事了。

奶奶当家的年代，据说山上是照不见人影的，杉树松树长得饭甑筒般粗，芦箕铺天盖地，木梓岭一片溜青。那时我一个叫姑奶的到外婆家替父亲说媒，底气最足的一句话便是："咱这坑头的后生多好，能打会算，木梓棍一样精实，山是山了点，可你说那木梓多好啊，抵得你家十亩禾田！还有那满山的柴草，啧啧，你三辈子也砍不完！""人世过日子，油盐柴米，白白先占着三样，你还挑个什么？嫌远？也不过爬个坳拐几个山坑就到了。"这样的话来来回回说个十几遍，外婆家便动了心肠。

母亲家在社溪梨子岗，算是江边人家，大畈大畈的沙坝田不说，光那条清粼粼的寺下河，就可以淹了我们这小山坑子。水塘里的螺呀蚌呀，不是用手捡，而是用畚箕往泥里撮，往往一撮就是一碗荤腥。可惜这么肥美的地方，山上全部茅草剃下来也不够几天烧，全是一岗岗光溜溜的猪肝石。不说木梓，煮饭要把芦箕引火都是大工程，得驮着茅镰带上饭菜走十多里路外去割，这样来回一天工夫不算，嘴巴还难打几滴油花子。两相对比，柴火近、油水足自然就成了我们坑头人对外生存的资本。

2

鹤堂下多了几张新鲜面孔，都是粘得紧的亲戚——邻乡隔土的妹子或妇娘子，见人客客气气，河水般流动的笑。她们穿戴齐整，肘上的畚篮里，常孵着几颗鲜红的柿子，或者新下树的柑橘，再不就是几节刚裁下的甘蔗。细伢子馋呢，空手来，过不了身。

通常，她们是伢子他大姑、小姨，或者舅娘表嫂表姐什么的。要摘木梓了，这里人手不够，她们爬山过岭、过河过排地赶来，为的是能帮上一把。自家人，谁不照应自家人？再说打秧莳田割禾铲岭，哪样事人家不都上门来相帮么？坑头人嫁女，喜欢图个近，隔个山隔个岭，为的是亲戚好走人情好结，有个头痛脑热的捎个口信也就过来了。

也有姑爷、舅佬什么的，当然更多的是新看上的女婿，或者下了聘书没过门的客女，借着摘木梓，人前人后照个脸，赚个好印象。

作田人实在，做事没两下子，谁会看重你？再说，人品家教怎样，光凭媒婆一张嘴，坑头人拿不准，方圆十里难免有个把人背里打叵嘴，正好借此去采采家风探探底。结头亲事关数代人，嫁嫁娶娶远不是男女之事那么简单。当然这都是明的，暗地里还有层谁都不挑破——可以和心上人对眉对眼。山旮旯里树荫荫，递个帕子抛个果子什么的，说是在埋头做事，其实暗地里都在打眼拐，彼此照着瞅着。

3

浓雾像米浆一般，将山褶子洗得澄明透亮。木梓桃青郁郁地挂在山坡野谷里，禁不住阳光一瞥，脸涩涩地泛光，直涨得青一阵，红一阵。风追着林梢哗啵哗啵而下，一些向光的木梓桃微微开了口子，露出乌黑的梓仁。阳光稍舔一舔，桃壳"噼啪"开了桃花般的四瓣，梓仁便落了地。这时再不上山收梓，便迟了。

鹤堂的木梓林大都集中在一个叫湖洋坑的山坳窝里，一直到坑子底部。雨水把岭上的山皮一年一年冲刷下来，山坳里的阴泥肥嗒嗒的，直把木梓林养得灵光乌黑。越往山顶走，木梓树越长得硬气，这样出落的木梓桃，虽比不得山窝里的硕大，却一粒是一粒，颗颗精实得很。

一片山岭，只要有一家人开摘，各户会不约而同山山壑墼地跟上来。一是长山大坑，同阵搭伴图个热闹；二来，木梓岭是划山为界的，隔山摘空了，陆续便有外村人上去拣木梓，坳深坑远，山上树嗬嗬的，谁晓得他钻哪去？借这名头，顺手捞一把的事不是没有，不如一起扫空，任他天南地北拣去。

寒露前后开山的木梓桃叫寒露籽，蒴果小，皮却薄得很，出油率高。半月过去是霜降，那时开摘的就叫霜降籽了。天总是很高，特别干净，偶尔几朵碎云，把天擦得没一点痕迹。我们系紧草鞋，抓一根长长的竹钩，跟着挑箩箪的大人们长驱直入进山去。山的沉静被搅碎了，大家"哗哗"钻进木梓林里，枝桠被沉沉钩下去，木梓桃大把大把地丢进扁篓里，野鸡们惊得扑棱棱从这个山头飞向那个山头。

母亲拗起脖子，先将够得着手的枝桠环树摘一圈，然后探长身，双手一拔上树，扁篓往树杈一挂，骑住树桠，一枝一枝地摘过去……枝尾子够不着，就一手箍树干，一手用竹钩挠住枝条扳过来，一把一把摘木梓桃。不小心枝条一弹，"哐当"一声，钩子掉地下去了，只好屁颠屁颠又爬下去捡……有的木梓树高袅袅的，母亲想爬上去，又抓不上手，就吐点口水沫子掌心搓搓，撸住树干往上蹬，有时树干沓溜，脚底打个滑，背上扁篓一翻，母亲便赶紧死命抱住树干，好不容易才没掉下来，篓里那点木梓却早倒进地坑空里了。有些枝条粗硬，扳不动，母亲就踩紧树桠站起，在树上使劲用脚晃荡。木梓桃冰雹似的砸下来，我们满地捡，一会就是满满一篓子。风吹过来，母亲那朱砂红卫生衣，还有湖蓝色洗得发白的裤子，一身衣衫裤管连同木梓树一起哗哗抖动，头上的红黄蓝格子巾芒花般翻卷。妇娘子毕竟力气差点，木梓结得严实，往往有好些荡不下来。母亲跳下树，遗憾地拍拍身子："没用，等你爸来摘吧。"

稍大些，我们也跟着母亲沿山坡一排排摘过去。梓叶绿得发黑，有些寒露籽孵在叶底很难发现，等你摘到下一棵树去了，才探头探脑地出来。母亲看见了，就会折回去，一边一枝一叶细细盘扒，一边温柔地训斥我们："别贪快，摘干净点，三颗木梓一滴油呐！"摘了半篓，怕我们背不动，她会笑盈盈地夸奖："哎呀！——蛮崽真能干！摘了这么多，来来！倒我这来！"我们听后脑子上油似的，本来累得打软的脊背骨，立马就挺得笔直了。

小惊喜常从木梓林中蹦出来。山稔子、吊茄、米筛籽……这些紫黑的小浆果躲在芦箕丛里，哥哥动不动捋上一把，一闪身塞进我们嘴里，我们就眯眯地笑了。还有一种小藤蔓上的果子，一簇一簇地长在叶下，像一朵朵伞状小花。捉一颗放在舌下，抿一抿，皮蜕了，米浆般，灌着小饭粒似的果肉，我们叫它"饭安团"。"饭安团"攀在簕蓬蒺藜上，也有爬上木梓树的，母亲一藤一蔓地扯下来，我们缠成藤链挂在脖子上，或者戴在手腕、头顶，不时撮几粒进嘴里，可以美上好一阵子。

分产到户时，太窝里的木梓山被划分成五大块，堂伯、细爷，鬏毛太公，还有老庵口一位叫爷爷的，他们的木梓山都在那里，界线标志是从岭顶到山底挖下的一条尺把深的长山沟。新挖的泥沟红鲜鲜的，人们望着隔壁结团的木梓桃，心里再怎么打小鼓，终究是不越线半步的。天光日照的，同宗兄弟子叔，谁敢拿自己名声开玩笑？偶尔有棵压在界线上，往往会两家叫到一起，你让我我让你，最后一家摘一半，谁都不占便宜。这都是明地里，日子久后，芦箕芦芒半米高，到处打蓬打堆，谁一眼还看得出那条界沟？于是每摘到边界了，母亲总忘不了叮咛："看着点，别摘过了界……别人家东西再好，哪怕会唱歌跳舞，咱手指甲弹都不要弹一下。"

山上翻滚着好闻的草木香味，混在土腥气里，让人感到秋风的浩大与深阔，母亲穿梭在木梓林里，这些话轻轻打过来，芦芒划了一般，说不出是痛还是痒。人与人是有疆界的，母亲的声气和表情，让我感到鹤堂做人的本分与安守。秋风四通八达，那条长满芦箕的木梓山沟，是那样深刻地挂在我的记忆里。

4

秋风一过，山草巴枯，土稍稍一松，脚下"嗖"一声，连人带扁篓溜将下去，可以滑到半山腰底。爬起身子，裤裆挂了口，麻麻地疼，木梓早撒得稀里哗啦。对面山壁上打吆喝："这趟飞机坐得过瘾喔！——"一山的人哗啦笑了起来。被摔的妇娘子涨了满脸红，啐他一口，拎起篓子，捞几把木梓一闪身跑入林子。

山椒米是躲也躲不过的，米粒般结在草穗上。只要有人挨着，它们会不动声色地扎你一身，捉也捉不干净。还有一种类似苍耳的小果，一动不动地粘在衣袖、头发上，毛茸茸的，甩也甩不去。男子佬不管这些，细妹子不同，粉皮嫩肉的，挨着芒呀刺呀，不是口子就是疹子，起先还忍着，实在耐不住了，偷偷寻个没人的地方，剥开衣衫就挠痒。有意无意的，偏偏那后生子撞出来，迎面一照，白花花的，一阵眼花缭乱，足可让两人脸红心跳好些日子。

男子佬们最爱揩油水。见有外村的妇娘客女，嗓门就像按了弹簧。"那谁家的小姨子，打个谜你猜哟！"小姨子默头笑笑，男子佬得意起来："一个妹子跳呀跳，穿条丫杈裤，底下乌骚骚。"小姨子白他一眼，脸一红头一勾，钻进木梓叶丛里装作没听见，男子佬们立刻哄地大笑起来，于是吆一声本村的后生："喂！——你出来，告诉隔壁小姨子！"后生摸摸脑壳："木梓桃呗！木梓桃一裂，不就露出乌溜溜的仁吗？"说完瞄一眼那"小姨子"，大家又意味深长地爆笑起来。

山坑子七拐八岔，眼见谁家婶子挑着茶饭进坑来，两个奶子茶壶似的在胸衣内哐当哐当，另一山的就更来劲了。"咱男子佬猜一个吧：一个老头白花花，撸起卵坨向着客！"妇娘们听不下，砸把木梓桃过去就开骂："嘴一张什么都屙得出，看今晚我家嫂子怎么对付你！""打个谜罢！急啥？别看你红皮薄面的，哪一天不托这东西过日子？""十几年的妇娘嫲，莫非连把茶壶都没见过？喂！——东道娘，你家壶大，筛碗来喝唷！"说到"茶壶"俩字，忽然老鸭公似的，很有点弯弯拐拐的味道，男子佬们丢溜丢溜的，眼睛刮着东道娘，余光却瞟向山壁上的小表嫂。

"绣花针都被你拿作拱屎棍，看人家崖坑舅爷爷，斯斯文文多实诚！"东道娘浑身冒着热气，撂下扁担没好声地剜山上一眼。鹤堂人日子过得清汤寡水，除了犁耙镢头，还有几亩冷水田，有什么能吊起他们粗糙的胃口呢？总得找些乐子打发着过吧。

5

很多眼睛往往是不动声色的。

崖坑舅爷爷其实指我奶奶娘家弟弟，住隔壁乡，崖坑何屋人。鹤堂人同祖共宗，亲戚也都七弯八拐，一时见了不知咋称呼，放下辈分自降一级，跟着东家伢子来叫是最谦卑亲昵又不见外的。

何屋人算不上富贵，却是殷实省净的坑头人家。我一位堂太婆就娶自那里。她精明能干，把堂太公家调理得油光水亮不说，坑里坑外为人处世也是风流省水转的。冲着何屋客女的口碑，我的蓝嬷太婆早早就为爷爷订下了何屋人做童养媳。

说到白茶壶，自然会扯上崖坑舅爷爷。奶奶过门之前，我们家穷得没根纱。后来爷爷上山打钨砂，几年后积攒了几个血本钱，快解放时，赶着田产价低，终于接下了六亩禾田和两块木梓山场，交给奶奶回家打理。一个妇娘子，扶犁把锄的，连个接手的都找不着，自然白天黑夜忙得打转。于是每逢耕地下种、割禾莳田紧要工夫，崖坑舅爷爷就会牵牛带具爬山过岭来帮忙。

寒露一过，木梓桃刚下树，千枝万梢就吐出了花苞子。雪白的花瓣举着花蕊铺在山岗上，就像一树一树的鸡蛋花。跟着采蜜的蜂子，舅爷爷带了家人上山铲岭。那是割禾莳田之外最拼体力和耐力的活。檵木，唐盎子，芒草，荆柴，大蕨，芦箕，这些满山漫壁的，连根铲起一一埋在木梓树下沤肥，往往一铲就得十天半月。天干地燥的，喉咙冒烟不说，几天下来，耳洞鼻眼都塞满了灰尘浮土。

每次上山场，奶奶都会让舅爷爷带上一壶茶水。壶是白瓷，不知节衣缩食多少日子才买下，一般平户人家用不起。舅爷爷怕闪失，总要挑了稳妥的木梓树下放好又放好。谁知有次铲着铲着，迸起一块石头，"哐当"一声，正砸在茶壶上。舅爷爷心就碎了！白光光的瓷壶，可怎么向姐姐交代？思来悔去，只得腰里解下唐裙，将瓷片一股脑兜回家里。奶奶见了，泪水牵成线——我何屋人实诚哟，不过是只壶，烂了就烂了，用过手的东西谁担保没个坏？还迢迢从山上抱回屋来给姐看！

人心千差万别，做人的标准却往往隐含在细枝末节里。舅爷爷正当婚配年龄，原本人就长得有模有样，做事又扎力上手，加上这把白茶壶的事，名声不久就传了出去。

坑头人嫁女，谁不图个实诚过日子呢？一来二去的，隔壁村邝屋一位漂亮能干的客女就这样和我舅爷爷对上了亲。

6

横过山排，不留神会一脚滑到老地窟里。那种空了的老坟洞，眼前一抹黑，好像那条腿不再属于自己了。母亲非常恐惧，赶紧跑过来将我拽起摁在怀里，一边提我耳根，一边直吥口水，嘴边还喃喃有词："吥啾！——吥啾！——""童年！——拿回我崽！童年！——拿回我崽！"念着念着，我那丢了的腿仿佛就捡回来了。

什么叫童年呢？我不清楚，似乎是和自己魂魄有关的某种神秘东西。大约太窝里人迹少，老木梓树容易成精鬼吧！什么断黑时看见老头端盆靠着木梓洗脸啦，披长发的妇娘子在树下烧火做饭啦……邪门鬼怪的，村里人说什么的都有。

鬆毛太公说得更吓人。十几年前，他父亲一次驮杆铳在这打野兽，忽然瞥见对面山壁有个穿花衫的妹崽靠在老木梓树下照镜子。山坑旮旯的，他以为自己老花眼，对她作大口，那人没动静，再作声大口，那人还是没反应。老人家起魂起魄，打满端铳就砰的一声，妹崽没了影，跑过去一看，活不见人，死不见尸。他魂都惊飞了，扛起铳就跑，到家后身子筛个不停，脸白得像张纸，此后一场大病，好几个月都起不了身。

有人暗地里撇嘴：哪有那么多鬼，鬏毛人心里轱辘多，或许怕人打他家木梓桃的主意，编些鬼怪来唬人吧？

但事情没根没影，有谁说得清呢？母亲终究放不下心，举起茅镰在我头顶划三下，然后放了镰刀，伏到地窿边，大声道："天煞，地煞，山上的老古人，我家细伢子不小心撩犯了你，你开个恩让条路，放我细伢子回家嘀！——我一定好酒好果敬着你！"

这样虔诚地吆喝几声，引身拜三拜，带我们恭恭敬敬退到十多米外，才算了事。

我喜欢摘树顶上的寒露籽。一枝枝小心爬上去，天地随着树身摇晃起来。骑在树杈上，一边摘，一边看天边盘旋的崖婆，感觉自己也要飞上天去。便有人在不远的地方作口："小心诶——别被崖婆捉了！——"

崖婆是凶狠的雕，平常伏在山崖上，一旦起飞，兴许哪家的鸡鸭就没了。天长日久，鸡鸭小畜们对它有种超乎寻常的恐惧。每当地里谷子一黄，鸡鸭蹿上田埂跳脚叼禾串，只要有人作一声口，"崖婆！——狗咬！——"小禽们立刻吓得拍打翅膀跑了。

崖婆怎么捉伢子呢？我没见过，只见过伢子满月时的赶崖婆仪式。

满月酒那天，伢子出月房，踏出门槛，就意味着真正步入人世了。

打早起来，将装有红米铜钱的压邪布包郑重地扎进伢子奶衣里，红背带往奶奶身上一背，捉把竹啦咔往门壁左右一打——"左一下，右一下，不怕惊，不怕吓！"大步流星往外走，算是开道出门了。

"崖婆！——狗咬！——"竹啦咔在地上啪嗒甩打一下，再高呼一句"崖婆！——狗咬！——"再啪嗒一下……这样从厅堂门沿着河坝田坎，一路拍打一路喊，一路喊一路拍打，直到绕村子走完一圈，仿佛所有的凶神恶煞都沿途郑重警告过了，祖孙俩才回屋躲进厅厦门背角，剥三个染红的熟鸡蛋吃下肚，人生出行仪式宣告结束。

为什么要大呼"崖婆！——狗咬——"，冥冥之中，应是鹤堂人驱赶邪魔的一套咒语吧，或者，是为伢子那见头不见尾的人生壮胆践行？

母亲说崖婆和狗都是藏有某种凶性的生灵，狗的眼睛藏火，那些地上走天上飞的五蛊百虫，乃至我们看得见看不见的神妖鬼怪，几乎都逃不出它的眼睛。

但我却分明感到巨大的不安和警惕。人世如海，究竟潜藏着多少看不见摸不着的生灵世界？我们的疆界，又岂止仅仅在木梓山里？有时候一不小心，就成了彼此的侵略者。

听说奶奶年轻时，特要强，一心想着把家业打理好，起早摸黑赶工夫，不仅要照顾六个伢子，连吃饭奶孩子的时间都算好又算好。每天日中，我的蓝嫲太婆只好背着叔叔牵着姑姑提着饭菜送到几里外的山田地去。奶奶坐在地头一边吃饭一边喂乳，恨不得一身掰成三份用。人再怎么拼，又怎么拼得过天命呢？有一天，我那幼小的姑姑，竟从鹤堂两层楼高的石码墩上掉下来摔死了……三年后，我的第二个姑姑也跟着夭殁，一头栽进了时光的黑洞里。接着，我那最小的叔叔，那年冬出麻疹，奶奶背着去摘木梓，晚上突发高烧，一张脸跟霜降籽似的又干又红，原以为抹点木油刨身痧就没事，可几天工夫，细叔烧成了肺炎，抱去找医生，半路上断了气……一九六二年，死了三个伢子的奶奶四十刚出头，我的蓝嫲太婆去世了，紧挨着没半个月，因挖钨砂落下矽肺的爷爷又悲伤过度大口吐血而死，留给奶奶的，除了土改时被扣在头上的一顶不大不小的中农帽子，只剩下三个未成年的儿子。

天命如此叵测，又如此不均，我们除了坦坦荡荡地活着，又还能干什么？很多时候，我们不过是一群孤悬枝头的寒露籽吧，稍有风吹草动，就跌落在岁月的荒坡野坎里。母亲那轻轻的一声"童年，拿回我崽"，以及奶奶那长长的一声"崖婆——狗咬！——"，是对犯者的大声警告，还是规避？那些蛇呀鬼呀，请给我的儿孙让条路吧。

7

父亲是村书记，用村坊人的话叫作"食着千家饭，理着千家事"，可就是没几天能管自己家里。眼见别人都开山了，当家佬还没一天落屋，母亲明里暗里就会发脾气："自己的工夫都打结头，哪理得了这么多闲事？等山上的木梓桃全掉光了，一家人吃癞锅才晓得苦！"癞锅菜就是没油炒干锅，这样的菜吃上三天就会发水肿，眼睛冒烟鼻头喷火，谁抵得住？

牢骚归牢骚，其实母亲也心知肚明。一村人紧巴巴地住在山坑里，牙齿难免磕舌头，况且大都是一个祖宗下来的兄弟子叔，抬头不见低头见，扳扳扯扯找上门，父亲能拗起脑袋不搭理？

许多时候，等我们家开摘时，别家木梓都快摘煞尾了。因为后摘，母亲对自己的木梓树就分外留意，偶尔发现三五棵被人动过，心里嘀咕几声，终究不说什么。乡里乡亲的，谁家日子都不轻松，心中有数就行。

母亲自打嫁进鹤堂，跟奶奶学着了不少坑头人为人处世的道理。

那一年，奶奶隐瞒了在南昌大学读书的伯父和在南昌钢铁厂工作的父亲，办完太婆和爷爷两起丧事，独自带着十岁的叔叔把持着家。奶奶原本就哮喘，上春后下不得冷水田，家庭成分又不咋地，生产队有人就刮白眼："下不得冷水？我看是装病偷懒吧？！等吃大锅饭时，我们把桌子打到水田中央去，看她可下得去吃？！"人要配得起所享的福，也要配得上所受的苦，奶奶说话总是温暖绵长。日子过得舒心体面，有人眼红挤对你，你要过得磕巴一泡苦水吧，有人就霜风雪雨欺负你。再病再苦都得默默扛着，照样上山下田，实在拖不下去，晚上就端了木油给自己刮痧。每次到底是刮好的，还是拖好的，她自己都说不清楚。木梓油是最散痧的，那些人世间的痧气和怨气，就这样风流云散了。

人生的定数，往往就藏在这或明或暗的悲喜里。也就在这最难熬的几年，崖坑舅爷爷托人给父亲捎了信。为了帮奶奶撑起这个家，父亲辞去了在南昌的工作，从此回到鹤堂，回到了脸朝黄土背朝天的作田日子。母亲嫁来的第二年春，哥哥出生了。

见着第三代人，奶奶脸上终于露出了木梓花一样的笑。

那年秋，她上山摘过木梓，回来后哮喘更严重了。母亲照常端了木油给她刨痧，痧气出了一背，第二天起来并不见好转。父亲暗中忧急，要陪她到县城医院去，奶奶怕耽误地头工夫，坚持独个走路去。这一去，再没回来。

除了勤善要强、打满补丁的一生，奶奶并没给后人留下什么。她临终时躺在病床上，打着点滴，两眼紧闭，似乎苦到了极点，最后意识到自己挺不过去了，挣扎着打开眼睛，对床边的父亲和叔叔作了最后托付："崽，看来我这病好不了了，为了这个家，我和你爸一生都在努力，想把它搞好，但没有搞像样，现只有托付给你们……你们要争口气，把它搞好，没娶亲的要娶回亲来，要带好伢子，生儿育女，只要把细伢子们带大，就会有办法……"

不一会儿奶奶出现抽搐，输液管停止了点滴……

生命如此吝啬，又如此不甘，乃至奶奶临终时还做如此郑重托付。欣慰的是，如今伯父和叔叔不仅相继在城里娶妻生子，而且各自都有了令鹤堂骄傲的工作和事业，我的父亲留在村里，哥哥之外，又生了我、妹妹、弟弟三个孩子，虽然含辛茹苦，却在十里八乡都是受人敬重的。奶奶九泉之下有知，也可告慰爷爷了吧。

8

算起来，鹤堂就数细爷和堂伯跟我家最亲了。堂伯在陡水镇帮人剃头，一年到头少有在家。细爷和我家共一个屋子，我家住前厅，他家住后厅。他子女多，加上媳妇孙子，山上坎下，田头地脚，一标人马拉出去，没几下就可早早收工。实在忙不过来，唯有细爷家可能上前相帮。他有个儿子叫小钱，排行老三，个子单单削削的，眼睛却寒露籽似的溜转。田土之外，小钱叔爱猫在沟渠河汊里盘泥鳅捞虾公。

他家的木梓摘得快，摘得差不多了，就绕到我家山脚："嫂！还剩哪些？可要帮你摘几棵？""让你讨累多不好意思！"母亲自然要客气几声。小钱叔也不多说什么，背起扁篓就上树去。如果日头快下山，小钱叔就驮起扁担帮忙挑木梓回家，一担一担的，直到月亮爬上来，夜色裹着雾气将整个山坑填得看不清人影。

回屋后，细爷家灶房往往已经在炒菜了。小钱叔总是舀水洗了澡，然后趿双拖鞋，卷根喇叭烟叼嘴上，一屁股坐到我家饭间里。母亲这会儿才刚刚丢下箩箪，这边寻鸡赶鸭进窝，那边捯柴挑水起火做饭，总不忘了作口叫弟弟泡茶，又让我到暗间舀壶酒娘出来筛给他喝。酒娘有个把多月吧，日子不老不嫩，酒糟迷迷的。喝完一碗，又给他满一碗。如果父亲回屋，灶头恰巧又忙得过来，母亲就会作口叫我从柜里摸两个鸡蛋出来，或者抓把泥鳅干辣椒干什么的，这就是留小钱叔吃饭的意思了。

小钱叔一听起身要走，父亲手一拦："饭好了！没个像样菜，不过加个碗添双筷子罢了！"红辣椒炒鸡蛋或泥鳅干都是下饭菜，挺消油的，平日不舍得吃。但关键时候会上前搭把手，除了自己人，谁有那份实心？许多东西不是钱买得来的。小钱叔也不再客气，喝酒吃菜不多说话，一副坦定享受的样子。

9

十天半月下来，木梓林渐渐摘空了。山上的芦箕和斑茅，像被野猪刨过一般，倒伏得七零八落。木梓树们直起汗涔涔的身子，长长地舒着气。这时的木梓山，有点像刚生过崽的月婆子，衣服松松垮垮，歪系着扣子，一头蓬松的头发，脸上却挂着瀑布般的微笑。

阳光透明，将村子漆成金色。家家门口坪上铺着巨大的晒簟，上面趴满了新摘的木梓桃。最大的快乐还在深山里，有人拾得几枚野鸡蛋，有人在老坟里掏出了一窝小崖婆，更有的捉得了一对斑鸠，还有人捉得了一只穿山甲……这些人一定为村里做了许多好事，木梓山在无声地奖励着他们。

今年收成怎样？路上见着，带个嘴问问是少不了的。妒忌和遗憾都是一眨眼的事。当家佬自有谱尺："你不见人家耘田铲岭下了多大气力？铲过岭的木梓树，一棵棵血气方刚的，寒露籽也好，霜降籽也好，没有哪棵不结个子孙满堂。山田地也是讲实诚的，和人一样，你花了多少气力下多大心血，终归就和自己粘肉亲。"

大半秋累脱一身皮，终于可歇口气了。难为亲戚子叔帮忙，总该斫几斤猪肉热两壶水酒安置一下肚囊吧——伙食是淡薄不得的。最好，杀条狗崽补一补。"狗肉滚三滚，神仙都坐不稳。"到了秋尾子，就得靠这东西壮骨提膘了，几钵头红烧狗肉下去，一个冬天脚下像长了个火炉子。红芽芋在秋风里一煮，粉包包的，勾点肥亮的饭汤，总有一种寒暑相浸的泥香味。时新的板薯是少不了的，刨了皮，用擦子擦成薯浆，和上米粉，炸成薯圆，大快朵颐不算，临走还裹上一包，让舅爷表嫂捎回家给老小尝尝鲜。

鹤堂人永远用吃来释放自己绷紧的情绪和神经。为了吃得理所当然，就取个好听的名目吧，比如"洗扁篓"啦，"洗禾镰"啦，"洗扁担"啦，等等，一年盼到了头，不管心愿了还是未了，时间都翻过去了，大有洗手不干好自珍惜的满足与快乐。

所有这一切都煞尾，日子也就短了，这才发现，那些摘下的寒露籽和霜降籽早已晒得干老，就像老人脱落的牙齿，一颗一颗炸裂开来，梓仁掉了一地。

10

有些消息木梓仁般漏了出来：大龅牙和东道娘子怎么怎么了……下屋后生子看中了上屋摘木梓的表妹，过两天登门相亲去……算盘嫂子偷摘了桂花大婶的十几树木梓……某家妹子肚子大了，瞒不住，得赶紧嫁出去……大鼻头墟墟都挑柴片到镇上去，每次都上那谁家小表嫂屋里讨茶喝……

妇娘子们悄悄议论着，声音嗞嗞哐哐的，不久就老北风一般，变得无遮无挡了。

"……你没看见？日头落山时，大家都出坑去了，那个腊拐背个扁篓在木梓树下一甩一搭的，慢慢挪进芒头窝里，两手一箍人家就往下搋，啧啧！——我都没脸讲下去……"
"嘘——细声点！""谁家的？""还能有谁？不就那个走

起路来触触动、不怕扯烂裤脚的女人么？""什么时候的事？""木梓树结茶苞时候呗，一个山窝放牛，一个坑尾拔猪草，放着拔着两人就进木梓林去了。""兴许是摘茶苞吧？""茶苞？对，倒是摘奶包去了！""这可不能乱说，要砸你盆缸锅头的！""有什么不敢？呸！我还懒得说，倒八辈子霉，说这等衰气事！""看不出呀——，平日挺正经的！""正经？！不声不响，牵牛牯进坑……"于是有人眉飞色舞，有人半信半疑，有人捂着鼻公头一缩一笑，有人听一两句立马闪身走了。

谁是腊拐呢？大概是个拐子般干瘦的男子佬吧？茶苞是肥美的，那是下春时木梓树结的另一种宝贝，拳头大小，肉嘟嘟的皮，咬一口，"噗嗤——"，内里是空的，一股脆津津的甜味。谷雨一过，雨水一茬又一茬，草木花朵开始疯狂起来，茶苞也一天天胀得蜕了青衣，妹子似的又白又嫩起来，远远看去，就像一只一只小肥鸽孵在树上。这是一年间饭菜最寡淡的时候，黄瓜豆角刚爬架，辣椒茄子刚吐花苞子，禾田开始移苗，大地弥漫着花粉和精子的味道，除了藠头腌菜，竹笋地皮，就只有上山摘茶苞来润嘴皮了。乡下人日子总是咬人的，过了今天谁知道明天的事呢？春种之后还有夏忙，夏忙之后还有秋收，秋收一过，一切就好办了。

11

村里有些不安生起来，一些屋子心神不定，仿佛某个地方安放了耳朵和眼睛。警觉和窥视中，有一种莫名的紧张和期待，只要来一阵风，村子就撞火了。

"狗杂种！给我滚！你个千人 × 万人穿的老母狗，自己一天没狗牯挨就会生锈发痒，却饿狗啃骨头尽咬别人！滚回去，再上我家偷吃，看我一棍子扫断你的脚筋！"终于，有妇娘子拿根棒棍追出屋门大吼，那狗痛得嗷叫一声破门而逃，许久还在田边呜呜咽咽的。

"骚货，打我家狗也就罢了，那些腌臜话骂给谁听？雕毛也塞不住烂屁眼，给我嘴巴放干净点！自己做的那些腌臜事自己捂紧点，再要满嘴喷粪，看我砸了你家灶头捅了你家屋瓦！"狗主人跳出屋门就手指点点冲向前。

"哎哟，说狗呢！瞧你人模狗样，手指头点点动点你娘的穴吧？！手再探长点，偷偷我家的木梓也就算了，再怎样偷也别偷人呀……"

"啪！"话音没落，一记耳光已经扫了过来，对方哇的一声，"敢打我？！你个臭气熏天卖老 × 的，我难道怕你不成？！快来人啦……打人啦！——"

于是扭作一团，撕呀咬呀揪呀叫呀……战争白热化了。有人耳轮子竖了起来，有人眼珠子水溜溜的，也有人眼皮子都不抬一下。战事再发展，就不必掖掖藏藏了，一些好事佬丢下手中的镰铲镢头踮着脚跑过来，劝了这边说那边，拉了那边推这边……也有多事的打飞脚去喊两家的男子佬，明地里喊救火，暗地里却很有点煽风点火的味道。

等男子佬一上前，战争明显升级，你抡刀上山斫我的木梓树，我就驮锄头挖你家墙脚。关键时刻背骨一打软，还怎么在这村子里立脚跟？怕自家人吃亏，兄弟姊妹撸手捏脚围过来，那些家族间积聚的新仇旧怨，这回彻底就开火了！

"人活一张脸，树活一张皮，男子佬没长脑芯也就罢了，不给祖宗长脸，难道还让后辈子没脸活？挖树刨祖，这等绝茏事，就不怕断后么？非得让外人看我们笑话不成？！"同门同宗，总有个把姓氏头子是威风八面的。关键时刻一作口，双方再怎么不服气，也只好歇了手。

改个日子，两家坐到鹤堂众厅，叫上家庭子叔，茶水一泡，口气软下来，你一句我一句摆道理，陈芝麻烂谷子一箩筐一晒筐地摊开来，无非是两家鸡鸭鹅猪牛狗彼此撩犯了，或者争山界水界田界屋界留下了新仇旧怨，男子佬不好出面，由妇娘子找个茬头出气罢了。

国有国法，家有家风，这木梓树是鹤堂人的油盎子，相互借步走让一让谁也动它不得。说话要圆，看事要远，对人对己都要悠着点，真要撕破这张脸，这几百年的叔伯兄弟就做不成了。都是一个祖宗下来的，打断骨头还连着筋，谁离得了谁？嘴唇没了，那牙骨就得打哆嗦，上家下屋的，遇个挖土造屋红白喜事，不彼此相帮难道找外姓人不成？妇娘子的事就让她们自己扳扯吧，如还认我这张老脸，一是一二是二，宗厅里说清楚了就此煞尾，山界屋界，什么也抵不过咱们子叔间的心界呀！这鼻屎坨大点事，就不必麻烦人家村干部上门调解了吧。

话说到这，彼此给个台阶就下来了。见好就收吧，真扳扯出点沾荤带腥的东西来谁都不上脸。人活在世有谁经得起几下推敲的？那些个肚旮旯里的屎虫花花肠子自个最清楚，都是明里暗里自个担当解决的事。

至于那些从木梓山下来的流言蜚语，在村坊里飞来叨去，没个来头去处，谁能断得清呢？谁又会去断清呢？不过是生生长长一灶火就灭了的事。

12

日头一天天凉薄下去，人们陆续转移到晒场，等最后一粒番稻进了仓，霜风下来，地里的红薯叶子开始发紫打蔫，一天天乌黑下去，鹤堂人又驮着镢头泥耙挑着箩箪开始挖红薯了。母亲趁着日头好，大个的红薯一部分洗净打浆晒粉，一部分擦成片、丝或者番薯粒子摊晒作干粮，剩下那些小个的，带黄泥摊楼板上北风吹一阵，直到吹得皮起皱，糖分沉淀下来，挑河坝里洗净，大火上甑蒸透，然后码在晒箪上翻晒。这样蒸了晒，晒了蒸，反反复复，等到甑脚下洇出一片稠糖卤子，日子就一身乌黑透明了。

冬夜，人们终于闲了下来。一家老小围坐在大笪篮边，一边剥着木梓仁，一边悠悠和和地听大人说些家史和村里村外的野闻奇事——谁家崽子赚大钱盖大屋了，谁家崽子出国留学了，谁家妹子开发廊按摩店去了，谁家男子佬半夜将自己妇娘劈死了，谁家祖坟爬出了一条大蟒蛇……于是有人满面风光地放鞭炮作乐，有人掖在肚里说不出的酸咸苦辣，也有人吃饭睡觉抓抓挠挠的——是不是老祖宗没衣穿没钱花了？或者是哪里没服侍好得罪了哪方鬼怪？社官老爷也好，打石鬼也好，老树精也好，还是备份纸钱烧香敬烛祭拜吧，还愿祈福，辟邪消灾，总得求他老人家保佑开道给后人一个安康吧。

父亲说，打个屁自己唬自己！山坟里住的都是咱的老祖宗，保佑还来不及，又怎会变着法子戕害自己的骨血呢？要提防的往往是大活人。你看这田地里高高吊在竹竿上的假崖婆，不过是人扎的一把棕丝稻草，风一吹，晃晃悠悠的，那些鸡鸭们就被唬得远远的。什么山长什么树，什么树结什么籽，天道无所不在，这后代怎样，看看家道门风就明白了。

母亲拨拉着箩筐，感叹木梓收得越来越少。十几年过去，也不知奶奶在那边过得怎样了？由于家里窘困，加之时风不许，以致当年奶奶匆匆下葬落土，坟地就在爷爷的右上方向，连块碑石都没有。

算起来，鹤堂的木梓林也种下几百年了。解放到现在，六十一甲子，多少人事轮回，多少兴衰翻转。日子就像榨油坊那架水车，当年行时的如今走下坡路了，当年背时的又晃过了神。你看这山场，一会儿生产队一会儿分产到户，从公到私也转了几下手，八十年代到处乱砍滥伐，许多山上的老杉老松都倒光了，唯有这吊着油盘子的木梓山场，却贴了符似的保存了下来。

寒露籽，霜降籽，也在用自己的惨烈，默默繁衍生息吧。

想想奶奶临终落气时交代的话，是不是这样呢？

我们之所以争，其实是为了不争；我们之所以死，其实是为了不死……或许这就是支撑鹤堂人子孙罔替的终极意义？某种程度上，我们鹤堂的祖先们都是死而不亡的，就像木梓林，一口气一口气地活在后人的血脉版图里。

脱去梓壳的梓仁，像上了漆般油亮。或许，这就是鹤堂人的眼睛？这些眼睛被扫拢成堆，装进箩筐里，一担一担挑到榨油坊，最后，变成了青菜汤里的小油花。

山上的木梓林又开出了大片大片雪白的花朵。木梓山，一年一年，隐瞒了鹤堂人所有的秘密。

午月首事

1

雨瀑子从瓦檐滚下来，水一会儿就上了天井沿。井眼老淤，走不赢水，整个厅子水渍渍的。哗啦啦的雨水夹着雷电，将细爷的胡琴声打得稀烂。

堂叔拿了盆桶上楼接漏。他站在澡寮边靠屏风的木梯上，歪着脑盖向过厅中刨板花的父亲作口："细哥——，这雨倾缸倾盆地下，也不知桐梓脑水库可顶得住？"

屋瓦上了年载，风吹日晒，经不住猫捉老鼠钻来爬去，总有不少破爆或走位的。楼面是老杉板，瓦水滴沥滴沥漏下，噗嘟一声，声音壮得跟弹棉花似的。漏口挨着老墙头的地方，雨水淌下来，蚯蚓似的，吮出一道一道墙泥沟。

"么大的雨！老天落懵了吧！"母亲望望乌青的天空，操了把泥耙往天井扔去，据说这样可以让老天爷警醒。

客家人做屋喜欢堂连堂。土墙乌瓦，四扇三间，叔伯兄弟们连成一个个大屋场。一个屋场隔门不隔厅，彼此门廊相通，想去谁家，脚一提就过去了。这样一个祖宗世代传下来，少说也有上百年。

像我们鹤堂，以老宗厅居中，右边依次鬆毛太公、细爷、我家、堂伯，左边两厢新黄泥屋，和宗厅连着瓦檐水，鬆毛太公俩儿子住着。末尾靠前角，是西风太婆住过的三间老屋。历经数百年，家家屋子都前一间后一间、高一厢低一房的，估计都是不够住了一代一代临时镶接上去的，并没有规整统一的造屋图纸。

石涧郭姓自族谱有载，从唐朝子仪公的汾阳堂下来，迁到南京，再到江西吉安遂川的一支，已不知第几世。元朝季末，陈友谅兵乱，吉安一带无法住了，后裔中有道行、道信兄弟俩，离开遂川瑶夏，沿着诸广山脉一路寻山问水，来到上犹营前落基，几十年后他们的几个儿子又爬山越岭，分别寻到石涧、龙头这两个用放大镜也难找到的山旮旯里，凿田筑井，挖山肇基，数十年后他们的儿子分别建起宗祠，到如今转眼六百多年过去，郭氏在这片山水已繁衍播迁数十里，有几支族亲还迁到了邻县崇义、南康、大余建村立寨，发展成几万人的大宗族。

康熙年间，石涧虎形祠周边山脚都住不下了，我的第九世祖启仪公才顺着虎形山根往山肚走，至高峒脑下一个佃户灰寮处，见东面观音岭巍巍屏立，坊汾河从岭下潺潺而来，流过上屋、上坊，忽然拐个九十度大弯，抱棚寮行玉带环流之势，中有山坡台地可耕，南有如雄鹤仰天高鸣的高崤脑可依，北有如雌鹤探溪饮流之山可望，四周青山回走，遂在此开基做屋，置田耕种，育子读书，起名鹤堂。

桐梓脑水库在鹤形山尾。库面不大，但水齐屋深，管着上坊、下坊几个生产队的水田灌溉。据说一旦水库崩坝，几个生产队都会被冲掉。这威慑力无疑像个原子弹。乃至于每逢大雨连天，我们细伢都惊怕惊怕的。万一半夜发大水，这老屋可怎得了？我们是往对望的鹤山嘴跑呢，还是坐上大木枋任它水漂水荡？遇哪个伢子硬皮作色的，大人就唬他：扔到桐梓脑喂鱼去！伢子脑袋立马耷下来。

但细伢不装事，一觉到天亮醒来，那些恐惧很快就会被大雨洗掉。"发龙船水啰！发龙船水啰！——"是的，龙船水下够了，是端午节；端午节会裹好吃的粽子，磨好吃的蕉叶米果，还有做香囊，以及热热闹闹的赛龙船……

还有什么比这让细伢们更热烈期待的？

2

雨稍稍歇了。大人们止不住从屋里出来，披蓑戴笠，挑上畚箕扛了镢头扑向土坡田畈。

禾苗瓜豆秧到底糟蹋得怎样？鱼塘是否缺了口？桃子李子打落了多少？心里愁疙哩。山岩崩塌了，河坎冲垮了，沟渠堵塞了，田丘成了泥沙坝，这些都够费人工的，远不是三天两日可以整好；禾苗正抽穗，田畈必须开缺放水；各种瓜藤散架了，需一棵棵扶正；桃李樟梨树吹断了，得一枝枝打理……补秧的补秧，移苗的移苗，哪件不是扯心挠肠的？

端阳气发，果蔬禽畜都在咬着时辰猛长。越是节骨眼上耽搁不起，老天越跟你结结赖赖。大约老天也要泄泄火吧，你除了顺着、敬着它，还得时时检点自己，自个儿找点醒神药。

也有令父亲和堂叔、堂哥们兴奋的。他们举着长长的铁挠和网瓢，一个个到坊汾河坝去钩水柴。河水齐坝深，黄浊的水从苍翠的观音岭脚下冲下来，打着涡旋和水泡，卷着一窝窝沿途村舍冲下来的器物漂荡而下：枯枝老藤，散蓬篱笆，拖鞋畚箕，死鸡死鸭……也有拔根而起的树苗，这些带着水腥泥味的宝贝一一钩上来，自有偶得天物的惊喜。

这是坑头人家。大河大坺的村庄，这样的小东小西往往不在眼里。就说外婆家吧，从诸广山脉东麓双溪林场下来的童川河，到外婆家的社溪梨子岗，水路已经逶迤数十里，水面四五十米宽。一旦竹排被急流撞散了架，大批木头横架直逆漂下来，下游有的人就发水财了，木头往往钩得大桩大堆的。有一次雨下得长长扯扯，外公他们屋场的男子佬，点着松光灯结着队，轮流在河坝守夜。那些双溪林场漂来的大木，好些都有箩筐粗，这无疑让外公等起了大念，一伙男子佬追着木头你呼我喊，费了好几身气力才把木头套住拽上坝来。

但也别小看我们山坑头，和外婆那比，我们挨县城近。城里打个小喷嚏，一阵风拐个角，就会传到鹤堂人耳洞里。比如，哪里哪里大水漫上了街，哪里哪里整个村子森森茫茫冲了庄稼，哪里哪里倒了几栋房子，哪里哪里有个妹子被雷劈了，哪里哪里有个妇娘子在桥上捞水浮莲被水打了……

这样的消息一个咬着一个，说的人绘声绘色，听的人脸色寡白。

3

细奶量好糯米，泡在木桶里。

第二天起早，用山泉水一遍一遍淘净，倾入竹箕中，拌入隔夜熬好的香灰水。

香灰水原料来自于山上一种叫黄元柴的小灌木，烧成灰，白布包了投水里细细温温地煮。这种小灌木挺精怪，含碱高，有一种和米谷非常搭调却辨不出来的香味，做出来的东西韧劲好吃又弹牙。除了端午粽，鹤堂人过年打黄元米馃，香灰水也是隆重配方。这样灶头调配伙食的小野物，常日里妇娘们没不上心的，但凡上山割草、砍柴见着了，会随手砍下来扎好攒在家里。

"摘粽叶了!"四堂叔作句口，住外厅的我们得声，就追着乐颠乐颠奔出门去。

粽叶又叫箬叶，好听，可那是书上叫的，鹤堂人习惯唤它粽叶，土名儿来得顺口。鹤山嘴下有细奶家一块菜土，土沿两棵高大的墨李树，脚下是水流飞鸣的坊汾河水陂，之间是崩了岗的高土崖，那片齐肩高的粽叶林就窝在那里。借了菜土肥力，还有坊汾河水气，那里箬林总比别地长得灵醒，一杆一杆含眉披立着。风一般钻进去，箬芒会扎得你转不过身。粽叶要挑那种指甲一弹叮叮响的，这样的妖娆壮实，包出的粽子才清香肥美。摘一片，再摘一片，一沓一沓叠好，码在扁篓里，仿佛这个夏天就肥绿了……

鹤山咀有条路探下来，坊汾河流经此，转个身，留下个不深不浅的涡潭，一步三回头就向老庵口去了，这恰恰成了我们浆洗衣食杂物的洗裳潭。潭上是大路头，一棵高大的樟树，将潭水照得清新可碧。我们将粽叶倒进潭里，一张一张漂洗，整个村庄就在水里摇荡起来。

四堂叔喜欢坐在石板上，起手夹出两片箬叶，撮唇一吹，一种声音小水蛇般溜了出来，直溜进河沿上的黄竹林里。我双足埋在水里，举头看蓝天下，四周绿色蠕动的山峦，觉得身体也有一种东西在随风涌动。堂姑们挽着裤脚叫喳喳的，叠出一只只箬叶小船，放水里悠悠打着转，或浸水入了河底，或歪着腰身一步三回头游走了。

棕树是不合群的树种，常常孤独地站在观音坑口那高高的田坎上，只从树顶探下大朵大朵的棕葵叶。葵叶基部，一羽羽棕衣牢牢箍在树干上。上春，棕衣老成了，一层一层裁了剐下，晒干，便是编织蓑衣和绷棕席垫的好材料。这时常常能得到巧夺天工的美味。那些粉黄的棕苞，藏在棕衣里，鼓着密实的苞籽，裁几团下来，切片炒几粒腊肉，那种苦苦涩涩的清香，让人有舌花待放之感。

可这哪解得了肚皮风情呢？四堂叔嘴叼镰刀，两手一撸蹭上高高的树干，斫下好几大柄棕叶，扛回厅厦，一伙女伢子坐在门枕石上哧哧地撕，声音窸窸窣窣的，棕丝雨线似的落下来，想象和箬叶、糯米缠裹的样子，就感觉这端午节已经被捉进嘴里了。

4

香灰水将米渍得金黄，裹粽子就可开始。细奶率堂婶、堂姑们一家人大大小小围坐一起。

鹤堂家家户户，细奶家做小吃总是赶先的。过时节不说，就是遇上雨雪天气，或者洗镰刀倒秧脚，稍微放下工夫喘口气，她就量升白米带着堂姑们去老厅厦磨粉了。也不是说她家日子多活络，一则她家劳力多，田头地脚那些工夫三两下就解决了；二则她和细爷俩都是爽乐人，那些愁愁疙疙的事进了肚子穿肠过就忘了，不会积在那里烧心肝；三则细爷是退养工人，长年有病，需要换着法子养胃口；四则细奶生养在地主大户家，虽则解放后她是落地凤凰，人前人后眉毛不能横来挑去，但自小富养出的生活习性是改不掉的。

恰巧得闲，母亲、堂伯母家、鬃毛太婆家、西风太婆家闻声也会过门来相帮。也不是非得搭手，隔墙不隔脚，一个屋场的姑嫂婆婶走得拢比什么都开心。撩一片粽叶，拦腰一旋一卷，撅成小漏斗状，喂一小勺糯米，填满，压实，叶头叶尾翻折过来，包住糯米，拢紧，沿粽身旋裹，棕丝绕几圈扎住粽嘴，挽个小结，一只肥臀噘嘴的羊角粽做好了。

妇娘们嘻嘻笑，手不停，嘴也没歇着。门前屋后，家长里短，哪个犄角旮旯儿没个心眼照着？该说的不该说的自己拿捏住罢了。

最嚼舌根的，是来自一百多里外和湖南桂东交界的五指峰一带消息，一对交好的后生妹仔，睡在庄稼地里，半夜梦中被一场山洪水冲下来，人没了，尸体在很远的地方才找着，捞上岸时，女的胳膊已被滩石折断……

"前世欠了她的米谷呀，死得没脸没皮。都怪从小没阿姆调教。"又说起这妹仔阿姆如何死的，平时如何勤俭，阿爸脾气如何暴烈，死后家里是怎样冷锅死灶……叹惜如棕丝般裹裹绕绕，妇娘们抿着脸，只觉命运一旋一扭，远不如手中一张粽叶，包裹着什么，是苦，是涩，还是香，只有天知道。

偶尔也给身边的堂姑堂姐们点个水："妹仔眼睛放亮点，几条坑的赖仔（后生）好好挑，要生相好，人勤恳，脑子活跳，对门对档，千万别放错了人家呀……"见一边的堂姑低眉红脸，鬏毛太婆递个眼神给细奶："那个赖仔（后生）也该登门睄端午节了吧？虽则新时代，该要的规矩还是不能免，让叔伯兄弟们照照，也让屋场人开开眼。带大个妹仔也就这一次，叫他大慨点，多置办鸡鱼肉糕点、裁几身好衣衫过来。也不图他东西，这礼数不就是个仪式么？咱鹤堂的妇娘客女哪个不体体面面的？"

于是细奶就打问睄节该给后生回些什么礼，粽子不消说，什么葱蒜钢笔簿子本，这些东西，无非是借美好的发音为女儿买安，希望嫁的后生能写会算聪明能干罢了。

灶膛架起松板柴，火苗呼呼的，粽子投入大水锅，几刻钟工夫，粽香压着松火味飘出来，和天井里的阳光水汽苔气混搭在一起，一些瓦缝砖墙濡满了水雾粒子。三两小时后，粽子出锅了，掀开锅盖，水汽茫茫。举起笊篱捞出，呼啦啦倒满一大笸篮。细奶挑出两串，用一只干净的蓝花碗摆好，恭恭敬敬放在灶君像前，算是敬食给灶神奶奶和老祖宗。

然后掰下一个，剥开粽衣，黄灿灿的粽肉，咬一口，不粘不硬，笑得顿时小花猫一般。"食粽子！"围过来的细伢子口水吧嗒的，眼鼓鼓地盯着大笸篮，细奶就一人手里掰一个，然后一人三两提让伢子拎回屋去大人们尝新。

"三升米裹粽，有吃又有送。"粽肉是很勾人的东西，咬着吃着，妇娘们眼里就水汪水影了，盘算着趁节日整点啥东西去卖，再买点应时的东西回来：天热了，给一家老小裁几块布做几件褂子？女儿去年新嫁，要去送时节，给伊置办些草帽、雨伞、蒲扇、竹椅等，这暑天火热的，光溜溜的脑袋在辣日下顶不住，自家人不心疼，婆家怎把你的骨肉当媳妇？这许多日子没归娘家，阿姆怎样了？老人家风湿痛，这到处湿蒙蒙的，稍弄不好就难起身；阿爸咔咔咳咳的，落雨天容易心口堵，隔山隔水也难听到消息，过节了，赶明儿斫条猪肉带几挂粽子看看去……

妇娘们的心思总是山高水长的。某种程度上，客家人住在山旮旯里就像这些粽子，相互扳扳扯扯的，总是一宗连一宗，一脉系一脉。

5

阳光踩到五月头，就不再跟你斯文了，黄鼠狼一样发飙，转眼，你还没醒过神，它们就爬上高岽脑，占领了村庄的每一个细角。

我们细伢忙着捉蛤蟆钓拐子喂鸡放鸭，大人们成天在地里泼粪除虫拔秕草。鬏毛太婆说，除的都是连聋子瞎子都看得见的，这日头气势汹汹的，还有各种耳不闻眼不见的五蛊六毒，都咬着劲拼着小命在长哩，赶紧上山摘青，备点端午茶和暖水草吧。说完她背个扁篓出门就不见影了。

鹤堂人喝茶有大小之分，手工炒制的茶叶叫细茶，那是醒神提劲的，产量小，用小白瓷壶冲泡，一般留给男子佬们或者来人来客享用。日常妇娘伢子解渴，基本是喝大茶。说白了就是山上的野梨枝桠，采回来炒了晒干，用来泡水当茶饮，可以生津止渴，也可去水里的泥腥味。但这是指大墩喝大河水的人家，像我们鹤堂喝山泉水，泥腥味根本不存在。

坑头人一年到头大凡有个头痛脑热蛇虫叮咬，基本上用草药，端午茶由此隆重登场。端午茶也叫凉茶，材料有白花茶、夏枯草、鱼腥草、金银花、蛤蟆藤、籍泡苗、山椒米、扁担藤、荆柴芯等等，都是山排河谷采摘的小草小木。端阳时节，这些小草本吸足了地力，趁它们血气方刚采摘下来，切碎，晒干，就是最好的清凉饮品。

花花叶叶投进大瓦壶里，冲几瓠瓢沸水，待田地里做工夫热得苦了，喝下几大碗凉茶下肚，什么瘴气热毒都烟消云散了。我家有一把祖传下来的黑瓦壶，壶手锅铲棍粗，大番蒲一般，可以装下几脸盆水，每天放在过厅的茶架上，壶嘴扣个蓝花碗，谁要喝摘碗就可以筛。但我们伢子，茶壶倾下来把不住，往往壶嘴一凑就喝上了。母亲说奶奶在世时会采一种甘茶，那是一种藤草，要到隔壁的筱山岩壁上才寻得到，采回来搓揉几下，晒干，泡的凉茶甘甜甘甜的，很久都还留在舌尖里。可惜，这样的味道只能在母亲的描述里去体味了。

端午茶搭配是有暗道的，要不三五样，要不七样、九样，逢双数是没效的，估计单数属阳数吧。割端午茶要选在端午正午，传说玉皇大帝刚好从大地巡游走过，这时采来的花草有灵，什么草都管用……难怪说端午百草皆药，那玉皇大帝我虽没撞见过，但由西风太婆屋壁贴的年画，我想一定是个峨冠博带、须发飘飘的长眉老头吧？可这老儿真懒，为什么每年只到凡间来一次呢?

艾蒿和石姜蒲是鹤堂人采青最隆重的角色。艾蒿修直,长得好的齐肩高,青幽幽一大片。妇娘一茬茬齐根割下,扎好,晾在家门廊上,风一吹让人鼻子一抽一抽的,说不清是臭还是香。石姜蒲是一种文文静静的草,躲在溪河汊谷里,一丛一丛生长在石缝泥中。根黄芽红,支支挺秀,拔起一阵阵异香,留在手里半天都散不净。

端午那天,家家门楣窗台插上几枝碧绿的艾蒿,桌角放一小把石姜蒲,那些瘟鬼蛇虫见了躲都躲不赢。也有绞成碎末的,滴上雄黄和朱砂,用靛布做成香囊,面上绣朵小花,挂在脖颈上,明耳目,通九窍,我们女伢可以美上一个夏季。

除此,还将这两种香草配上夏枯草、蛤蟆藤、箣泡苗投入水锅,熬上几大锅澡汤,叫暖水。暖水黑稠稠的,一瓢瓢从脊背淋下去,草香细细弥漫。"洗暖水澡嘞!"我们伢子衣衫剥个精光,被母亲摁在木盆里,阳光从天井渗下来,木盆里暖水搅得噗嗤噗嗤响。我们痒得咯咯直笑,母亲们也跟着嘎嘎直笑。

暖水是鹤堂祖传下来的,不仅舒经活络,安性醒神,还可以除风湿去五毒。上古传五月是毒月,天地交合,阴阳混沌不分,特别是端午那天开始,初五、初六、初七、十五、十六、十七、廿五、廿六、廿七这九天更是"九毒日",伤身损气耗精元,加上水天火热疔疮疖肿蛇虫叮咬,谁敢大意呢？有点防备比什么都好。

其实，除了端午，鹤堂伢子出世，哪个没有洗过暖水澡？人世是温暖的，让人感到香软和欢悦，人世是凉薄的，总得给你抹身看不见的防冻霜。

6

鬏毛太婆说，老古手上，过端午节是要洒雄黄酒的，屋檐，墙角，床下，灶脚，牛栏、猪圈一一都要洒上，可以驱五毒。除此，大人们还把雄黄酒涂在细伢子的耳朵、鼻公、额头、手心、足心、肚脐眼等地方。也有将石姜蒲根切细晒干，拌上少许雄黄浸白酒喝，叫"雄黄酒"。

哪五毒呢？我发现鬏毛太婆是很晓得一些老古事的，她嚼着一个李子，走到猪栏边上，啐了李子核，吐出一行字：雷公虫，蛇……

雷公虫我知道。红丝丝的头，唰唰爬动的脚……据说要是被雷公虫咬了，得等到天上雷公响才会松嘴。我想那肯定是雷公的下凡女儿吧，否则为什么只听雷公的？后才知道雷公虫大名叫蜈蚣，因为身体容易引雷，于是得了这个小土号。相传凡是雷雨天气，它的尾部会发出一种紫色的光，如果哪棵树上藏有雷公虫，必定会被雷电打掉。

这让我想起鹤堂人对伢子凶猛的训诫——做人要有本心，要敬惜父母，敬惜米谷，否则，会引雷劈掉的！恰巧传闻外村一个妹子被雷劈了，立刻成了鹤堂教育伢子的教材。说她砍柴淋得一身湿哒哒回家，进门就奔房间换衣衫，一道雷电倏忽追了去，啪啦一声，眨眼她就烧成了一根肉炭。估计是遭天报应呀，平时就对上人不敬，经常上人说一句她驳嘴顶十句，甚至吃饭时连爷驰的碗筷都劫掉，这样的人天怎能容呢？

我由此觉得雷公是一种无所不在的神，长着一双看穿人世毫毛的眼睛，乃至从晓得用筷子端饭碗始，每扒一口米饭都特别用心，每每滴漏一点饭菜在桌上，都会一粒一粒捉进嘴里吃干净。

偏偏鹤堂屋场已数百年，墙眼屋缝，爬出几条雷公虫，并不是什么新鲜事。特别是老宗厅，有条近半尺长，大约快成雷公虫精了吧。有次我去推磨，撞见它从老磨盘架下胖嘟嘟地爬出来。我吓霉了，定在那脚趾头都不敢动一下。它居然也停下来，定在那，歪起脑袋瞅着我，两根小触角一招一弹，一家人的样子，我也就一身皮肉松了下来。但心底始终惴惴的，生怕有天它引个辣雷下来，把鹤堂宗厅打倒了，我的大识公以及列祖列宗要到哪栖身去？

鬆毛太公新厢房接老宗厅的瓦檐墙处，堆着好些做屋剩下的泥砖木料，是我躲迷藏密不示人的地方。好几次，都见一坨墨漆漆肉团团的东西举着翼翅吊在瓦梁下，闪着一对绿光光的眼睛向着我。不动，不声，没丁点响动，以致我每次钻在木料堆里，都用眼角余光瞟它，不动，不敢半点声响。

伙伴们当然寻不着我，只得生出恼恨放弃跟我玩。于是有一小段时间，我就像瓦梁下那漆黑的肉团一样孤独。我一直不知道那是个什么东西，我怀疑除了老屋，根本没有谁知道它的存在。这个似鸟非鸟的生灵，成了我一个人一辈子的谜。

偶尔，家里也会进蛇。但那东西不乱蹿，静静卧在那里，我不怎么怕。况且母亲说，进屋的蛇是家蛇，是先人变的，不害人，不能打。我便想：那蛇该是我爷爷呢？还是奶奶？爷爷奶奶去世早，没见过，只听村人说特别良善。于是见着家蛇，忍不住要多看两眼。蛇一般只去天井后的暗房里，那里靠山，阴凉，只向后山开了扇很小的窗户。细看，有两个垒过泥砖的痕迹，据说是当年太婆的灶房和澡寮，一家人的骨血都养自那里。那年月爷爷躲壮丁，也亏了这暗房，可以借此偷偷逃向后山去。很多暗其实是通向明的，一个家族的命运就此换了不同走向。如今，只用来堆放些酒坛米盎谷枥之类的杂物了。

除了家蛇，进屋的螳螂、草蜢、蝴蝶也被看作是先人变的，指甲都不能弹它一下。小灶鸡也绝对动不得，那是灶神奶奶的孙孙。灶神奶奶照看一家人的水火，怎可让她的伢子们有损失呢？小灶鸡蟋蟀般大，一身灶灰色，肥腿，小触须，白天喜欢藏在灶坎缝里。晚上没人声了，它们就钻出来，一伙一伙跳上灶台，我不知这些小生灵是否歌唱，只知道偶尔半夜口渴了去灶锅舀水，那里总是欢闹的，或许，它们在帮灶神奶奶值夜？或者欢庆某种它们欢庆的东西。第二天起来，它们又一个个都没了踪影。

为什么现在不洒雄黄酒？母亲瞟一眼墙角的农药桶，不答我。这让我有了悲伤，因为古人的艾和菖蒲只是熏熏蛇虫赶它们出门罢了，这些农药洒上去，雷公虫，灶鸡们，它们都一一绝种了怎么办？最可怜的是，我的爷爷奶奶万一想看我了，怎么进屋呢？

7

端午节没到，龙舟赛已成男人话题热点，县城带回的消息一个盖一个："老叔，今天祭龙神，六个姓的龙头都到水神庙里祭拜，全下了水哩！"卖李子回来的后生撂下箩筐坐在路边喊。"哪姓有望头？"田垄里的男子佬跨上田埂，隔着水沟抛根喇叭烟上坎去，对方伸手一接，话题就热闹起来：有几条龙船比赛，哪个姓氏的后生过劲，哪个姓氏摆摆花架子，哪个姓氏的队伍正在水里操练……

端午那天，路上人流不断，伢仔，后生妹仔，新妇娘，一路说说笑笑，偶尔也有胡须飘飘的老头或穿便襟的大妈大婶，更多的是挑鸡挑鸭、背柴担草的男子佬和妇娘……一路人挤挤撞撞的，闹哄哄的鞋跟都会被踩掉。

我也夹在看龙船的队伍里。父亲挑一箩担桃子，摆在百货大楼前当街卖，我和哥哥站一旁等着。街上什么都有，杂七杂八摆满了几条街，筐筐篓篓从街头一溜排过去见不着尾。太阳上了头顶，龙舟赛快开始了，父亲还有半箩筐桃子没卖，他剥了粽子，递两毛钱向边上一老伯买个梨瓜，"啪"地一拍，一半递我，一半递给哥哥，说你们吃了先去吧，到犹江大桥，别走丢了。然后在地上画了路线图给我们看。

我们心急火燎往江边赶，偏偏走岔了路，待到大桥时，桥上岸边早已人山人海，任怎么也挤不进去。幸得哥哥眼脚活跳，被他拽着左挤右钻，好不容易钻过人堆缝扒到了桥栏杆。

忽听得江上鼓声大作，十几条龙舟威风凛凛，一路劈波逐浪，雷公虫似的在水面唰唰爬动，向东山庵下八角潭方向唰唰奔去，渐渐地拐向东南，变成几条线，又变成几个红红的蝌蚪点，半个多小时后，红点重新变大，渐渐地，龙舟上的旗子越来越清晰，突然间天兵神降，鼓瀑飞鸣，水花交加，几条龙舟大蟒般向桥下冲来，鼓声消歇下去，桥头欢呼四起，爆竹花吧啦吧啦在桥头水面飞炸……赢了的族姓满脸红光，输了的姓氏很不服气，更多的是议论着今年龙舟划得红火，龙神老爷很顾全大家，这一年必将风调雨顺、天下太平。我和哥哥站在桥上等了许久，再不见动静，才知龙舟赛结束了。再四下张望，但见两岸竹影丛丛，上犹江水光如镜，此外，只有南面山上的一座黑塔，以及东山顶上那白墙黑瓦的寺庵连着碧蓝的天空……

龙舟赛不过如此？我以为得哪吒闹海那样在水中激战三百个回合才罢手，心里颇不过瘾。正慌慌的，一眼瞥见父亲摁着扁担坐在桥头冲我们隐隐地笑，筐里摸出两双凉鞋，一双红色，一双褐色。我们跑去试脚，套在足上，埋着头，嘴角掩不住蠕蠕地笑。

回家路过一户人家，坪前的艾蒿长得汹涌。不远的木桥上，静静蹲着一个男子佬。父亲说，那是捞水浮莲妇娘的老公，人就是从那桥上落水的。我心里一动，忍不住细看他几眼。

8

母亲每提起捞浮莲的妇娘都一身拧惊。那天她街上卖了辣椒往回赶，走到石涧坑口，忽见满天乌云堆暗，忙借人屋檐躲雨，一场暴雨消歇下去，刚走上大路没几步，老远就听见前面呼救命，眨眼就见荆柴丛生的河坝下一个妇娘头发漂漂荡荡冲下来，看那样子人早已没用了。母亲吓得不敢也来不及看第二眼，抬脚就跑，一连飞跑五六里，进门见我们几个伢子一个不少待在屋里，一颗心才突地回到胸窝里。

"记住了！五月头到七月尾，毋去下河搞水，水鬼拉脚哩！"母亲眼睛重重地瓞着我们，喝下一碗凉茶嘘着气。

妇娘哪晓得水的凶险？发洪水捞东西绝不能当桥面水下瓢，水势头太猛，大瓢抵不住，瓢杆一翻，人就像蚂蚁一样被撬落水了。人怎敌得过一条河呢？落水后冲了三四里，起先还见她水里举起一只手，她女儿和另一个妇娘提着竹篙一路追一路哭喊，试图拉她上来，可惜流速太快，根本追不上。沿途都是山坑子旱路人，有谁敢丢下自己一家老小冒险下河？

母亲隔着屏窗大声和后厅的细奶说着事，直听得她一对眼睛黑蝴蝶似的。妇娘和虎形祠两对望住，大门对桥头，人长得平眉亮眼，嘴巴挺柔顺，平时赴圩赶场，见人总是大婶长大嫂短地打招呼。就在前一刻还有鹤堂人回来说打她门口过，被妇娘招呼着进屋躲雨喝了她一碗茶，只是雨一停，怎么说人没就没了呢？这五月犯水吧，你看桐梓脑水库，每到这时，你上坝面去，总会隔着梧桐花栀子花吹来一股浓重的水腥味。世间事许多搞不醒。你赶紧屋里舀碗酒娘喝下去，再拗几枚桃枝身上压压惊。

鬏毛太婆说，"五月盖屋令人头秃"，这些人都是五月做了不该做的事，老天只好用天条来惩罚他。要不就是五月出生的五月子？五月子不好养的。老古手上认为这一月煞气重，所以才整出这么多的礼俗规矩来镇住它。

但我渐渐明白不是这样的。人怎镇得住一个天日呢？天地生万物是一个自然过程，只是时间到了而已，没什么阻止得了。人与天地是一个看不见管道的连通器，我们在这一头接受宇宙的浩大信息。当你连通器一头闭塞了，人与天地就绝缘，生命就自闭了，你又到哪招魂去？所谓煞气，应该是我们和这一天的地球、月亮、太阳或者其他天体运行节律存在某种冲突吧。

　　古人做事都是有深意的。夏历以干支纪年，寅月为岁首（正月），五月为午月。端午，在上古是祭水神的日子，后来因伍子胥自刎，大诗人屈原投汨罗江殉于自己忠爱的楚国，遂成了国人一个悲壮的祭日。而我们客家所做的种种，不过是延续先人南迁而来的中原古风，沿途提取了江南楚越畲瑶各族的地气风物，说到底就是因俗设教，爱人惜物敬天地吧。

　　万物种种都是有天机的，总是在合适的季节，合适的地方，以合适的世相调搭在一起，就像这鹤堂的山水，草木，禾田，鱼虫，还有那些一代又一代死去又活来的，活生生的，活在风俗里的人。

木柴上的花朵

1

小时候我认为火是神物，这些太阳的崽子，来无影，去无踪，不用根叶种子，不需喂什么养料，却能在干燥的木柴上，开出一蓬蓬金灿灿的花朵。无边无际的黑夜，是花朵烧过的灰烬。我只有看见灰，才确信火死了，连同火的脉管——草木。可是一转眼，又活了，风一样。

乡村的清早，灶膛总是先旺的。用灰耙将灶灰扒尽，划根火柴，杉篾松枝一点，塞把芦箕进去，火苗弹起，嗤嗤打几个滚，噼噼啪啪拍打翅膀飞舞起来。锅台打个哈欠，砖缝里喷出几丝热气，几分钟后，烟囱眼烧开，拗把棍子柴进去，上面架几片松板柴，等火势又旺又亮，一天的烟火气就垫底了。妇娘子拿起甑刷锅头灶脑扫一遍，大瓢大瓢上锅烧水。煮捞饭要大火。松板柴烧得嚯嚯响，量好一天的米下锅，白汽从锅盖边缝里挤出来，锅里扑噜扑噜的，有谷花灌浆的甜腥味儿。开盖，用锅铲翻底，泛起一阵阵米汤，再文火七八分钟，饭汤厚了，埋了火，举笊篱贴着锅沿一圈一圈游着将饭捞起，尖长的饭粒胀得肥亮，倒入饭甑，日子一片糙白。

没煮过芯的饭叫生芯饭。妇娘将饭甑盖子翻转过来，挖一勺饭，掂在手里抟来揉去，几只饭团便冒着热气挺挺地孵在盖板上。男子佬抓一只在手，驮了犁耙镢头出去，老头、伢子则牵了牛，唤上狗，驮把粪挠钩只粪箕，啃着饭团消失在山坳河坝上飘拂的雾气里。煮捞饭是最划算的，生芯饭填筋骨，饭汤除了作茶汤喝，重要的是作下潲水，能把猪养得膘肥毛亮。人吃米饭猪吃汤，人畜一家子，互相得安生，这样养出的畜生有人情味。木甑端进水锅里，须借助柴火蒸，直蒸到水汽茫茫，饭粒松松散散，草木米谷味道相互吸足，饭才开了花。这时的饭甑板蒸得光亮，每一颗木毛孔都吸满了水汽粒子。甑抱下锅，甑脚汤里有时会孵着一堆毛芋，有时会横着几只红薯，或者，趴着三两只肥胖的茄夹。它们在火力的渗透下，已经变得绵软酥烂。

村坊人三餐茶饭在柴火上操作，程序粗陋而简单。一切遵循大自然原本的味道。青菜萝卜番瓜瓠子，园子里摘下什么煮什么。夏天，将炆烂的茄夹叉进钵子，鲜椒埋进炭火煨得焦香，和着蒜粒葱白在瓦白里捣碎，洇点酱汁油花，拌进茄肉泥里，夹几筷子可以扒下几大碗米饭。红芽芋煮得绵烂，剥了皮，蘸着秋风白露，几滴木梓油几颗粗盐，氽一勺米汤，撮一把芥菜碎叶，糊糊煮上一大钵，端上台桌，淘上米饭溜溜就下了肚。也有不赶时令的。冬至后的萝卜用篾片一只只串起，挂在瓦檐下风干，扔到酒娘盎里浸养着，等来年油菜花开，萝卜胀到一身通透，切成碎粒与酒椒蒜苗干炒，咯吱咯吱的特上牙，小心舌头被吞掉。乡下菜来来回回就这几样。也不知寡淡清长的米谷菜蔬，为什么经柴火泉水一催，就这么清香养人畜。你看村坊里的后生客女（姑娘），虽比不上神仙郎花仙子，却也一个个吃得眉清眼亮口音清长，即便是鸡鸭鹅猫牛猪狗，也一嘟噜一嘟噜地皮毛亮顺，很少眼光捌叉狂野腥臊的。

2

火的威力，单通过水不能完全抵达物性，大自然的其他尤物就上场了。绵绵沙可以将火候传达得细腻而绚烂。山上的泥沙冲到溪汊，在河滩上淘洗了多少年，用泉水养干净，倒入灶锅浇上茶油干炒，直炒到油干沙亮叮叮响，铲入沙罐藏着。时间是收藏火的屋子。等烫皮番薯片晒干了，杉枝也干得恰恰好处。沙炒烫皮很要工夫。沙子用文火养热，烫皮插进沙子埋着。灶膛塞把杉枝，火就像无数只鸽子扑腾开来，锅里的烫皮也扑棱棱地膨胀，纷纷举起翅膀。赶紧翻沙翻炒，烫皮被沙子灼得啵啵起跳，噗噗噗地起泡开花，稍稍转色，白花花的烫皮就起锅下箩筐了。吃烫皮就像踩在秋天无边的落叶里，一口一个脆。烫皮是客家人一年四季待客的茶食，一碗茶几张炒烫皮，米的味道夹着火香，人间烟火就从这个舌头传到那个舌头，慢慢涸到心肝里。从黏嗒嗒的米浆，到蒸成柔韧的烫皮，再到晒成坚硬的烫皮骨，最后到一碰即碎的炒烫皮、炸烫皮，或者氽一碗清亮的烫皮丝，一张烫皮其实就是一张人类用火的完整版图。

火性在油的身上体现得几乎有些暴烈。只要稍稍挨点边，便是一场弥天大火，不知道谁烧了谁。许多事就这样的。人对自然万物总是各尊天性，譬如水火彼此相克相抵，那么，分开吧，哪怕隔一层铁锅，它们反而可能彼此借力。如果恰巧物性相吸相通，那么，隔开吧，火与油隔一层铁锅，彼此相契相阔，让干柴也烧出几分落寞。相吸相亲的能量过分堆集，往往是电闪雷鸣式的风流云散。老子说小国寡民，老死不相往来，委实是天下至理。木柴上稍稍跳起火焰，油锅里便花一岗云一岗地沸腾起来。番薯片炸到酥脆，薯包子烧得酥软，芋头丸子咯嘣咯嘣的，南瓜花豆角干花生豆子茄子辣椒，只要挂上米糊糊扔进油锅烹炸，都被尊为款待客人的上品。村坊人家起了油锅，日子总是欢腾热闹的。什么根根草草五谷杂粮，跌进油锅里总要发出快乐的尖叫。

油炸东西的膨胀，往往也是心情的膨胀，显示着非同寻常的日子，却不能用来过日子。上火往往是身体内部一种能量与另一种能量的高密度堆积，就像幸福，有时是一座瓷窑，有时恰是一堆炸药。

3

　　水与火的把握是不做声的。酸甜苦辣咸，和水木火施行烹调，各种味道的根本其实藏在一瓢水里。而清除腥、臊、膻味，关键在掌握火候。只有掌握了用水与用火的规律，才能转臭为香。煎炒必须用旺火，煨煮则要用温火。炒大肠得刀子嘴似的快手，手急眼快心眼准，火疾风起，锅底油焰开，大肠玉兰片似的翻转，激几滴水进去盖锅两秒，投入蒜段酒椒片，淋几滴料酒酱油，翻铲上盘，鲜香辣脆，浓浓的人间烟火香留在舌根底。然而如果中间没有几滴水的高速度配合，火香味常常会变质。水多了清溏寡淡，水少了菜品老柴干瘪，如果不小心火力或者手势没跟上，大肠片便歇了火，皮筋似的拗劲咬不动。

　　慢火煨汤是打理日子的过程，要怀有一颗悠然寡淡的心。火如果太猛，煨成的食品就会干瘪，汤味混沌不清。要收汤的食材，应该先用快火，再用慢火。如果心急而一直用火太快，食物就会外焦而内里不熟。大块鱼要煮得鲜活，淋一圈木梓油细火温温地煎，加姜粒蒜末，然后推上泉水慢煮，直煮到色白如玉，肉凝而不散，稍微撒点红椒丝香芹叶子，起锅。要是起锅晚了，活肉会变死，一粒一粒白如粉、松而不粘。一钵活辣鲜美的水煮鱼，往往是汤稠肉白，达到水火的完美交融。

柴草的火性不同，煮出的气味也各不相同。秽木柴是不适合做饭食的。客家人说"三枫四荷，劈死聋牯，烧死哑婆"。枫树荷树长得风光，劈起来却皱皱扭扭，烧的火也阴沉暗哑，憋在灶里半天没个透亮，这样炒出来的菜会走油而失味，菜梗子暗淡疲软，吃了打不起精神；松木、杉簕叶子油脂好，火烧得锋芒毕露，用来煎炒炸都是过劲的，做的饭有一种吃不见闻不着的香味，长肉也壮筋骨，可是松柴火有缠劲，如果有点痧气湿气的，得了病很难痊愈；桑柴火是有益的，煮的老鸭及肉等，可以煮得极烂，能解一切毒，却也伤肌肉；芦箕火舌肥而长大，云朵般卷起，声音妇娘子般轰轰作响，饭食安神养人心；禾草火是软塌塌的，就像缺乏中气的风，烧得无声无息，却能安人五脏六腑；茅柴叶子哧啦啦的，火苗一弹唰就烧过去了，可以清肝解毒；芦火、竹子火来得暴烈，哧哧一亮，闷闷地来声炸响，清香勾鼻子，可以煎一切滋补药，用得多了，却不免伤筋损目；砻糠火和水酒是最好的搭档，煨出的水酒绵而不软，又香又霸又上口。来得慢的火总是软中带硬的，比如木梓树，它的火力持久而稳定，这样煮出的饭食，绵润清香，给人予温和安稳。

火与木开出的味觉花朵，还在于盛装食物的物件。装饭的大甑一般用松软的杉木，木毛孔通透，热力与水汽吸附性好，蒸出的饭莹润干爽而不易馊。杉木锅盖是灶台含蓄的风水口，体现了村坊人过日子的温和与定力，也是保证火、水与木中和的法宝。好的东西总是慢慢捂出来的，做汤时开盖的次数太多，水与火的精气外泄，做出的菜就会多渣沫而少香味，反之，锅盖板达达硬不透气，一些腥膻杂味就被憋在锅子里。火力通过草本叶子渗透到食物里，是极富诗意的。斫几柄硕大的芭蕉叶，撕成一条条四指宽的叶片，将吊尽水的米浆包进叶片里，摊平，用细棕丝扎成一只一只小方叶袋，放进木甑火蒸，鲜绿的芭蕉米果沾满了汽露珠子，剥开，米果软如白玉。大自然的香味糅合在一起，妙处是无法言说的，荷包醉是荷叶裹着五花肉、糯米粉蒸出的美味，糯米箬叶香味互相缠绕，足以使初夏的日子开出花朵。

木柴火是有营养的，我们一日三餐进食，其实也在进食木柴开出的花朵。土灶，柴草，铁锅，水，米谷，菜蔬。客家人灶房里的熟食过程，体现了对万物的遣用与运化，是一场金木水火土的宇宙共和。一年四季，村坊人的灵魂就这样散发着草木清香。

4

很多时候我们不仅仅满足于一张嘴。

夏天，太阳滚落山背，家家屋瓦上竖起了白色的炊烟。大地像刚抽去松板火的灶膛，山坳里没有一滴风，蛤蟆拐子蛐蛐蚯蚓咿咿呀呀地热闹起来。晚饭还早，屋坪上晒干了的芦箕已经捋进灶角，落了一地的枝叶末子偶尔压着几堆猪屎牛粪。霞光被云朵盖住了，亮着一道厚实的金边。老头打着赤膊挥把芒扫，将屋坪扫个透彻，所有拉什沤秽拢成一坨堆，点上火，浓浓的烟胡子似的飞起来，蹿到天空里，活像吊着一条黑黑的大牛绳，屋场上飘满了火木和粪草星子的味道。细伢子总是不知道累的，他们从火堆里抽出树枝棍你追我打，直到将夜色戳出一个又一个窟窿，或者划出一圈圈流动的火线，任凭奶奶怎么喊破嗓子也不歇脚。半夜一场瓢泼大雨，仿佛一场梦，烟火熄灭了，早上起来，只剩了一堆黑堵堵的落汤火土。火土被铲进箩筐沤着，过个十天半月，和灶膛灰一起，撒入田土成了肥料。

许多器什也是火力成就的。秋天，山上的竹子已老得恰到好处，男子佬们挎上勾刀一根根斫下来，砍枝削叶。夜晚，嘴里叼上烟斗，将晚稻草堆点燃，跳动的火焰将黑夜照得火蓝火蓝的。竹子对半剖开，拦腰放在火焰尖上熏烤，一堆尿的工夫，竹背渗出青油末子，坚挺的竹骨慢慢软下来，扳着两端对拗，用力一折，绑上绳子冷却定型，一把灶下的柴火夹就成了。和火夹一样，扁担，尿桶钩夹，竹椅，还有许许多多的乡下竹器都是在火上完成造型的。

妇娘子们常挑着大担大担柴草到村屁股上去，那里蹲着一座瓦窑。瓦窑像只倒扣的巨大泥锅，坎下窑口，一个男子佬在那里忙进忙出。边上掘了泥巴的水塘空洞洞的。山脚是个辽阔的窑柴棚，那里堆满了大捆大捆桠子柴，还有巍峨的木柴垛子，另外一块平地上码着一排排瓦垛子。有那么几天，瓦窑上空突然冒出滚滚浓烟，接着一嘟噜一嘟噜的青烟，整个村庄似乎摇晃起来。巨大的火焰被封在窑洞里，就像一个谜，那个男子佬守着一洞苍天大火，没日没夜的，两只鼻孔熬成了烟囱。等开窑出瓦的日子，男子佬眼珠子就星子般闪光了。窑里的瓦烧得浩浩荡荡，黑沉沉青幽幽的，摸起来比他布满茧子的手掌要轻薄光韧。瓦片是泥土的指甲。他摺起几块，举到日头中弹几下，噗叮噗叮响，仿佛听见千屋万瓦的雨珠子在欢呼雀跃，让人怀疑那没日没夜的窑火，到底是在煅烧瓦片，还是在锻造雨珠子的天堂。

烧死的木柴经常会复活的。每天打早，将隔夜的灶膛灰耙到筲箕里，再将一颗一颗的木炭挑拣出来，那是木柴火屙出的屎。一年三百六十五天的火屎堆起来，足够交给铁匠打一套刀具锄具用了。风箱拉起来，炉里的火屎就复活了，蹦起火星子，不断跳荡着透明的火焰，仿佛一场新的生命又来临。那些缺胳膊少腿的破烂锄具被扔进大火炉里，不久就一身喷红打软了。扎腰带的打铁佬，操着火钳将它们夹起，定在铁砧上，抡着大锤小锤来回敲打，等铁器锤乌青了，丢回火炉，这样反反复复，最后哧的一声下水，腾起一道白烟，从此冷锋萧萧的，跟随主人又开始一段手起刀落的营生。

和水一样，在漫长而节制的村坊生活里，木柴火是事物变化循环的法宝。通常，我们只能看到竹与铁的硬，却看不透它们的软，那些柔软的泥巴，封闭在柴火窑里，恰恰，是一种火焰的硬度。

5

柴火的寿命各不相同。

禾草很不经烧，一着火就灰飞烟灭。芦箕火往往能红上三两分钟，一把棍子柴可以烧一锅热水。松板柴则不同，架满一灶膛，做一顿八口人的饭也不用操心。要是蒸荷包醆、榨木梓油那样费时费火的灶头活，非得准备好一垛子木柴。我曾亲眼看见蔗寮下熬红糖，几头牛拉着两只巨大的石碾子，肥壮的甘蔗被柴草似的咬进石碾缝里，转眼一把渣吐了出来，变成一根根蔗带子。糖水咕噜咕噜地落下，被挑到熬糖棚，倒入一口水井般大的圆锅，浮起一层肥胖的泡沫。一个男子佬骑在马凳上，操一杆铁锹在不断翻搅。另一头地底下，一个男子佬守在灶门塘放火。灶门大得吓人，里面架满了松板柴，日头般喷着火苗。男子佬抡一柄长长的铁叉，大捆大捆的芦箕叉进去，怎么也喂它不饱。红糖的能量如此宏大，乃至于那么多的甘蔗柴草耗尽一生，才抵达一粒糖的甜度。吃糖的人呢？生命的耗量有时会不可想象。

黑夜是火的天堂。那些火跳荡在夜色里，就像眼睛，让村子从不打瞌睡。松明火是嘹亮的。枝干被松脂喂得又红又亮，采下晒干。清明之后，田埂新糊了泥巴，稻田犁得一片白水，晚上提个松枝火篮下去，蛤蟆拐子一对一对的在水田里啵啵跳，那些泥鳅养了一冬肥咕咕的，趴在水底，用夹子一夹就进了篓。竹篾剖开，一道青用来做篾器，二道青用来做竹器，实在剥不出青了，篾囊骨浸到水塘里，个把月后捞起晒干，做夜时点火插在泥土墙缝里，一支快烧完了，再接上一支，似乎一辈子也烧不掉。挖番薯后，成捆成捆的薯藤埋进水田沤烂表皮，剩下一根根藤梗，丢到河里洗白净，辣日下晒干，用擂棰轻敲慢打，直到又松又柔软，搓成指头粗的草绳，丈把长一根，尾巴上打个结，卷成一圈，叫搓火绳。男子佬出门难免要走夜路的，火绳头烧红后，顺着风甩那么两下，火苗就花苞子似的亮起来。晚上提着，过桥过缺上坡下坎，一闪一闪的，虽然不旺，村坊里人走出多远，火绳就能照到多远。

　　落雪天，除了柴火活跃，万物生命活动大打折扣。田垅里没了虫声，鸡、鸭、猪、牛趴在铺了稻草的牲栏里。早上起火造饭，灶膛里烧出第一堆火炭，妇娘子就铲进火笼里，埋上一层面灰，盖紧火笼罩子，叫细伢子送到里屋，塞进阿公阿婆被窝里煨着。外面冰冰冷，通常，老人们懒得下床。村坊人彻底歇了闲，老老小小围坐在厅厦聊道说古，妇娘客女（姑娘）们搓苎麻的搓苎麻，揉鞋绳的揉鞋绳，打鞋底的打鞋底，中间，总少不了一只热乎乎的竹篾大烘篮，篮下罩着的大烘钵，装满了火红的炭子。烘篮是伢子出世时外婆送给外孙烘尿片尿裤用的，其实，袜子、鞋垫、衣物，乡下人什么不可以拿到上面烘？就说这新糊的鞋底，不在烘篮上烘一阵子，打鞋底时就吃锥子，纠纠韧锥不利索。如果没烘钵里煨着的火铁子燊，鞋垫子和鞋面又怎么糊得平整？能留下炭子的木柴都是有硬度的。最长寿的要数木梓蔸火。一蔸碗口粗的老木梓也不知要活多少年岁，单看木屑粉的匀称和细腻，就知道它活得硬韧而精实，没有上好的臂力，连锯子都拉它不动。手棍粗的梓火炭埋在烘钵里，红上一昼夜也化不掉。木梓麸更非同凡响，梓仁碾成碎粒，倒入大甑蒸熟，一大饼一大饼摊开，用稻草缚上放进油槽用大木猛砸，油榨尽后剩下一饼饼的渣子。冬天捶一小块烧红，埋到烘钵里，可以抵上好几钵炭火。

　　为了火的生存，村坊人对山上的柴草非常吝啬。木梓树结籽榨油，吊着一家人的油盏子，不是自然枯死，村坊人是舍不得斫来当柴烧的。樟树虽然清香好烧，但是祖宗留下的风水树，村坊人断不会动它。松树杉树水桶般粗壮，留着做梁木柱子寿木或者打门窗衣橱床板台凳，用来做柴火烧，简直就是败家子。枫树、荷树、檵木、野栗子、胡锥子等杂七杂八的树，都是山林的大姑大姨，好好看着它们即可，刀子是动不得的。妇娘子们上山砍柴，常常扎根长长的镰杆，单挑那高树大木钩些枝桠下来，或者拗些干枯的树梢，再割些芦箕斑茅挑回去。也有打柴蔸的男子佬，专找那些枯死或被白蚁钻空了的树蔸挖去做柴烧。割芦箕要留神，有时斑茅中夹着树秧子，镰刀就要绕过去，如果不小心割断了，就要默念土地老爷，求他老人家宽恕。砍树条子和割树秧子的人是要打短命的！父亲年轻时正逢破四旧，这个后生子不信邪，一刀砍了社官前的荷树条子，不久就生了场大病，在床上躺了一个冬天才见好。社官老爷是没什么情面可讲的。

木柴火就这样一代一代燃而又燃，喂养着客家人长盛不衰的日子。我们似乎在被火养着，其实我们一直在养着火。人和大自然其实是一种孙祖孝顺关系，那些精心看护的山林，是木柴火取之不尽的粮库。

6

火是客家人的神明。

过火是场盛大的典礼。做新屋了，一家人出生年庚早早报给风水先生，时辰掐算好。日子放风出去，亲戚朋友都晓得了。天没亮，族里管事的男子佬到老屋聚拢。时辰将到，爆竹嘭嘭作响，当家佬从老灶捞起一把熊熊的竹子火出门，女主人捧着锅子锅铲紧跟，父母叔伯兄弟姊妹，端饭甑的端饭甑，捧油盘的捧油盘，抱碗筷的抱碗筷，举火铲的举火铲……星光下，一行人小心翼翼护着火种，浩浩荡荡奔新屋而去。在新屋大门前站定，族老手捉大线鸡举头高赞：手捉金鸡似凤凰，生得头高尾巴长……话音刚落，唢呐冲天而起，族老举刀割鸡，鸡血在门槛边淋三圈，裂开门缝上的"开门大吉"红帖破门而入，鸡血沿厅堂一路淋到灶膛门，当家佬随即将竹火一推而进。这些木柴上的花朵，刹那间就在新灶膛火光熊熊了。女主人立即起油锅炸烫皮鸡蛋，炸到嘭嘭铺起，便高呼着"嘭嘭发，嘭嘭发"，端上桌面招呼大家上坐食茶。于是挂镜屏，焐水酒，煮肉烹鸡蒸荷包醭，厅堂坪下大摆酒席。直到一灶火烧得熟透，屋里屋外一片人气旺堂，这新屋就可以住得顺畅安稳了。

火的表情常让妇娘子牵肠挂肚。火烧得眉开眼笑，一群群在灶膛打滚，兴许明后日就有远客要来，或者有什么喜事上门？少不得抹台板擦桌凳打扫厅堂；火烧得红彤彤朵朵开花，家里财气就上来了；如果火焰灰头耷脑，有可能最近退财生病，日子霉嗒嗒的，一家人就要格外小心；火苗如果横冲直撞，家里家外可能会吵嘴斗闹不得安生，这时不可掉以轻心，凡事让人三分为上策；最揪心的是火焰乌堵堵直往外蹿，恰巧又鸡公头夜窝打鸣，家里就可能进什么煞气了。"哼什么痨命！"当家佬一声吼，捉了鸡公一刀斩下去，一瓣鸡冠尖落地。鸡血从鸡冠口挤出来，大滴大滴落到灶门边。鸡血是瘟煞的克星，据说灶边屋脚，娶媳妇造新屋，杀个线鸡祭祭，各种污秽之气就会逃之夭夭，从此或可相安无事。许多事是说不清的。其实，妇娘子只要贤良，大抵能将一灶火养得风调雨顺。每过三五天，捏开锅头炆鼎，用灰耙将烟囱眼灶膛肚耙个亮堂，再将锅底乌癞灰铲光，加上干燥好烧的木柴，是基本可以确保火苗安稳顺溜的。

有些地方会烧瓦塔。中秋节大早，男子佬们将瓦片、砖头一块一块垒成丈把高的瓦塔，塔底留个塔门。瓦片砖块的空隙恰恰成了火的窗口。月亮出来了，山林没了一滴声响。

人们将松桠、片柴和禾草填进瓦塔，浇上硫磺，族老到塔门点火，火慢慢烧开，一级一级爬上瓦塔，最后蹿上塔顶，喷出嘹亮的火焰。火舌从各个火孔喷出来，仿佛千万丛花朵在奔跑呐喊。大人伢子欢叫了，不时你一把我一把往塔里撒食盐，爆出一阵一阵噼里啪啦的响声。火焰兴奋起来，火舌交缠在一起，变成一条雄壮的火龙跳动飞舞，映红了山脚弯弯曲曲的河汊。大人们圈圈围坐在瓦塔边，一边聊着家长里短，一边剥着柚子分食着花生月饼，伢子们则猜古捉迷藏，后生客女们你一眉我一眼地瞄着对着……直到月亮偏西，整个瓦塔烧得一身金红透明，人们才慢慢散去。

柴米如金的日子里，客家人为什么要以一塔火来进行如此奢侈的狂欢？有人说为了纪念先人反抗元朝暴政，有人说为了庆祝丰收驱邪除秽，有人说为了祭拜燧木取火的远祖。抛开世故，根底上，我想我们的祖先，是想通过火，与自然进行一场辽阔的对话——我们站在大自然里，我们自己也是自然。

7

许多事情无法预料。天干物燥，在山上烧蚂蚁窝极度危险，稍微没隔好，火就跑出来了。一滴火的奔跑速度有时追得上风，茅草芒花简直就是千万根导火线，那些落满松脂和杉油的芦箕山更是火的高速跑道。火焰吐着信子鹅毛般在山林翻卷，唰地上了山顶，忽地一个转身，瀑布似的飞滚而下，千沟万壑地泛滥开来。黑色的烟浪裹挟尘沙，蘑菇云般飞入天空。日头没了影子，风声，火声，呼叫声，巨大的热流卷着气浪嗡嗡作响，除了茫茫火海，什么也看不见，什么也听不见。棉被袄子丢进水塘捞着披起来，家家户户的男子佬号叫着，蚂蚁沿线似的，驮锹抡棍组成人墙追着风打火，扑茅柴，甩树梢，也有的大桶小桶泼水，有人从对面山头围追堵截，有人在大片大片砍柴斫树做防火隔离带。火一旦疯狂是无法扼制的，它铺天盖地的杀伤力，瞬间可将天堂变成一座地狱。村坊人付出的代价是惨烈的。他们只懂得山林是自己的衣食父母，谁知道它还是火的祖地？谁也别想阻止一群火返回故乡。

更大的斗争悄悄包抄过来。许多村子用黏土和砖头筑起了一座座高高的土炉子。铁锅头，门铁搭子，箱锁搭子，老秤头，烂镢头，烂斧头……家家户户和铁有关的东西被统统搜罗出来，一一当作原料丢进土炉大炼钢铁。当人、火、树都抛开千百年的祖制，全部围着炉子打一场钢铁战的时候，村子茫然不知所措了。为解决燃料，人们只能纷纷从稻田爬上坎，一嘟噜一嘟噜上山，搭起大大小小的烧炭棚。水桶般粗的大木被一棵一棵斫倒，顺着山头滚下来，烧成肥嘟嘟的木炭，喂不了自己，更喂不饱那人高马大的铁水炉子。

一些地方建起了林场。一种比村子还长的森林小火车开了进来，一节一节的，常常车头拐到村背后了，却还看不见车尾。大片大片的森林被电锯锯了，粗大的枕木指引着火车，一车皮连一车皮，将大木送到遥远的地方去。哐当哐当，村子抖动起来，猪在猪栏里睡不安稳了，土狗们呜呜地从坪上追到坎下，惊得不知所措……这些祖祖辈辈喂着村坊人的树林，为什么要离开故乡？被拉到什么地方？做什么用呢？有时候会在铁路上，拣到几块乌堵堵的石头。慢慢的，村坊人才知道，这是火车烧过的煤。乌石头怎么也能烧火呢？还能推动那长长的火车到处奔跑？世界变得越来越不可想象。

马上要分山了。听说分产到户，村坊骚动起来。人们私心萌动，谁也不晓得哪片山林会分给自己。于是全家出动，驮斧头挎勾刀，砍的砍，斫的斫，锯的锯，拽呀，驮呀，扛呀，将山上的财产一点一点往家里搬。上好的木头，与其眼巴巴地给了别人，不如先自下手吧。碗口粗的砍没了，手棍粗的杉树松树条也好，做不得瓦梁家具，做柴烧也是好的。麻绳也好，蔑条也好，藤条也好，一捆一捆扎紧了驮回家去，前坪后院，就渐渐堆起了小木头山。祖祖辈辈藏风蓄水的山林，半个月不到，变得空荡荡的。天更高了，山更瘦了，村子更亮堂了，野猪麂子不知逃到哪去了，那些在后山"居所——！居所——！"直叫唤的五彩长尾鸟再也没见踪影。

火关在灶膛里是良善的，一旦打开，就成了原子弹。人心长出来的火远比木柴火杀伤力大。我们所能做的，是管好两扇门，一扇打开，一扇关上。有时候一不小心，我们就成了纵火犯。

8

木柴火对万物的加工，是人类一种短暂的物理与化学运用。而阳光对万物的催熟，却是漫长的生理马拉松。

阳光是多年的老酒，浸着果树庄稼，像一层透明的油漆。秋风吸着鼻子，那些橘柚板栗花生番薯，被浸得没了肝火，一个个出土的出土、下树的下树了。天地之气正开始新一轮组合交换，站在田野里，你可以闻到自然万物化合分解的成熟味道。野菊开花，拐枣退涩，柿子起沙，打了霜的萝卜甜甜脆脆的，就连那些起虫眼的白菜秧子，也变得冰棱似的水津津的。

日头是挂在天上的火。这些火的种子，洒落到森林、河流、田野乃至一株株庄稼上。阳光流进植物血管，没有谁感觉得到。等哪天植物开花、结果，直到衰老干死，烧出一堆金红的火焰，人们才晓得谜底。这些太阳的崽子，潜伏在植物、空气、黑夜里，一根火柴，火焰就发芽开花了。一座森林，一片稻子，一个万物生长的黎明，一个生物族群，需要多少阳光的催化与交合？

眼睛是天火最隐秘的居所。夜晚投凉，偶尔会看见一朵火光嗖地飞起，哧哧燃过夜空，滑落在某户人家屋背山窝子里。老人说那是灵魂火，有人要到另一个世界去了。如果火盘子圆溜溜的，是男子佬，若是一把芒扫的样子，定是位妇娘子。我们吓得每天摁眼角，生怕哪天那朵灵魂火飞了，自己也就熄命了。老人笑着敲我们的脑门，细伢子，灵魂火还没长好哩，你看村坊里那些叔伯大婶，晒了多少天晴辣日，吃了多少年头的柴米油盐，那朵火才日头似的闪在眼珠子里。

火是隐秘的，这些太阳的崽子，很多场合，我们肉眼根本无法看见。就像树死了，火还藏在树干里；木柴烧了，火钻入灰烬，藏进了空气里……大自然是火永无终点的能量循环库，我们所能做的，只不过是守护好能源——那是火与人类共同的故乡。

《易》说："积善之家，必有余庆，积不善之家，必有余殃。"千百年来，那些木柴上的的花朵，煮出的是沉静悠长的粗淡日子。某种程度上，客家人用火是含蓄而节制的，就像黑夜半闭的眼睛，指引我们穿透无法抵达的盲点，却从不抵达极限。和柴草一样，生命也是一场耗能巨大的火，生与死的过程，就是与自然的能量转换。如此，倘若上天给我们的能量只有那么多，是悠着点，慢慢花，还是选择一次性挥霍？能量是守恒的，我们向自然取了多少，就一定要返回多少给我们的自然。

洗 澡

1

夜色从山谷流下来，渐渐贮满了村野。家家木窗里透出了灯光，就像小瓢虫在夜幕上咬出的一颗颗虫眼……这时，热气刚刚散去，屋外的石子坪，便成了孩子们的澡场。

母亲将锅碗瓢盆使得服服帖帖，父亲刚从地里回来，在昏暗的灯影里剁猪草。后锅的水热而不烫，是火舌隔着炆鼎舔出的温度。灶壁供着灶神奶奶，灶上安放着两只铁锅，铁锅之间的泥隔梁，嵌着一对炆鼎。前锅煮饭炒菜，后锅暖水，两只炆鼎分别煲汤煮淅。"两室两厅"的格局，一日三餐，火苗就这样在灶膛里悠游度日。

山泉烧的水，声音响脆。大瓢大瓢舀满木桶，和哥哥抬到石子坪上。洗澡寮在后厅天井边，木板房，老蝉壳似的，和细爷爷家共用着。细爷爷一家十口人，加上我家六口，堂姑堂姊们，不是妇娘子就是大姑娘，夏天挨个洗，轮到我，得到深夜。

母亲一努嘴，"咱细伢仔，到坪上洗去！"——我巴不得。

石子坪老得脱了皮。坪角立两把竹叉，中间横几杠晒衣服的竹篙。竹叉下有堆泥土，用只穿了底的破箩筐笼着。丝瓜蔓从箩筐里爬出来，热热闹闹爬满了竹叉。母亲从屋檐牵一根篾绳过去，那些花藤就笑着一步一步拥过来了。坪沿立着一棵高大的李子树，外面是一垄接一垄的禾田。

虫声涨上来，悉悉喀喀爬满了夜的缝隙。我们将衣裤搭在树叉上，围着木桶蹲下，热酥酥的，风细细一吹，撒了薄荷般凉。

洗澡得先从脸洗起，那时的水干净，然后用巾帕撩水抹颈脖子啦，肩胛啦，腋窝啦，前胸后背一直搓下去，到脚丫子时，脚底在石子坪上挪几下，两只脚跟交叉着蹭蹭脚背，再用脚背蹭蹭脚跟，最后提桶将余水"哗啦"一气冲下去，抹干水穿衣就可以了。说起来简单，具体洗起来却挺旮旮旯旯的，别的不说，单洗那两只脚丫，就够人捏捏扯扯的。不过，我挺喜欢水在身上的感觉，稀里哗啦撩到颈子上，哧溜一声下去，石子坪就嗤嗤地笑了。我的背脊，是最好的溜溜板。为了让每一滴水享受到溜溜板的快乐，我常常省略许多程序，只一小帕一小帕地撩，任凭那些水欢欢地一路跌扑飞打，等穿衣衫时，后背汗毛孔滋滋地喝饱了水，胸前却仍旧是巴巴的一片旱地，手脚下膝盖窝便成了遗忘的死角。

"嗬嗬，东边日头西边雨！"出来投凉的细爷爷就要敲我的脑壳。

火焰虫常常来看我们洗澡。它们一伙一伙地在禾田上空玩，就有几只好奇的忍不住飞了上来，在丝瓜花上绕来绕去。哥哥来劲了，带领我们甩着毛巾飞打，直把那些火焰虫吓得跌跌撞撞关了灯，落荒而逃。有些火焰虫不吃这一套，毛巾飞来的时候，顺着风势轻轻一绕，不动声色，依旧一闪一闪地飞，任几个光屁丫盯着它东追西跑。我很生气，再有火焰虫飞来，索性不理它们了。两只"小星星"落寞地飞了两圈后，居然停在了桶壁上，呆呆地盯着我看了很久，喜得我一动也不敢动，一桶水白白地凉了。

有人的地方，蚊子总是兴高采烈的。那些吸着草汁长大的花蚊子，一个个瘦得跟妖精似的。为了对付它们，我们要一手撩水，一手不停地拍打屁股和大腿。尽管如此，还是免不了被它们叮上几口，麻麻地痒。洗背囊够不着手，得两手反扯着毛巾在背上蹭来拽去。这时蚊子可神气了，一会叮你脚肚子，一会咬你的脚背，要是脚跟或者脚趾头被叮个包，抓也不是，挠也没用，说不出是痛还是痒，干脆将水拨拉几下，举起木桶，"哗啦啦"从肩上浇下去，那些水哗啦湿了一地。父亲听了，就会在里屋打趣："一只鸭子过水啰——！"为什么说鸭子过水呢？水打在鸭背上哧溜就下去了，我听出这话里藏着话头，进屋勾下脑袋不敢吭声。

月黑风高的晚上，一人在坪上，心里有些怕，浇两把水就急着穿衣裤。偏偏有只裤管里朝外，反了，伸手一掏，裤衩却不知怎么扭了起来，于是把另一只裤管钻过去，还是闹别扭。那种开裆裤，屁股上开个天井，后腰长着两根背带，交叉后从两肩分别绕到胸前，用扣子叼住裤腰肚兜。这样裤管、背带和裤裆三者之间钻来绕去，感觉是天底下最复杂的事。雷声从头顶滚过，裤子怎么也理不好，急得我坐在地上大哭。母亲正在灶房背哦喏喏哦喏喏地给一群小猪崽喂食，"嘭"地丢了潲桶，绷着脸过来劈头勺我两巴掌，"哼什么痨命！没点用的东西，一条裤子都穿不顺茌，大了怎么找食！？"将那扭作一团的裤子一旋一抖，"啪"地顺了，转手套到我的腿根上，扭身田沟里提了桶水就冲洗猪圈去了。

2

洗澡时，对面山下偶尔会有盏马灯走过，那是赴墟赶场夜归的上堂人，扁担吃力的声音，吱呀吱呀溯河坝而上，直到变成了一只"火焰虫"，狗叫声便消失在村尾。

上堂在山旮旯的底部，山腰几棵巨大的老樟，常把他们的屋子遮得云里雾里。樟树下是太婆的家，她有个和我般大的孙女。我常想，她也该像我这般，静静蹲在夜色里洗澡吧？

太婆和母亲都是社溪梨子岗人，是徐家同个屋场嫁到郭屋来的，自然，母亲亲热地唤她作姑姑。但按郭屋人排辈，我们叫她太婆。太婆长得高拔，唇宽眼阔，天生地欢喜孩子。隔个十天半月，她会挑担芦箕柴草从对门山排上去赴墟。见着我，踮在那，嘴唇眯得像瓣糯米糕："啧啧！这大人种啊——又长高了这么多！"我被她一夸，暖得像冬天的红柿，赶紧仰眉叫太婆——！"诶——！过来过来，太婆没什么好吃的，抓点番薯干去，嘴巴里嗒一嗒。"她答应着，把住肩上柴草，腾出一只手探向禾杠边挂的尕篓，使劲抓出一把，叫我牵开衣袋，贴贴实实塞进去……番薯干刚下簸搭子，蒸了晒晒了蒸，早已涸出了亮糖卤子，含在嘴里软塌塌的，就像太婆的声音，有股说不出的灶膛温暖。

　　有一年冬太婆做寿，母亲派我和哥哥提一畚篮酒蛋寿面过去。山上田间铺满了大雪，树上的冰凌子挂得丝瓜豆角似的，风一吹，簌簌地响，整个河排上的竹梢云朵一样浮动。母亲叮嘱说小心别将蛋打烂了，否则太婆会不吉利的。我们没袄子，一路上哈着气，冻得鼻涕一缩一缩的，篮子却丝毫不敢松手。到她家时，布鞋已经湿透了底，一双手僵得连筷子都拿不动。太婆正烧着谷壳焐水酒，青烟一蹿一蹿的，见着我们，丢下火铲，一把接过篮子，转身拉我们进灶房。"快烘烘手！灶门上打点滚气，看我蛮崽冻得雪条一样！"太婆一边哈气揉我们的手，一边叫人从后锅打来滚水，将我们的脚脱了鞋袜捉到水盆里暖着。灶房里搭着一排案板，帮厨的妇娘子们甩着刀花……大锅里正煮肉膘子，扑哧扑哧地嘣着油星花。太婆拎起鞋子拍掉泥雪沫子，一只只码进灶坎烘，然后小声扯扯做厨的袖子："伢子冻到心肝了，舀碗汤唆下去！"一钵头热汤就送了过来。她撮起唇，绕着钵沿呼呼地吹，一调羹一调羹送到我们嘴上来。我浩浩荡荡吞下几片肉膘，肚子仿佛有了火星子，一身也灶膛似的旺了起来。

天暗下来，唢呐歇了，附近家家户户提着马灯过来领客人去搭铺睡。"真是好亲好戚呀，这天寒地冻的，赶紧招呼客人洗澡，烫烫身子，床铺上才歇得安稳。"理事的男子佬穿厅过堂地帮忙张罗着。

不知道为什么，村里来了客，茶饭不说，一桶洗澡水是讲究的，否则，就失了东道主的客情。大约山里人拿不出什么好东西吧，柴和水到底是有的。人家专门放下人工，挑酒提肉走十几里山路上门看你，不为份心意又为什么？

雪风在屋背奔跑，坪上临时搭的大灶锅热气喷天的。热水一桶一桶提进来。"摸摸看，水够热么？""哎呀——这大冷天，没做事没出汗，说了不用洗，费柴费水的，不得了的人工！……够了，够了！看这水烧得，既旺堂又暖心肠，托您老人家的福，真是一桶长寿水啊！"客人一边斯文，一边接过桶，嘴巴里一连串的吉祥话籽。

洗上一会，太婆总要端一大瓢热水站在澡寮门外作口："水够么？再添点滚的！""不用了！好好的客情啊。这水够劲，洗出脑门汗来了！"里面的人应着。于是，坪上扑噜扑噜地冒热气，洗澡寮里呵呵地哈着滚气，整个厅厦暖得跟大灶膛一般。

因为大雪封路，我们在太婆家整整住了三天，那几口大锅，也史无前例地忙活了三夜。

3

落了雨的夜晚，田坂里丢了魂一般。蛤蟆拐子们从洞里蹦达出来，仿佛刚刚看过一场露天电影。听这些蛤蟆拐子说话，我会想起屋场里的许多人，长门亮嗓的是小爷爷，瓮声瓮气的是卷毛太公，喋喋不休的是水花大嫂，拖腔拖调的是钩子婶婶，还有捏着嗓子唱戏般的，那一定是调羹奶奶了……这些声音合在一起，说不清是在吵架还是拉家常，成了村里永远唱不完的歌。

当一只大青蛙昂昂直叫的时候，田垄所有拐子立刻没声响了，一杯茶之后，落大雨一般，是一浪赛过一浪的蛙鼓。这只青蛙，感觉像我的父亲，无论坐在哪个不起眼的角落，永远是村子的主角。

洗澡时，不时有人往我家跑，劈头就问："你阿爸呢？在屋里不？"二十世纪五十年代，因为建陡水电站，我们这里突然迁进了好些库区移民。移民大都来自营前，说着一口广佬话，大约祖宗是广东迁来的新客吧，家门风气啦，风俗习惯啦，很多地方和我们郭屋人都不同。几个姓氏互相你嫁我娶，加上山水田地，村里关系就缠缠绕绕起来，稍稍没弄好就斗口打架，斗不出个结果，就来找父亲调解。

有段日子，一个上墈佬抡根打狗棍，一连好几次来找父亲，窝着头，牛喷鼻似的，眉角一颗痣一跳一跳的，为了他两个分了家的儿媳。儿媳刚过门是新人，按道理，老老实实砍柴烧饭侍候公婆姑嫂，一家人和和气气才是。可这新妇不怎么服规矩，眨眼一个轱辘子，一眨眼又是一个轱辘子，用我们那的话，属于剥了皮还有三下跳的那种。

父亲起头吮着烟，不作声。最后轻轻撒下手上功夫，拎了热水瓶去灶台舀水。一瓢，一瓢，冲茶，倒茶，仿佛一生一世，正声慢色地说：老叔，依我说，你还是撇脱点。黄土过肩的人，犯不着跟后辈子怄气。树大分权，人大分家，你还留得住？随她们去吧！也就巴掌大一块厅堂，几张台板凳脚，几块田土，锅碗瓢盆，犁耙辘轴的，都是老祖宗手上的，前生世带不来，后生世带不走，迟早不是他们的？两个崽，天不落地不生的，手心手背都是肉！风水不管自家人，难道还管外人去？一碗水端平了，全给他们，天都没这么红！炊鼎锅头隔开煮，不还都在一膛灶火上？养爷尽孝，养崽防老。后人好过了，你才过得安生，难道指望他们一辈子逑脚鸡一样逑着你找食？一百岁的命也不过就一辈子，我们做爷佬的，有什么想不通？

上墈佬仿佛被炖了肠子，喉头一瘪：唉——！讨坏一头亲，害了三代人。老大本来还算听话，偏偏那小的整日里崴嘴崴舌，刚过门几天还挺会端茶倒水，今天一桶洗澡水提给你，明天一桶洗澡水提给你，阿爸阿妈叫得挺讨人心的，不到一个月眼睛就挖挖动了！分就分吧，我们两个老骨头，刮光了也不见二两肉，该给的全都给了她们不是？如今倒好，也就掳了她瓦檐下一把柴草烧水洗澡，消得她蒲扇点火揪头泼面的？把家里老婆子脸都扯破了。牛老一张皮，这人老了，就这样一文钱都不抵了么？你是肚里有墨水的人，出来给我评评理，这山上的茅草大树，哪片叶子不是我给她们攒下的？都说养儿防老，还不如给自己留个香火钱，到时我和老婆子两脚一摊落气了，去见老祖宗时也有人擦个澡。

父亲正了色，这世道年轻人越来越没个样子！光长脑子不长良心。人情越刮越薄，刮漏了底不就剩一灶芦箕灰么？按老祖宗规矩，儿媳是要给家倌家婆提洗澡水到老的。世道怎么变，难道爷娘都不要了？没有爷娘老子，他们从石壁上爆出来不成？再说年纪轻轻嫁过来，屁点事还没做，就整日想占这要那的，还晓得个天高地厚么？进了人家的门，就得服人家的规矩。你尽管放宽心事，改天我去说说你这俩崽，高高大大的男子佬，有本事到外头打家立业去，哪能尽由着妇娘子在厅堂里作威！做人是有因果的，你今天怎样推待爷娘，明天后辈子也怎么待你，天在看着，地在听着，老祖宗也眯着眼睛在祠牌位上盯着，你的伢子在一边就听不着学不到？……不过这后辈子不懂事也只有慢慢来，只有三生世的崽爷兄弟，没有永生世的岳佬姨丈，再怎么说都是自己身上掉下的肉，一个锅头食饭，还有什么相让不过去？眼光放大点，一家人动不动驮锤抡棍的，为盆洗澡水，让外姓人看了实在戳脊背骨。

上堕佬听闭了嘴，闷头咕噜咕噜喝茶，口气慢慢平了下去，就像被父亲烫了个滚水澡，只跳着脑袋出气：唉——可怜造孽，一把屎一把尿拉扯出来，到头来只怕连桶洗澡水都落不着！默了半天神，他想说什么，终于没再说什么，脖子一拗吞了茶水，起身抬脚出了门槛。好一阵子，我们正捡碗筷准备吃饭，又见他一只脚跨了进来，嘴巴嚅了半天才嚅出几句话：哎！老侄，话又说回来，说到底……都怪这些妇娘子没见识，你一定好好说他们……不过……不过那个……说归说，也别说得太重，给他们留点面皮做人。

这家安生没几天，那家又打打斗斗闹离婚。"你个懒尸婆！上家走下家，没一日不骚骚动，屋里头冷锅冷灶的，连瓢洗澡水都不烧！"男人是闷烧棍，不声不响，一响就打爆盘。妇娘子一听撮火，据说是哪里离了再嫁过来的，吊梢眉，一脑头发却水草般茂盛。她指着鼻公骂他烂钵头一辈子跌苦只配跟人打洗澡水，他点着脑门咒她酸菜盆好食懒做三生世没人理搭拿来装洗脚水都嫌酸……父亲听得闷胸，一硬牙齿根：我看你俩一个巴掌拍不响少一个人挑。三十多的男子佬妇娘子，脑盖骨还没生密缝，说起话来喷天烂臭。碗打烂了难粘，水泼出去了难收，等到锅头打烂了灶头拆散了，连块洗澡地都没有，才晓得跌老苦，到那时倒悔都倒不转！……锅头盆盖好好坏坏不都是自己挑配来的？都在老祖宗前烧过高香拜了天地，谁离得了谁？俩夫妻过日子，男子佬在外头汗一身雨一身，妇娘子在屋里水一锅饭一盆，无非是柴米油盐滚茶热饭，相互提上一桶洗澡水是天经地义的，一家一户，关起门不就是为了个相互照顾么？再说这过日子就像关起门来洗澡，冷冷热热往身上浇过自己晓得就算了，哪有站到大路头上一把一把泼给人看的道理？风嚯嚯的热气散了人也就心肝凉了。

乌脸黑鼻地敲几句，俩人"吱"地没了声，你看我，我看你，埋下头吊脚回家去了。

也就一盆洗澡水，我不知道村里怎么会生出那么多疙疙瘩瘩的事，就像花蚊子，这里叮一口那里叼个包的，总也没个静……而父亲调解他们，似乎远不如母亲解我那条裤子那么简单。

4

桃子樟梨该下树了，风一吹，嘭嘭落到地上，石子坪上飞满了谷毛和烂果子的味道。早稻谷一筐一筐上了仓，扎了尾的禾草靶子甩在李子树上，就像披了一身金灿灿的草裙。

"啧啧，日日洗澡洗个名声哩！一身都起锈，快成野猪了！"母亲将我们的小背腩抻得扑噜扑噜响。时节咬人，双抢终于煞尾了，男子佬们洗脚上坎，伸伸腰板，摇把蒲扇叭根烟，一家一家钻出来投凉。妇娘子摁个筥箕匾箩的，坐在坪上摘花生。母亲烧上一大锅水，挨个挨个为我们兄妹搓澡。

"野猪算个啥！你看我家那几个，都成野人了！"调羹奶奶撇嘴一笑，从簸箕里勺起一把辣椒干，剪子咔嚓咔嚓几下，辣椒蒂子落了一地。野人？辣蓼草似的，我的脑袋被这两个字挤得飞飞动。母亲笑得拍我后脑一把，一帕一帕说起了古：

传说，老早村里住着母女三人。一天，妈妈去做客，临出门时叮待小姑娘：要带好妹妹！山里野人多，夜里千万要关好门窗，除了外婆，谁来了也别开门。哪知道被躲屋背后的野人听去了。挨夜边，野人装着外婆的声气来敲门，小姑娘从门缝一看，说你不是我外婆，我外婆穿蓝衫蓝裤脸上有颗痣！野人走了，一会裹身芭蕉叶子，脸上贴个田螺嘴来喊门。小姑娘挑灯一看，蓝衫蓝裤脸上一颗痣，外婆呀！欢喜得赶紧让进屋子，外婆于是搂着妹妹睡一头，自己睡一头，盖上被子一起呼呼大睡了。半夜，小姑娘被一阵声音惊醒，一听，是外婆，咯吱咯吱的，好像嘴巴里在嚼东西。"外婆你食麻格（什么）？""妹仔，冇麻格（没什么），过山过峒拣到一根萝卜。"萝卜？小姑娘好生奇怪，脚一伸，被窝那头空空的，妹妹没挨着，只挨着了一条黏黏滑的东西，肠子！？妹妹呢？她越想越惊，越惊就越怕，想起母亲的话，直吓得背脊骨一阵阵发冷：野人！妹妹被野人吃了！怎么办?

怎么办?母亲问。月亮爬上来,照得对面松岽黑一阵,白一阵。我脑子也刷了月光一般,白一阵,黑一阵。屋场的伢仔早已围了过来。"拿把菜刀来,杀死她!""找根绳子得了,一把把她勒死算了!"我站在丝瓜花下,说不出是兴奋还是害怕。

小姑娘心里扑噜扑噜的,躺在床上默了半天神:"啊呀!外婆,你爬山过岽的累了一身汗,看我忘了给你烧盆水洗澡!"唔?还挺孝顺的!这辈子还没洗过热水澡哩,正好,一起洗净了更好下嘴!野人有点得意。小姑娘赶紧溜进灶房,生起大火烧了满满一桶开水提到院井坎边。野人起床,剥了蕉叶衫裤就要跳进澡盆,却见小姑娘握根禾杆风一样爬上梧桐树,梯子眨眼被抽了上去。"妹仔啊——下来!快下来,外婆来帮你搓个澡!"到嘴的鸭子要飞,野人急得仰头一个劲喊。"外婆别急,你闪开点!我顺着禾竿一溜就下来!你站井坎边去看着!"小姑娘一甩手猛然撒下一包辣椒粉,野人捂着眼睛辣得大叫。说时迟,那时快,小姑娘操起早已备好的禾竿,朝她脑壳一抢,反手一推,噗通,野人木头似的跌进深井里,小姑娘飞身下树,搬起一块大门板往水井一扣,压上大磨盘……

讲到野人终于被浸死的时候,田坂一片安静,小河没了声,唯有不知名的夜鸟在树上扑哧扑哧地响。月光削去了一般,浇在身上的洗澡水刨皮花似的飞去……

我们一边大快人心地听着，一边想像小姑娘在屋里女侠一样的身影，身子不由得矮了下去。

可是，不晓得为什么，我却心底生出了悲情。人到底是刁灵的！一个深山野人，也晓得装扮情感求饱暖。可人终究是软弱的，哪怕是深山野人，也抵不过一盆水的温情与残酷。一锅滚烫的洗澡水，竟包藏了人世间的冷烈与悲壮。这是青蛙蚊子们一辈子想不到的吧？我们之所以大快人心，仅仅因为是小姑娘的同类呀！猛然想起那句"大了怎么找食"的话，内心冷一阵，麻一阵，就像爬满了蚊子和火焰虫。

5

毛伢子一落地，一大盆温暖的洗澡水就迎上来了。

三天后，随之而来的是一场隆重的洗澡仪式——洗三朝。

杀过鸡，敬过神，一家人聚到月房里，该到场的亲人都到场了。暖水缓缓倒进木盆，屋里飘起一股好闻的草木香气。暖水是一早将石姜蒲和艾等香草投进水锅里熬成的浓汤，老祖宗千百年传下的秘笈，既防风又打胎毒，还有一种软绵绵的草木味道。炭子烧得暖暖的，火钵里撒上一小撮狗毛和猫毛，罩上大烘篮，郑重地插上几根葱蒜，然后将奶衣奶裤铺在上面，说这样可沾上狗猫气。为什么要沾狗猫气？

大概是狗猫好养又特灵气吧。

母亲说我洗三朝那天，恰好过掉鬼节一个礼拜。外婆备了奶衣奶裤等背裙鞋帽之类的穿戴送过来。走进月房，正碰上我洗暖澡。澡婆婆将我抱在怀里，解了奶衣，从头到脚抹上木梓油，慢慢捧进暖水盆里，一小帕一小帕温温地擦洗。大约我来到人世还有些惊恐不安吧？小眼鼓鼓，一双手攥得死死的，等泡过一阵子，被暖水香气一醺，一身才慢慢松软起来，最后直乐得在水里划手划脚。澡婆婆从暖水桶里取出一枚熟鸡蛋，剥了壳，一边笑呵呵地在我身上滚来滚去，一边口中咕噜着莫名其妙的词句。这样从脊背滚到屁股，又从屁股滚到脊背，就开始将打了猫狗气的奶衣穿上了："猫呀狗呀，我伢子贱贱的，和你早晚搭个伴，看见毋要吓她！"转手拿起一根红绳，分头扎在两只袖腕口上，叫着"捆三朝"，说这样捆过后，再刁蛮的伢子，都不会随便乱侵犯人了！于是有人举起木槌门框墙壁敲几下，嘴里念念有词：门一下，壁一下，不怕惊，不怕吓……又有人将烤香的葱蒜放我鼻头，稍稍打个哈气，就念"一头葱一头蒜，耳聪目明会打算！"于是抱出厅厦见客，鹤堂家家户户的妇娘子将备好的衣服鞋帽送上来，我们家则回几个表示平安富贵的红鸡蛋以示答谢。

洗三朝的温柔与美好，在整个人生境遇里是极为少见的。就像为生命画一道美丽的水符，这辈子走到哪里，这盆洗澡水就能护佑到哪里。或许是一个宗族所有的祈愿与奢望，都泡在这芳香的洗澡汤里了吧？可见人是一种多要温情和安全的动物。那些戕害人的五蛊百毒，还有鬼怪虫兽，离我们的人生远一点吧。

可是，为什么所有飞虫走兽都不用洗澡，看上去却那么美丽干净呢？

6

秋风长出舌头的时候，田坂开始开缺放水。母亲穿梭在禾田里，两根禾竿往前一伸，双手一杠，金色的禾浪向两边斜伏下去，几分钟后，田坂被划出一条条美丽的禾道。父亲握把镰铲，将禾道上的禾苗一棵棵蔸起，抠开一条沟，鱼篓鸭笼按下去，到了晚上，田里放养的禾花鲤就顺水哗哗下禾沟，一条条进了篓。

田水一放，地气歇下去，万物开始藏冬。

"土地也洗澡哩！一年到头，捉虫，翻土，耘田，拔草，摸着摸着，庄稼就长好了。"珠子奶奶的话，像一阵过山风，吹得河田草木簌簌响。

"你听，老祖宗在说话……"咝咝呀呀咝咝……唧唧咕咕唧唧……呱呱哩哩嘀嘀……噼噼啪啪啪啪……叮叮咚咚叮咚……顺着风的呼吸，夜虫，泉水，灌木，火苗……我听到黑夜像只密密麻麻的筛子，不断筛出各种奇妙的声音。

老祖宗是谁？从不吭气的珠子奶奶，为什么突然莫名其妙说这些?

珠子奶奶是我大爷爷的老婆，我爷爷的嫂子。她只生了堂伯一个，如今却孙子孙女一大片。只是不知道为什么，她和堂伯、堂哥堂姐们分灶头吃。除了每月堂伯母给她量点米谷，村里很少人和珠子奶奶说话。晚上，她总是一个人搬把椅子坐在石子坪一角。她的床搭在灶房，和我家饭厅对门，中间隔个小院子。门口屋檐用麻绳吊下两个大木钩，挂着一只上了年纪的洗澡桶，还有毛巾和一些斗笠、草帽、蓑衣等杂物。风一吹，洗澡桶哐当哐当的，就像拨浪鼓。为了这哐当哐当的声音，我喜欢用棍子敲敲它，屋场里的老人总要吓我一眼：别碰！衰气，碰不得！我听了怯怯的，什么叫衰气?

每天鸡打鸣，珠子奶奶便推门出屋，踮着小脚廊前灶后扫一遍，然后捞把松枝烧火做饭；早饭后，她驮把茅镰上山，直到晌午才驮一大捆柴，蜗牛似的从对门山岖挪下来；下午，她会去屋背菜园地里，一把长粪勺，担两只尿桶，或驮把镢头提一竹箕尿浆灰。那些苦瓜茄子豆角韭菜，不是特别茂盛，却也乌溜溜地打蓬打堆。隔个三五天，她会挎个尜婆戴顶草帽一晃一晃去赴墟，一直到挨夜边才会回来。

"咯——咯！……咯咯咯——！"她总这样呼唤她那伙鸡，就像唤她的孩子。木坫盆摆在小院里，渍着几把米糠，或者一小把烂菜叶子，大大小小的鸡们争得里三圈外三圈，偶尔几只横眉竖眼，啄得羽翎子满地糊嘎嘎的。坪上那条大黑狗总是远远望着，口水一线一线落到地上。珠子奶奶握根竹啦咭，不远不近地挥着，这边"哦——嘘"，那边"哦——嘘"，一不小心打个野望，黑狗便溜过去，三口两口，米糠被嗒嗒地舔个干净。断黑后，她会点个灯盏探到鸡栅门前照照，哪只鸡没回笼，便嘟着嘴踮着小脚一家一家屋檐墙脚找，有时在别家公鸡窝里，有时找到的是几滴鸡血和一路飞落的鸡毛。她喉咙里叽叽咕咕的："畜生也会变心，花狐狸咬的……活该被叼去教导教导……"

日影子下瓦面时，珠子奶奶必定会去井里挑水。穿过屋场背的桃林，拐上小坡谷，停在一棵老桐子树下。这是山壁下的一口老井，石缝里长满了青苔和石苇。泉水从几里高的后山钻下来，流到井里，照得一山谷桐子花清艳艳的。她放下扁担，伏下身子，用勺将水面的花瓣叶末一一撇起，泼到井外，然后一瓢一瓢舀水上桶，再踮着小脚一拧一拧地担着回家。炊烟从她的瓦面凫上来，就像一团团白发飘散在夕阳里……她从灶房出来，摘了檐下的澡桶和澡布，灶房门吱呀吱呀关上了。

阳光贴在门上，我总觉得珠子奶奶的灶房那么生冷，就像没点过灯火。大爷爷去了哪呢？她的外氏家在哪？我从没见过，也没听人说过。

一个开满桃花的时节，珠子奶奶去井里担水洗澡，中了风，躺在床上好几个月，死了。上山后，她的祆子被褥被扔到河坝上，几天后，发一阵春水，冲走了。

我终于悄悄听说了一个比灶房更深冷的词语：寡妇，还有火焰虫似的，和圩场有关的某个神秘老头。如桃花般的韵事吧，一切，都刀锋般闪闪烁烁。而珠子奶奶的一生，门枕石一样沉默着。

多少年后，我才知道珠子奶奶的身世。她是县城人，小时候被抱到我祖公家，做了小她三岁的我大爷爷的童养媳。圆房后，我祖婆便死了，家境败落，祖公便带着我还小的爷爷、细爷爷到外头找食去，留下大爷爷和珠子奶奶两口子把家。不知怎的，珠子奶奶动不动喜欢往城里走，大爷爷便日日酗酒，见酒就眉开眼笑，没酒就捉鞭子抽珠子奶奶。三十多岁时，终于，烂酒的大爷爷把小脚的珠子奶奶，连同十三岁的小堂伯，丢在了活生生的人世。年纪轻轻，死了婆婆又克丈夫，珠子奶奶觉得自己命硬一身煞气，就把小堂伯放别村寄养。肩不能挑手不能抬，村坊里自然没几人搭理她。再加上隔三岔五往外走，风言冷语刮来刮去，族里人觉得很不挂脸，外氏家也就渐渐寡淡了。连娘家都不理搭，这在乡下小妇娘是很羞命的事。后来，我爷爷在外头挖钨砂赚了点钱，率一家回到村里，和珠子奶奶共个祖屋檐住着。作为小叔子，进进出出，爷爷更是和寡嫂不对脸。从饭厅去宗厅要经过她厢房，珠子奶奶就用屏风隔出一条过道，边上按个进卧房的门，用一把铜锁锁着。每次回家，珠子奶奶总是勾头耷脑走过屋场坪，拐进小院，绕过爷爷一家正吃着饭的饭厅，折进过道，开门，进房，然后烧火，做饭，洗澡。

这样多少年后，直到堂伯终于回家娶亲，生下了一大堆孙子孙女，珠子奶奶才默默把自己挪进了灶房里。

珠子奶奶的一生，就像屋檐下吊着的那只洗澡桶，除了星星和火焰虫，没有谁知道温度。

可世上什么才叫温度呢？冷冷暖暖都是自己的事。我忽然明白了珠子奶奶那些话的含义。大约，她是教我洗澡要洗性子，多听自己说话吧？人世的声音是听不了那么多的。你看那火焰虫和青蛙蚊子，该叫的时候叫，该飞的时候飞，寒寒暑暑顺着时节走，自有谷熟花开的一天。珠子奶奶的一生，不都关在门里洗性子，听自己说话么？人性如此不安，一身皮囊终日紧紧的，内藏五毒，外侵百病，更有无法算计的天灾人祸埋伏在那里，乃至离开世界，仍旧装了一肚子不好闻的臭东西。

父亲说，冷水田生不出好禾苗，冷锅灶养不发一家老小，洗澡水里养着人的性子哩！哪家哪户把那管水火养平养顺溜了，日子也就过得沓沓亮墨墨光了。水是灭火的，其实水也靠火养着，你看那灶膛里的火，千年百日的不都在养着一锅子水么？人世一盆澡，热也好，凉也好，米谷汤水过下去，直落得一清二白一干二净，"鸭子过水啰！"抬脚就散了。唯有那盆洗澡水，传递着天精地气，鼓荡着灶膛里的柴火，世代热热闹闹地烧着。这，就是人世的温度吧。

可是，我们的一生，到底是在洗澡，还是在洗脑呢？

夜色，像一块巨大的幕布，悄悄把白天，关在了山外。整个山村，变成了一部没有声音的黑白电影。我蹲在澡场上，和田野里的青蛙、火焰虫一起，成了最热闹的观众。村子看不见我，我却看得见它。

不知从什么时候开始，母亲不再让我到石子坪上洗澡了。我从此走进木寮里，走进城里，慢慢成了一位关着门洗澡的女人。许多事情，就这样关在了门外。

鹤山咀

1

一脉青山从村东头悠然一转，闲踱到我家对面，俯下身，梗起颈子，回身探出一片头颅似的缓坡，直接伸向山脚哗哗的小河……远远看去，极像一只巨大的野鹤，静静立在溪头饮水。那片缓坡，村坊里叫它鹤山咀。

鹤山咀又名禾场嘴，只因那里当阳，日头从早晒到晚，是个打禾晒谷的好地方，于是坡顶被整平成了晒禾场。后来鹤堂人丁兴旺，那块坡顶已不够一村人的粮食晒用，禾场另辟新地，鹤山咀慢慢就变成了一块块高高低低的菜土。

菜土很多，却不大，除了坡顶的几块稍见规模，其余的都像瓦片般，一沓一沓向坡腰溜排下去，快到坡底时，猛然被几丛高大的杉树木梓树挂住了。那条溪河，就这样从树丛里递出一座木桥，不动声色地把菜花一浪一浪推了回去。小河潺潺有声，在鹤山咀下悠地打个转，丢下一个洗裳小潭，亮光闪闪地游走了。天旱的日子，妇娘们从潭里灌起一桶桶水，一担担沿着山路挑到坡顶，一瓢瓢泼下去，日头便湿漉漉地赶到山梁那一边去了，豆角茄子辣椒们便会跟着河水轻轻笑起来。

"对面林子绿荫荫，两只鹧婆挺呀挺……"这时，鹤山咀上会飘起悠悠的歌声，就像挨夜边的风，一阵一阵吹落下来，跌进河坝，弹起，浮着霞光化在禾田里……

那是西风太婆的山歌，可以听得真切，却没办法听个清楚。

"老馳壳唉——！魂跌到哪去了？回屋烧火了！"她家老头子在暮色里作口，她喉头一缩，揪几把菜蔬，赶紧担起空空的尿桶回家去。

鹤山咀仰头对过去是高岍脑，四周拖出一托连一托的山岗，往东发出的一脉，恰巧和鹤山咀构成了一个回环相望的太极图势，鹤堂，就落在山脚太极图形里。鹤堂是我们下坊人两百年的开基祖堂。因这风水形势，后代们顺着祖堂两边一厢一厢递次做房子过去，成了现在一溜排声势浩大的横屋。

西风太婆屋子在鹤堂左边，四扇三间的黄泥屋，宽展干净的檐坪，坪沿撒种着一溜排美人蕉，歪竖着几根竹叉，上面横架着一篙衣裳，下边是一垄接一垄的禾田，一溜烟码向鹤山咀下的小河坝……

按辈分，她的老头子我叫太公，原本是公社书记，退休在家好多年了，生得四方八面，两只手掌肉墩墩的，每天除了一个扁篓一张板凳沿着河坝钓鱼，便只管一把藤椅一个收音机坪前坐着，任由西风太婆门槛里门槛外，尿桶镢头忙进忙出。

西风太婆六十出头，宽额，大耳，脸上挂着松垮垮的褶子，缺了牙的嘴整天笑呵呵的，让人想起漏口的米筛子，总也缝不结实。她性子好，老头子吼她几句，她咧嘴笑笑，这个耳朵进，那个耳朵便出去了，没事。当家的拿着退休工资，西风太婆种着自个儿那份巴掌大的自留田，照理已没什么太多忙的。田里工夫不经三两天，该收的收了，该种的种下，其余时间，顶多砍砍柴浇浇肥除除草，再有，就是照管家里一日三餐茶饭和浆洗衣物，跟村人起早摸黑风里雨里刨食相比，实在是无愁无疙的上等日子。

可西风太婆总觉得缺了什么，到底缺什么？她自己也不清楚，只管每天转来转去手没下停，仿佛一闲下来，她的心便空了，没着没落。空心的人总是丢三落四的，干活左手不搭右手，老头子便骂她没魂。

2

我家的菜地在她的下面，上下之间，跌着一道不高不低的坎，再下去，是几蓬茂盛的篁竹，边上过去，依次是细奶、妹娣奶奶等几家人的菜土。村里山多地少，仅有的几亩薄田得留着莳禾谷，土是妇娘的命根子，山坡上，河坝边，她们见土开荒，作出的菜土就像山村里的补丁，东一块西一块的，只要有空隙地，她们都一镬头一镬头针脚密线挖过去。

蜜蜂嗡嗡地飞，小菜蝶扑闪着翅膀，油菜花、萝卜花老得稀稀落落，豌豆苗一畦畦地蔫黄下去……该挖土夏种了！妇娘们这边刚从秧田洗脚上坎，那边就扛了镬头泥耙，先先后后上鹤山咀。将枯老的菜苗一股脑拔光，沿着土垄吭哧吭哧抢锄撅过去，再甩起齿耙将土块大团大团磕碎，换了镰铲，"哗啦啦"开成一行行的土垄，耘平，最后用钩锄一一咀出小泥窝，种上辣椒茄秧，剩下边边角角细土旮旯，种苦瓜，点豆角，一直到坎沿畿木蕨藜林下，再厚厚拢上一堆土，埋下番蒲籽瓠子粒，一一浇上水，等土湿透了，背也早已湿了一大半。西风太婆累得一身沓软，她扔下镰铲，将面衫扣子一剥，一屁股坐在坎沿上，一边撩起烂底衣抹汗，一边拉开嗓门嗬啦啦和母亲说话，两只老奶盘挂在胸前一晃一搭的。

"金英——！歇一会，工夫多长命多长，毋要累出病来！"母亲抢着耙子接口："西风奶，工夫打结头，时节毋等人，伢子每天等吃哩！比得你，一个个吃上商品粮，没个愁没个疙，实在是云朵里过日子……"西风太婆不作声，埋头剥下脚上的烂布鞋，镰铲脑上啪啪啪地磕土。她眼睛不好，风一吹日头一射就滴眼泪，好大一会，吁口气道："唉——！

什么商品粮，一家不晓得一家的事……"尽管她很下恳，一年四季地打理，那些菜站在土里却总是拉拉杂杂的，绿是绿得茂盛，却愣头愣脑，吃起来没灵气。"老头子骂我脑里没根筋，嫌我没文化哩！……没办法，粗人种粗菜，半天没人买！老咯——！"她啪嗒着泥土，望望别家的菜地，打个哈哈一笑，重新套上鞋，手伸进裤袋里，皱里吧唧地掏出一小把炒黄豆，拈几颗到嘴里，然后招手叫我过去，倒一半到我手里。

西风太婆年轻时落下胃病，怕寒，时不时炒一把黄豆来暖肠子，也不晓得是不是解馋的一个借口，反正她老头子是不准的，骂她个妇娘子，一天到晚只晓得吃吃吃，吃得火气叭啦的！她低头呵呵地笑，嘴里答应着好好好，背地里却依旧偷偷地炒，照吃不误。她牙齿不怎么好用，半把豆子丢进去，嘴巴一抿一抿，"咯嘟咯嘟"嚼半天，却嚼得有滋有味。

"没吃过猪还没见过猪跑？读了几页书就叫有文化？鹤堂祖上那么多妇娘，也不听说哪个会驮墨管，照样不是崽一岗，孙一岗，带出了一茬一茬的读书崽？咱们作土的，本事都在田地里，吃得下睡得落能做事比什么都强！"

西风太婆家算是根正苗红。鹤堂到了她公公这一世，血脉已经占了半个山坑子，有的读书出头做了官，有人作田置下成十里山场成了地主，也有到外地打砂子当了矿窿小老板。传说她公公脑瓜活络拳脚又好，跑到上犹江边的清湖圩上摆下案板卖猪肉，一把屠刀剁下去，四里八乡当当响，算是有本事的男子佬。那一年红军开进上犹打土豪分田地，不知怎地他就接上了线，背地里和红军做起了盐、硝和粮谷生意。天长日久，开罪了当街开米行的霸王头，一伙地痞抢枪驮棍就来揭他的板子。他跳出案板，甩起围裙呼呼一卷，一个猛子转身一捞，哗啦啦，哗啦啦，十几人的梭镖头子就全攥在了手里，顺势一扯，啪地几个飞腿，梭镖断的断，飞的飞……接着捞起百多斤的案板往脑门一顶，舞得上下起风天旋地转……吓得一伙贼佬张着嘴，半天没个人敢上前。拿刀人终归是在刀刃上过日子。没两年共产党的兵一走，村里有人写密信往上一告，他便成了刀下鬼。亏得鹤堂人冒死把他俩崽偷偷藏在扁篓里，扮着猪崽贩子连夜几十里路背了回来，总算留下了种。天下祸福老百姓怎么断得准？解放后，两条拣回的命根子又红又正，纷纷安排了工作，老二如今在省城当大官了，自家的老头子，也从一个小剃头佬慢慢转正，后来当上了公社书记。

鹤堂人说，世上三样苦，挑担，上崾，挖泥土；世上三样丑，剃脑，吹笛（唢呐），赶猪牯。其实风太婆一辈子没少吃苦。刚嫁来时，老头子啥也不是，在上犹街上剃脑，自己则跟着在清湖圩边耕田作土。别乡别土的，一家大大小小，打柴扛木，赴墟赶场，一脚烂泥一脚水，什么不是靠自己一个妇娘子？有个头疼脑热的也是瞒着忍着，自己打打蛮就挺过去了。老头子参加工作后，西风太婆拖儿带女回到鹤堂，一家挤住在别人腾出来的两间老屋里，乌墙黑壁的，连种几棵菜的地都没有，只好自个儿在鹤山咀的废禾场上开了几块土。不想这开个头，家家户户立马驮了镬头跟过来，鹤山咀，就这样慢慢成了鹤堂人的菜园子。

好不容易相好地，开屋脚，请了人一手一脚将自家黄泥新屋起栋做好，几个子女嫁的嫁，顶替工作的顶替工作，转商品粮的转商品粮，一转眼又十几年过去的了。十几年，一辈子有几个十几年呢？禾场嘴的菜蔬越种越茂盛，西风太婆，这位菜地开园祖，头发却越掉越光了。

3

"打只山歌来听！"有人逗西风太婆。

"不唱，冇正经，老头子会骂！"她说的是大实话。那些歌，歌词不知来自哪里，麻麻辣辣的，听得人脸上叭叭滚，偏偏她老头子一脸乌青，说你这老驰壳嘴巴没牙饭都塞不稳，整天乌七八糟的唱什么东西，没一丁点脑子！"没脑子的人才晓得爽乐！"她满不在乎地一笑："没有男女那点事，这鹤堂人都从石壁上爆出来不成？"说着偷眼瞄瞄对门自家的屋子，压了嗓门说："蓝嬷大嫂在世就好，她的山歌唱得才好哩！"

蓝嬷是我父亲的奶奶，过世二十几年了。据说是个非常幽默的老太太，生得高大，动不动就喜欢打鬼话。村人说，蓝嬷山歌一张口，石头笑得打筋斗。屋门出来她唱："清早起来有颗米，打个山歌来充饥，以为山歌当得饱，毋晓越唱越肚饥……"下田干活她唱："介只（这个）世界嘿蛮（非常）怪，蛤蟆上树拗燥柴，老鼠挑水猫做饭，虾公专门洗碗筷……介只（这个）世界嘿蛮（非常）邪，黄鳝咬紧狗婆蛇，哪人有奶就喊粮，摸到胡子便喊爷……"

解放前，鹤堂不仅是村里的祖屋，也是整个家族的学馆。可到我太公手上，有个算命先生掐指一算，说这后生天年不足，活不过三十五岁，太公一听会打短命，宏志顿消，吃喝逍遥，田头土脚的事再不过问，天天嫖赌抽鸦片。再大的家也经不起两下败，不久，我那原配太婆就这样年纪轻轻病死了。等蓝嬷太婆嫁过来做填房，已是一贫如洗，一家人只能靠帮人家牵牛放马洗洗缝缝维持日子。蓝嬷太婆这样东家西家地侍候人，抠来省去的，总算把爷爷几兄妹拉扯长大，等爷爷上山打钨砂稍微赚了点钱，讨了亲生下几个崽，蓝嬷太婆就发话了："钨砂打不了一辈子，咱有人丁还得有田土来下力，还是回鹤堂置点田山让后辈子作土读书靠得住。"于是在奶奶带领下，蓝嬷太婆和太公回到鹤堂，开始耕田作土缴子孙读书，虽说置下的田山解放后全充了公，但大孙子却一路考进了大学堂，如今在北京新闻社工作，算是我们鹤堂人眼里的大人物了……

也是，打县城过来几十里长的一条山坑，除了蓝嬷的孙子，谁家挨过大学的门？鹤堂开基到现在，哪个在京城做过官？不容易。西风太婆说到这停下来，眉眼对着天空，仿佛说的不是别人，在说她自己。

说起来，蓝嬷太婆和她确实有许多相通之处。独撑一头家不说，关键是吃过太多苦，什么事都忍得下，看得开，扛得住，让得过。蓝嬷第一个老公是别个村毛屋人，死得早，嫁二道，偏偏我的太公又没一天正经……传说当时太公每次想见相好的，就躺在床上装病，哎呦哎呦说自己快死了，蓝嬷太婆一听就哭，一边帮他揉心窝，一边说老头子你千万死不得呀，丢下我一个老婆子带几个崽，没个当家的怎么办？我蓝嬷死老公已经死怕了，我去叫那个谁谁妇娘子来安置你一下，你千万死不得呀……

这边屋里刚安置好太公，转身出门她又乐呵呵跟人打鬼话去了。有人就说蓝嬷太婆没脑子。西风太婆接话了，乡下人过日子一半靠手脚一半靠命，如单单用脑子，日子没一天过得下去。很多时候是世事清醒看透人世罢了。那年头，寡妇娘子有男人接过去就不错，哪有资格挑三拣四？与其离了二任老公再嫁，不如忍过眼前，好歹生下崽，缴去读书将来有个望头。话说回来，还多亏了这算命先生，要不是太公早早败了这头家，土改时不划个地主也得划个财主，挨批挨整的，哪还指望长孙能读什么大学？门影子都挨不着。

大家抢着镰铲，一字一句地听着，脸面上嘻嘻笑，心眼里却对西风太婆刮目起来。是呀，人人来到世上，都以为是享受的，最后活到头才发现，其实是忍受。这鹤山咀，还真是一所大学堂哩。

事情反过来看，我情愿相信这算命先生是乡间高人。天下将乱，明眼人是嗅得出来的。归根到底是在一个"土"字，作土人没了土地活路，无怪乎起兵夺权，把天下土地拿出来重新分一遍，遭祸的肯定是有钱人。人生识字忧患始，我的太公读了些书，当时天下形势未必完全清楚，也未必完全不清楚，大约是被算命先生点了个醒，从此花钱买醉，散尽家财图个活命吧。人活在世，怎么都是逃难……乱世，不是有乱世的活法么？我那作土的蓝嬷太婆，其实也是睁着眼睛装糊涂的。

"可怎会料到，充公的那些田土，如今又分田到户，重新回到了自己手里？"西风太婆两手在草尖上一擦，捞起衣襟揩揩嘴，仰头看高崚脑，上面苍苍翠翠的，松树杉树流云，仿佛世事苍狗，没有看得透的方向。

"……灯草芯子老妇娘，日长夜短难分详，日晨做得腰股痛，夜晡还要连衣裳……苎麻线头茅草镰，天晴落水有得闲，田土工夫我要做，屋下鞋脚我要连。……"她放平了嗓子，山歌一句一句扯出来，就像一丛丛开了花的番薯藤，茎茎蔓蔓缠绕整个村子。听着这山歌，我会想起这禾场嘴上的许多妇娘子，蓝嬷，珠子奶奶，乃至于西风太婆……一代一代，一步一步，消失在年岁里……我不晓得蓝嬷太婆到底长什么样子，但是，从西风太婆那煤油灯似的歌声里，我仿佛看到她劳作的身影，也听到了她日头般的笑声，那声音扯不断，虽然飘逝得茫远，却依然隔着山埂子投射过来。

4

"桂子——！死哪去了？快挑担粪上来！这懒尸婆，喊她来挖土，两脚一射影子都不见，这以后可怎么找食？"西风太婆抬头看看天色，起身回到自己的菜地，一丛一丛察看她的番薯苗，忽然朝对门作口。

番薯种已经埋下半个月，紫红的藤苗一簇一簇地发出来，她想趁日头好再上点肥，挨夏边的雨说到就到，番薯藤吃了肥，借着雨水一蹿，就爬满一地。个把多月后，就可以裁下插藤了。

桂子是她小女儿，大我三岁，是我的好搭伴。冬瓜脸，大眼睛，扎一对水红绸子，皮肤豆花样，怎么也晒不黑。有人就笑着顶西风太婆："你家桂子命好，看她手脚嫩葱葱的，笋子一样，你是没事瞎讨疙，人家吃着商品粮，再嫁个好男人就一步登了天，哪比我们劳碌命，七老八十了还得一镢头一镢头地喂自己。"西风太婆拧起眉，一只手拐进颈背去抓痒，"哗啵"一声，嘴皮呸出只跳蚤。"城里，城里人难道不用萝卜白菜喂了？老古话说得好，有食就好公婆，没食就好散伙。靠人不如靠己，男子佬能靠上一辈子？再说这公家的事说得清么？说有就有，哪天不想给你了，一个政策下来不就没了？解放时分的土地，不也转眼一起归到生产队了？现在又兴回分田到户，年轻人看不上眼，一溜溜地指望挤进城去寻食，你等着看吧，要不了多少年成，终归有她倒悔的时候，有田有土什么时候都不会吃大亏的！"

"嘘——！"西风太婆刚张嘴，吱地没了声——桂子挑担粪上来了。不知为什么，西风太婆和桂子老不搭调。桂子读书读不进，作土作不乐，满心想进县城。西风太婆说她什么都不上心，整日一个摆婆精。桂子辫子一甩，泪汩汩地过鹤堂来找我。母亲撸我们一眼，猪草剁得哆哆响："我没读过书，毋嫌我话粗。西风太婆说得在理哩。你看鹤山咀，道理都长在地里，你以为只长在书本里？土都作不好，又怎么做得好人呢？"

西风太婆见了我，也悄悄叮待说："好崽，你和桂子是同阵的，话她听得进，你要多点醒她哦！哎，给你一个少林寺，毋要吭声。""少林寺！？"我有点目瞪口呆。她嘀嘀笑，埋头担起粪桶就走，撒下一句话："毋晓得！我听街上人喊什么新娘柿，就买了种子种下了，还不如喊少林寺顺口！"我摸着手里圆滚滚的西红柿，噗哧笑出声来。

不久，桂子悄悄找到我，从扁篓里捧出一扎茄苗辣椒秧，说咱俩挖块土种菜吧。我们偷偷寻了鹤堂背一块荒地，学着大人的样子，刨草，挖土，耘土，一行一行很认真地种上。我从井里打来水，甩手一瓢泼过去，秧子倒了一半。"秧还没长稳呢！"桂子挖我一眼，一把抢过瓢勺，一小瓢一小瓢凑前去点水。然后一起到山上砍蒺藜和杉笋，扎成篱笆绕土围一圈，最后留了扇小栅门。

打这以后，我们每周放学都去看菜园，今天添几蔸葱，明天插几棵韭菜，后天撒上一层芦箕灰，再过几天泼勺猪尿……反正，鹤山咀上干什么我们就跟着干什么。可是，我们的菜苗不见长，一天天蔫黄下去，最后叶子癞了个光。怎么办，我们不想问大人们，只好自己默神，于是一家一家去察看别人的菜园土。慢慢明了道理，鹤堂背不比鹤山咀，挨着老井，大树荫压着，地泉水多，泥土阴湿，茄子辣椒不喜欢。碰着日头雨，辣日一蒸，一棵棵霉烂了蔸。再后来发现，刚下灶的芦箕灰火气大，菜苗是受不了的；牛粪猪尿之类的肥，刚出栏太烈，必须沤上一阵子，等沤熟了才能下地……

桂子说，原来菜和土也是有脾气的，什么样的地种什么样的菜，什么样的菜受得什么样的土，节气雨水肥料等等，看起来都是大有来头的。我们又参照鹤山咀的样子慢慢整改，如此这般……慢慢地，半年过去，我们的小菜园也开始茂盛起来。

5

"圩圩一壶子酒，神仙当不了我——！"神仙鸟日日在山崚唱歌。红薯是不用操心的。薯秧裁下来，一截一截插下去，别的庄稼嗲声嗲气，它却自顾自地长。薯藤开花了，翻过秧，浇粪上垱拔过草，转眼进入秋天，霜降一夜风起，红薯的叶子慢慢冻得乌青，刨红薯就开始了。接下来，是深秋，晒薯片。大个大个的红薯抓在手里，一下一下往擦子上擦过去，薯片"哗哗"地落下来。妇娘子们把薯片一筐一筐地搬去晒，屋顶晒满了，撒在鹤山咀草甸子上，白花花的，像落满一地的脚印……

初中毕业，我考入师范，和桂子就很少见面了。有一年寒假回来，母亲从抽屉里捧出一块毛线钩成的雪白方巾给我，说是桂子织好送给我的，她跟人学做裁缝去了。

我们的菜园子无疾而终。

几年后，我参加工作。有次骑单车从西风太婆家门口过，听见她和老头子在吵，好像为了给桂子安排工作的事。吵着吵着，老头子突然一声吼："别说了！！这是我郭家的事，轮不着你指三道四！！我不相信她这一生世会过得比你差到哪去！"屋子里吱地没了声响。

再过两年，有次母亲来看我，说桂子在县城找了户人家，西风太婆说男怕入错行，女怕嫁错郎，要她眼光放亮点，最好找个作土人家出身的后生。桂子一赌气："别再说了！！这是我自己的事，用不着你指三道四！"西风太婆吱地瘪了气，再没出声。

冬闲，鹤山咀出奇地静。西风太婆卸出大门板，从灶房端出一盆冒着热气的米糊糊，将平时积攒下来的碎布一片接一片刷在门板上，刷了一层再刷一层，支在竹杈上晒干，结成一张结结实实的大布壳。不久，她端出针线箩子，一个人坐在屋檐基上，拿出一男一女两只鞋样，比着尺寸剪鞋垫。那是个乌溜溜的竹篾笸箩，里面装着各色丝线，还有一枚滑亮的顶针。她坐在竹椅里，揉眼，对光，接着穿针，引线，然后勾下头，一针一眼扎着、纳着鞋垫，直纳得葱葱茏茏，说不清是漂亮还是结实。

"木梓开花小阳春，清早作土到黄昏。一年三百六十日，当了阿婆带子孙……"阳光照下来，西风太婆的歌声凉凉的，像裹了一层黏嗒嗒的蜂蜜。那些绣得花花绿绿的鞋垫子，一沓一沓码在笸箩里，仿佛要把岁月一字一句地绣住，不让它随着生命飞走。

我知道西风太婆在为桂子，悄悄准备嫁妆。

当最后的日子——桂子出嫁时，西风太婆穿了一身新衣，进进出出招呼客人。中午唢呐一响，要发亲了。她忽然手脚发软，抱着桂子哭得呜呜作响。

　　"心肝唷女——！

　　一口茶来一口饭，养得妹子成心肝。

　　今晡送女归新门，当得割喉断腰板。

　　"女呀女——！

　　勤俭多做学持家，勤扫庭院勤烧茶；

　　油盐柴米精打算，穿衣着鞋毋乱花。

　　"女呀女——！

　　凡事多问眼睛光，新妇毋比当姑娘。

公婆之间细商量，粗言粗语肚中藏；

"女呀女——！

为人处事好比天，面要带笑嘴要甜。

姑嫂和气多向前，照顾爷娘要周全。

……"

那是她自编的客家人哭嫁歌，经她一哭一诉，更加山连水断，喝喜酒的人渐渐动了肝肠。她老头子冲进屋，提了她领脖子就走：哭哭哭，我叫你哭！

在这之前，老头子已警告她百十次，这一次鹤堂嫁女，移风易俗，按城里规矩，不准哭！可是，哪个做娘亲的止得住呢？菜苗拔出土，随手一扔，菜籽成一片；客女嫁出去，就成了妇娘子，好比成了一块别人家的菜土。会种上什么？能否抵得住人世风风雨雨？谁估摸得了？

母亲陪着泪说，西风奶，毋哭坏了眼珠子。哪个客女生来不是嫁人的？桂子是你掉下的肉，你哭，她只会更伤心的。你就放心，她眼睛亮，挑得个好郎官，让她早早归门吧。

那些美丽的鞋垫子，连同鹤山咀的脚印，就这样一步三回头地被嫁走了，只剩了西风太婆的山歌，一天一天地独自衰老。

6

那年冬，鹤堂重修郭氏族谱。父亲会同族里有点名望的男子佬们，几十条山坑子来来去去地走，挨家挨户造谱登记，生怕疏落了哪户。我在父亲最终搬出的那几部蔚为壮观的新族谱里，找到了鹤堂以往的新添的以及将添还未添的所有男丁名字。西风太婆老头子以及他兄长，还有我的大伯，被赫然列在族谱荣显人士之首。我没找到我的名字。我一直找的蓝嬷太婆、西风太婆、母亲乃至于鹤堂所有妇娘子，族谱里没有名字记载。只在她们一生侍奉的男子佬的大名下，象征性地标上了她们的姓氏。

我忽然明白了西风太婆山歌里凉凉的忧伤：这些一辈子翻埋泥土，最终又被泥土翻埋了的妇娘子，一镢头一镢头，究竟翻埋了多少人事？这些一辈子创造着族谱，最终又被族谱湮埋了的妇娘子，到底镢出了怎样的人生？这些一辈子安分守己相夫教子的妇娘，一生含辛茹苦，一世苦营担当，终于抚育了鹤堂那么多鼎鼎有名又默默无名的男子佬。

和鹤山咀的菜园土一样，在客家广袤的田园里，妇娘子是没有名分的。她们没有根，就像番薯藤，从娘家裁下来，插到哪，就在哪里生根，哪里根繁叶衍……有时想，鹤堂的客女出嫁，为什么要纳那么多的鞋垫子？乃至于在针头线脑等活计早已过时的年代，西风太婆还要把这门嫁妆，当成伟大的工程一针一线绣出来？或许，这些绣得精实的鞋垫子，是客女在婆家行人立世的脚跟？她们不能回到自己的祖先和故土，却必定成为别人的祖先和故土。只好用针脚，细细地为自己绣一片美丽繁茂的立足之地。

当西风太婆中风瘫痪时，鹤山咀已荒成了一片灌木蒺藜林子。她的儿子女儿，都先先后后随着汹汹商业大潮，辞职的辞职、下岗的下岗，轰轰烈烈做起了自己的生意。村里的妇娘们，也一个个丢开菜地田土，纷纷跟着男子佬到城里去了。有人进厂打工，有人上山挖矿，有人开了发廊，有人卖春药草药，有人做酒开饭馆……而我，则常年伏在屋里，一字一句对着电脑开始了作文敲打。

作土的妇娘们，终于流沙似的被城市一年一年卷走了。大片大片的田土、瓦房空了下去。许多土木结构的婚姻，以及土壤里长出来的人心，也随着钢筋水泥的推进，一家一家倒塌了。鹤山咀那些菜土，就这样哑巴似的长卧在大自然里。

这是西风太婆怎么也想不到的。蓝嬷太婆她晓得么？

可是，我始终怀念鹤山咀，还有那些作土的人。有时想，人类数千年，放到整个地球谱系里，我们作土的农民，是不是也像妇娘子和菜园土一样，自始至终，都没有与之匹配的名分呢？

念花在花

　　谷雨前后，苦楝花开得迷离，那种不惹眼的紫，仿佛一阵风就会消失。楝花是江南二十四番花信风最尾出场的主，它的清泠素雅，弥漫着一种小公主的傲娇，还有小妇人的低调伤感。夏天不可遏制就要来了，任是春风有万般之好，终究挥手从兹去，转身即天涯。

　　野外早已满目荼蘼。野笋从棘篷林子蹿出来，那种蠢蠢欲动是止不住的。有一种浮萍我们叫米漂子，水漫金山似的出现在水田里，和踱着碎步的秧田鸟，石堪上冒着小花的茅莓，软白的丝茅花，溪涧里的菖蒲，小米红的花蓼，一切都是夏临时节闹场的孩子。

　　马齿苋长到丰腴，父母亲知道了，就爬上公寓楼顶花园里，将那野物一蔸蔸拔下，土钵里种几株，剩下的摘根洗净，下锅炒一大盘，拌饭食鲜趣得很。我想这可爱的双亲大人，因照顾孙儿经年远居广州，定是乡风云起，暗自怀想鹤堂老家那些伴了大半辈子的田土植物吧。

　　我家阳台也是春事将晚，矮脚牵牛花下架了，野芋荷、箬竹还在蹿苗，唯有那盆养了数年的忍冬花，新藤老枝，缀着一簇一簇欲开还放的花包子。忍冬这名硬汉得很，毋需养，山上撅一蔸种下，隔三岔五泼瓢水，可以轻轻松松过寒冬，远不似松梅那样横眉竖目。那天晒了几张忍冬花图，旋即有微友回复，此物一蒂二花，两条花蕊翘目相盼，形影不离，貌似鸳鸯对舞，于是另有一个昵称——鸳鸯藤。我看着这几字，僵在春风里，感觉有东西，将自己风化。

万物总是随心映照的。我身边一位大哥说，还是叫金银花好，种着喜气，坐拥金山之感。这话深入人心。金银花与我亲，不仅母亲采它缴了我不少学资，四年级时还帮我实现了第一个人生梦想——为了像同桌那样拥有一只五角钱的铁皮文具盒，我爬坡越岗摘金银花，一个初夏攒下来，满油纸袋的金银花终于换得两块钱巨款。可其时母亲重病初愈，父亲东拼西借，家里已欠下近千元债务，我终究不舍得开口要那样的奢侈品。不巧一次偶然到县城参加数学比赛，意外得了五角钱奖金。父亲不动声色，在一个驮着夕阳的黄昏，默默从县城给我拿了只文具盒回来。翻盖，盒内是黄光灿烂的金漆，上面烫黑印着齐整的九九乘法口诀表，盖面一只黄毛大尾狐，摇首摆尾，领着一只斑斓大虎走在森林里。这则狐假虎威的寓言图，有一种金银花的香味和光泽，让我内生美好。我想一生老黄牛般勤勉的父亲，选择此图是有深意的，乃至我日后无论何处，始终不喜鲜华，夹着一条尾巴，对所有狐狸那样的鲜言媚语都心生警醒。

世上的美物不是用来蛊惑人心的。小时候学过一篇课文，叫《花儿为什么这样红》，讲的是花为什么呈现多种颜色。红花，花青素呈酸性，故而我们揪一把映山红花瓣到嘴里，总是酸甜津津的。少时映山红吃得多，觉得屋前屋后那些岭岗，就是给我们长好吃的。夏天有吊茄、地茄子，秋后有饭汤皮、八月拿、野梨子、猴嘴子，冬天下霜后，米筛籽、火屎炭更是随处可摘。清明后，菜园土断了青，田里打白水，我们便开启吃山的时节。小苦笋、肥笋、苦菜，均是下锅的常菜。酸籽、酸筒管、篛泡子、蓬壨果、茶泡，成了伢子的小零嘴。当山上一小点一小点红起来的时候，我们知道映山红出来了。不久就火苗似的，一蓬一蓬旺了起来，慢慢地连成片，一片一片盖过山嘴。春后雨水，映山红是不用洗的，摘下来吹吹，拔去花芯子，嘴巴里就嚼上了，满是清明雨水的味道。有一回父亲去屋背高峎脑砍柴，折了一大蓬茂盛的映山红插在柴把上挑回来。我们兴奋得一边摘下到水瓢里洗了吃，一边听父亲说遇见麂子的美事。在我们鹤堂，高峎脑是个风水脉冲之地，右承与南康县挂界的观音崇，左凭蜿蜒聚合的龙岭，前方一座禾场咀如雌鹤探溪饮水，恰有屋场背的高峎脑，如一只昂首峰峦的雄鹤，日日月月仰天高鸣。云气舒阔之时，驻足峰顶，不消说十里外的油石人家，哪怕县城及百里之遥的赣州，也是神貌杳杳可望的。高峎脑虽说是后龙山脉，却难见大木，仅在靠近峎脑的山颈壁上，因为路远，尚有一大片稍好的芦箕杂木林子。父亲埋首砍柴，猛然见一小兽，难免喜出望外，伏在芦箕窝里，正要举起钩刀搠打，忽然天上一个闷雷，那小兽一蹿，跑了。可惜了一大碗好菜！父亲很是懊恼。其时已过大炼钢铁年代，村里的岭岗上，过去那些饭甑粗的老松杉木都光掉了，芦箕也长一茬割一茬地被村人烧火做饭或卖了换油盐，山上只剩了层稀薄的松杉条子或芦箕芽子，山牛、麂子、野猪等山兽更难见踪影。我们一年到头没啥吃的，除了溪河里摸点小鱼虾，荤腥少有，一个个黄不拉叽的，脸上长着一块白一块灰的蛔虫斑。我想父亲定是想将那美物拖回来给我们补补身子，于是惋惜着父亲的惋惜，又庆幸这麂子难得留下一命，它大概也是出来为自己的崽子寻食的吧。有一年发毛虫灾，山上松树叶子全被吃光了，松树灌木到处是丁丁吊吊的毛虫，山路上随脚踩下去就是那毛绒绒的家伙。那年的映山红也几乎全被啃得稀烂，我们饿痨得很，一个小伙伴好不容易寻了几枝完好的，囫囵吞下后，觉得喉咙里痒得难受，抠出来，竟是几条小毛虫。

蓝色的花，花青素则呈碱性。我没吃过蓝色的花，但见开着紫花的地丁、益母草、婆婆纳、鸭跖草，便觉得清苦，那种蓝到心腹的色彩，叫我慢慢明白，什么叫天意怜芳草，人间爱晚晴。鸭跖草长在河畔或田沟浚渠边，因长得一节一节的，有点像小竹，我们喊它竹节草。稍大读了点书，才知它学名鸭跖草。想象几只麻鸭在坊汾河拐角处的小草滩里吮食的样子，就觉着生趣。坊汾河从观音岭下来，绕过上屋、社公背、上坊，流到鹤堂对面的禾场咀，留下个酒窝似的深潭，然后扭身，径直向南一步三回头奔前途去了。小深潭边有几块石板，坎上是棵郁郁的大樟树，因妇娘们常在树下浣洗，于是有了洗裳潭的美名。洗裳潭再下去是几蓬篁竹，落下的竹叶经年积在河石滩上，慢慢就长满了结着紫花的鸭跖草。大概鸭子喜欢唼它的嫩茎叶吧，名字自然也就归了它。但我们却常拔它作猪草，枝枝蔓蔓的，特显料，扯几把就满了篮子，提回去就算交差了。一两次还好，多几次，母亲就摸摸猪脑袋：畜牲你蛮造孽哩，日日一篮草，抓拢来也就一卡卡子，经不起我两筷子夹，拌饭都嫌少，看你饿得背囊骨都出来了。我听得埋头盯着自己脚趾头，眼皮都不敢抬一下，进屋拎个篮子就出门了。

　　养猪是妇娘子的大事。整日上山下田，一年到底也就那点望头。鸡鸭鹅养得再好，不过就攒几窝蛋，来人来客有那么个台面菜，能歇多少钱呢？母亲有划算，觉得母猪好养，一年两窝猪崽出栏日子活跳。母猪虽吃食不挑捡，食量却大。煮一大灶锅潲食，一天也就干完了。母亲就拼命在自留地、菜园土和田坎种各种菜苗，夏天植芋荷，秋天种番薯，冬天栽大芥菜，都是苗产量高的，一茬茬割下剁了喂猪，还是赶不了工。父亲于是驮了镢头，将门对望坊汾河水陂处，那条引流几十米长的田浚清了杂草，出口用一张篾笪子拦住，沿渠投些浮水莲。谷雨一过，暖风上来，泼几桶猪尿上去，浮水莲发得满渠满沟，隔两天捞一担上来搭着煮，也是猪的一份口粮。浮水莲全是瓣叶，簇生，肥壮的有擂钵大一朵。它贫贱好养，繁殖力惊人，即便捞空半条沟，用不了三五天，它们又密密实实挤满整个水面。但这东西痒人，我们剁一担猪草下来，手痒得什么似的，非得抹一把盐，放火边烤上一阵子才解恨。也有一种不痒的，长长的肉梗，顶着一帆碧叶，中间鼓一个小包，我们叫它水葫芦。水葫芦青翠可喜，铺在水面亮盈盈的，夏浓之时，各自抽根花苔出来，蝉风柳浪，那些花结得一杆一杆的，就像落满了紫花蝶。浮水莲当然不能全解决猪的口粮，六岁的我和七岁的哥哥自然而然被派上用场———一人负责母猪，一人负责肉猪，从此，我就踏上了为黑母猪寻找粮食的漫漫之路。

还有一种开紫花的猪草叫鹤菜。夏绿风起，它长在肥软的秧田里，长腿卵叶，一丛一丛，小碧簪一般，末了顶几粒花蔻，也算有风趣。鹤菜鲜嫩，锅里一煮糊稠耷软，没到嘴就化了，猪往往吃得嗒嗒响。但这东西争肥，稍有牛栏粪就长得灿烂，往往被秧民们不容。每到秧绿时节，妇娘伢子但凡得闲，都到田里除杂草，这些田头地角的小鲜货，恰恰成了我们留给猪们的佳肴。自家秧田总是有限的，垂涎之际，我们偶尔也趁日消人稀，偷摘几把别家鹤菜，运气不好，总会撞得一阵主人恶毒的咒骂。可是，后来当我听说，村里有个叫爷爷的，因为劳力不济，在生产队里工夫做不过人家，人又本分老实，一年一年超支举债，也不知哪年是尽头，只能靠借点零头米过日子，借米不到时，常半夜起来拔鹤草偷偷煮了吃。我不知道这些话到底是真是假，但每次看见他那和我年龄差不多的儿子，以及经常在上学山路上被那些半大不大的男生拦路嘲弄、追打的样子，顿时对这种田鲜，有骨鲠在喉之感。

初中在上犹中学，不知在什么书上看到说竹节草有一种鸭跖蓝素，可以提取染料，日本生产一种蓝纸，就是将纸浸在这种染料里。于是对那纸生出猜想，戴望舒的雨巷姑娘，是不是就撑着这样的蓝纸伞呢？同时又担心我家那头可怜的黑母猪，吃了那么多染料，它怀的崽会不会忧郁得发蓝呢？八六年，我考入赣州师范，母亲因胆结石散入肝管，须转入八百里外的省城医院治疗。当村支书的父亲收割了晚稻，安置好读初三的哥哥寄宿学校，又将年近七十的老外公接到家里照顾读小学的弟弟妹妹，然后，将唯一的黑母猪卖了。当新主人过岽来接它时，那养了十年的牲畜，撅着老迈的身子，怎么赶也不走。

白色的花不含色素，放在嘴里清白，什么味道也没有，这与谷雨最搭调。于是想起栀子花来，这时节差不多开满山了吧。我和哥哥读五年级时，毕业前两个月，校长胡家根老师要求我们每天一早爬起去补课。学校在隔壁一个叫齐里的山村子，要进条坑翻个山岽下去，怎么赶都得半小时。那正是催耕鸟叫得欢时节，大人们追着日头没完没了地干活，每天天不亮就下到秧田地去了。老人健在的，屋里照管人畜，我的爷爷奶奶去世早，父母亲一早出门，常顾不了锅头灶脚，我和哥哥多半饿着肚子去早课。等到弟弟妹妹上课时间，父母亲就让他们带早饭予我们吃。其时家里没有瓷缸，用个油纸袋子装一大包饭，一钵菜，外扣两套碗筷，放在一只大尕篓里用棍子抬过岽来到教室里。五月新菜还没出，除了擦菜、浸菜、霉豆腐、萝卜干或者其他平时积攒的菜干子，一些人甚至坐在课桌上吃白饭。母亲就想办法，不时山上弄些苦菜、小笋、栀子花炒给我们佐餐。我们也欢喜，中午如果懒得回家，就饿着肚子相邀一起上学校后山岽摘栀子花去。我提着那只带饭的大尕篓满山找，山上挖着一浪一浪两米高的种西瓜的大条带，我个头小，每爬一级都容易被荆棘灌木绊倒，却依然乐此不彼。我们一朵朵摘下，抽去中间花芯，用草线串起，风一吹，小风车似的旋转，戴在脖子上，有别样的芬芳。其余全存起来，放学提回家去，往往有大半尕篓。无论多辛苦，母亲见花总是笑的。下锅焯水，灶篱捞出控干，呛上辣椒蒜粒，爆炒一下，油亮鲜软，那真是一种滑溜溜的野味。

也有一种小白花草是惹人怜的。它喜欢躲在当阴的田坎河坝下，粉茎，绿叶，白根，有淡淡的沙土味和鱼腥气，鹤堂人叫它狗贴耳，大概是说它叶子像狗耳朵吧。田头地脚劳作，但凡有个头痛脑热的，摘几棵河里洗净，搓一搓，丢嘴里嚼了吃，多半就没事了。那一年夏，钩子婶去梅岭庵敬神，回家时竟闭痧昏倒在石子岗水库下的一条山路上。等到男子佬们扎了抬杠，提了马灯翻山越岭将她抬回来，已然是没了血色。她是爬山过岅肚饥，见田边黄瓜欢喜，随手撸几根就一路咬了吃。哪知日浪下的东西坏事呢？没走多远就肚子痛，拉稀得黄水般射出来，一路抵不住，及至浑身耷软，眨眼睛的力气都没了。幸亏路坎边长有许多茂盛的狗贴耳，扯了几把嚼下肚，才勉强拖住了那几根清肠子。谁说人世无情、草木无心呢？那些最护人的菩萨其实就住在村头路尾的小花小叶里。

金银花什么味道呢？莳早田之后，常见母亲背了扁篓去采，一双草鞋，一杆竹钩，一把茅镰，有时甚至采到十几里外的山村去，回来后摊开，晒干，换了钱攒在抽屉里。干花自己也留些，夏天我们做工夫热得嘴苦了，母亲就煮金银花水，加一小调羹父亲春天割下的蜂蜜，让我们埋头喝一大碗下去，居然就来了精神。后来慢慢知道，这东西清热，解毒，散疹，恰是夏天解暑的佳品。可我不清楚，按花青素理论，金花和银花，究竟哪一种效果好呢？

那天陪外子去月子村扶贫，在一个寨子里遇见一株上了年纪的金银花，开在农户家门口的溪沟上，满树灯谜一样，归途就惦上了。外子说，这好办，下次提两瓶酒农户家，蹭饭黍，喝个晕乎，顺便将花就蹭回来了。然后整一口缸，把阳台那个利用率不高的水池，改装一下，倒几筐土进去，齐活。我看着他满面春风的样子，半天哑然。花草鱼虫，还是随遇，才好。比如这萍起之时，水田里捞些米漂子，折片芋叶兜回来，倒在缸里养着，不失为念春在春之举。可是小植小物们一旦变成菩萨一样屋里供着，又怎样领悟大自然的深怀厚意？我们之所以有爱，是因为知道自己弱小，天地之阔，没有谁能孤绝四方。

父亲说，当年后羿射日，九个太阳纷纷射落，它们的光芒羽毛一样掉下来，落到土里都死了。最后一个太阳无处躲，地上的草木都暴晒枯死了，只好钻到一棵马齿苋下藏身，后羿寻遍天下未果，就此留下一条活命。太阳感恩这株名不见经传的植物，从此就让它开出许多美丽的小花，哪怕在太阳下晒个十天半月，都死不了。于是这种漫布天涯却其貌不扬的草，拥有了天底下最灿烂光辉的名字——太阳花。

张爱玲说，因为懂得，所以慈悲。每天匀出点时间和植物相处，你会感觉到自然深处的慈悲。

这样想着，不觉就将阳台的泥盆换了新土，植了南瓜，辣椒，西红柿，鱼香草，希望它们慢慢长，待到夏至鸟蝉茂盛，或可开出小花。

山窝里的耳朵

1

李子树吐花的时候，村坊里飞满了春色。紫云英开着小朵，油菜花铺得一天一地，房前屋后，桃花一树一树地亮着……这时的雨毛子，一飞就是七天半月，等到日头再出来，泥土一片酥软，脚踩上去，"噗嗤"一声，化了。水田里寒气很深，脚插进去叮骨头，下地还早了些。男子佬上家下屋地泡着茶，聊聊上春的打算，不时瞄一眼一边纳鞋底的妇娘子，递着话找乐子；当阳的墙下坐着几个系唐裙的老头，膝下捂着火笼，唠叨些老掉牙的旧事；妹崽新妇们嘻嘻哈哈逗闹着，在河坝里搓洗衣衫。

或许是因为这些声音，山窝子一夜便长出了许多"小耳朵"……

这些"小耳朵"鹤堂人叫菌子，一颗颗躲在草丛或芦箕下，一般人很难发现。如果日头再催一催，菌子拱一拱，几阵南风，菌子就长得溜溜肥了。这时上山拣上几捧，下锅炒几盘，实在是上春时新的野味。菌子不多，山上搜半天，也只能拣得半篓，顶多是家里打打野味解解馋，挣钱是指望不了的。仅仅为了嘴馋，那是"好吃"的表现，"好吃"如果再和"懒做"连在一起，那是鹤堂人的祖训大忌，离败家就不远了。败家的事大人们怎么会去做呢，他们每日默神的，是怎么种粮种菜怎么挣钱造大屋这些正事。

细爷不管这些，仰起脖子瞄瞄天井上空，走出厅厦，叉腰在门口站站，日光晃他几下，眉头就蹙了堆，竖起耳朵听听四下山岗，喉底"嗯哼"一声，一朵痰长长吸上来，嘴巴一呸，转身拎个尕篓就出门了。

2

细爷是爷爷唯一的弟弟，小名叫甲福子——大约是跌苦人家跌到了底，谁不图崽子将来富呀贵呢？

鹤堂门下我家这支，祖上基本是读书人，可到太公这代，吃喝逍遥，家业没几下就败了个光，直落得靠帮人牵马洗衣过日子。那时但凡家里稍能过活，伢子都送去读私塾，我爷爷非但书缴不起，十三岁时，还不得不驮起扁担干起了出外挑油笋打肩挑的营生。后来爷爷寻到本县一个叫中稍的地方帮人洗钨砂，老板见这伢手脚勤快做人智诚，有空没空就教他打算盘识字，也好给店里打个帮手，也亏爷爷脑瓜子灵醒，没多久就学会了识山辨矿的道理，还掌握了爆破、开采、精选、修理工具、铣凿子等一系列挖钨砂技术，几年后寻得时机，向人借了本钱就自己单开窿洞了。也算转时运，结果一炮打出了隐货（矿源），索性将太公太婆细爷一起接上了山。细爷打小被带在矿山上，起先帮忙拉拉风箱铣凿子，稍大点就锤砂挑土，在爷爷的指点下，耳濡目染，渐渐也对矿山轻车熟路了。解放后，砂场收为国有，顺顺当当地，细爷便和我爷爷，双双成了国家正式矿工。

太公过世早，长兄为父的爷爷又张罗着帮弟弟选了门亲。细奶是外村孔姓一大地主的女儿，当时成分多少让人心里打怵，太婆、爷爷就和细爷合计：不怕，地主家人种好，生出的后代差不到哪去。细奶嫁过来果然命好，芋头带崽，一生就一大堆。俗话说"兄弟成家，各开一权"，于是两兄弟分了家，我们住前厅四间，他家住后厅四间，中间屏风一隔，灶对灶门看门，除了洗澡寮和过厅公用，其他都各过各的。

细奶虽不精计农事，却十分顾家持家，一天到晚镬头进镬头出，忙得屁股没落凳，加上细爷那份雷打不动的粮褙子，米谷虽不能管够，但米锅里掺些番薯粒子熬粥或炖钵子饭，一人一小钵分着吃还是不成问题。

按理，甑前嘴巴打堆，当家的男子佬应够奔忙的。可我打懂事起，却见细爷在家歇闲。不去矿山上工，也不说扛泥耙辘轴，但逢个刮风落雨，坪上晾晒的柴火也不见他掳一下。他管什么呢？每天早饭后，只要天气好，就拿杆纱瓢到家家粪坑里捞沙虫，回来用芦箕灰拌成鱼饵，装进一个小竹斗，背上鱼篓，一根鱼杆，一张小板凳，到溪河边一钓就是一下午。快断黑时，他会蹲在洗裳潭边剖鱼。两指大小的白鲛子或红水鲅，肚腩上轻裂一刀，俩指一挤，一小坨肚肠就出来了，水里浪两把，回家交给细奶锅里煎一煎，炝上一把红辣椒，外加几瓣小蒜、几枚鱼香草，空气里就有一股蠕动的香味。煮鱼腥太消油，细奶就贴在锅底烤成小鱼干，墟日拿去卖了，顺手打几两烧酒回来。细爷喝了酒，脑门子油光水亮的，或者出去找人扯扯闲谈，或者下田盘泥鳅，或者打几瓢虾公，实在欢喜时，还会在屋里来上一段美丽的采茶调。

可那年月时兴样板戏，采茶调是不让唱的。再说，这些打打嘴腥子没个正经的东西，既不能当饱又不能当暖，平日里鹤堂谁理答呢？

3

等到八月中秋节，细爷劲头就上来了。鹤堂人家家驮着芒扫将坪上扫净，垃圾沤秽一把火烧成火土堆。挨夜边子，月亮像个大笪篮挂在天上。细爷早早洗好身脚，换上白汗衫，摘下二胡，搬张竹椅往坪上一摆，紧紧胡弦，声音就打松球似的弹了出来。

"伙计！"

"其（音 ji，他）哇诶！"

"唱歌唱到个蚊子虫！"

"其（音 ji，他）哇冇错！"

"你是不是学唱歌的哦？"

"其（音 ji，他）哇也毋晓（不知道）！"

这样几句对白过后，手中的弦风一阵云一阵拉了起来：

"天呀天——！你毋晓得唱歌怎么晓得吹号
筒呀——！当——当嗒嗒当呀……唉当呀，唉当
喂哟嗬吹号筒诶——！"

他唱的是《百虫歌》，蚊子、苍蝇、打铁虫、牛屎虫
一一唱过去，每一种打头都用土语和虫子来一段对答，那种
拟人又搞笑的手法，能将各种虫子的性格和模样唱得活灵
活现，实在对我们伢子的胃口。这样的歌丝瓜豆角般边拉边
唱，上家下屋的慢慢就搬着椅子凳板挪过来。《百虫歌》唱
完是《睄妹子》，接着是《上广东》《补皮鞋》……一口哥一
口妹的，一出一出唱过去，不消几下，鹤堂男子佬妇娘们就
笑起了油水。

"别唱别唱！花生仁子来了——！""花生仁子"是大
队民兵营长，时常说采茶调没个正经，油油滑滑的，是乡间

的大毒草。有毒的东西怎么能听呢？如果被他巡查撞见揪出来，有大家受劲的。不过这往往是一场虚惊，无非是出门在外走夜路的罢了，大过节的，"花生仁子"就不待在家里和老婆伢子食月饼么？

清清嗓子，细爷又理直气壮唱了起来。他起先唱得轻松随意，头一仰一叉的，慢慢拉到起劲处，眼睛就半闭半眯，几根弦子像被什么磁住了，半天背过气去，仿佛全身气血透过去才能拉动，忽然间又千枝万朵地怒放开来。

鹤堂人嘻嘻哈哈地吃着花生饼干，大抵是听个热闹，至于胡弦上那些沟沟道道功夫，有谁去在意呢？只觉得田地间积下的那些汗呀雨呀慢慢风流云散了。

4

但我很怕细爷，因为他脾气凶煞，又会几下"八月打"。"八月打"就是会点武功吧，你看他头发倒背走路飘轻的样子，打厅子走过，总有一股暗风跟过去。有几个大早，我亲眼见他在坪上教几个堂叔蹲马步练拳脚，伸腿抬脚间，那手掌扇板似的打在树杆上，啪嗒啪嗒的，那棵酒坛粗的李子树纹丝不动，花瓣却筛落一地。

更可怕的是他老瞪眼，一对眼珠算盘子般挂在脸上，有事没事，眨巴几下，眼白就翻出来了，搞不醒他到底是高兴还是发恼躁。厅子的厨脑上有一条拇指般粗的竹鞭子，乌骚骚的，威风得很。我那班堂姑堂叔谁要是犯事了，细爷眼一横，他们便老老实实站过去，伸直手掌，那鞭子便被取下，掌上"啪""啪""啪"狠抽五下，再痛也不许哭，问："下次敢不敢了？"，答"不敢了！"，再"啪""啪""啪"狠抽五下，问："下次敢不敢了？"，答"不敢了！"于是他眼一翻丢下鞭子，打个背手转身出门，根本没什么道理可讲。

细爷那张嘴要得紧。不管天晴落雨，只要稍微有点闲，细奶就浸米做酒。他床边的五斗桌下总放着一缸水酒，平日里每天来上一小碗，嘴皮子咂一咂，很有点神仙当不了他的味道。酒要做得雄霸老辣，如果甜丝丝的，他会嫌奶骚气，说太嫩了，非得封上一冬才入得了口。逢上村坊哪家办喜事作酒，他必定会递个红包上门去唆几碗划上几拳，直喝到脚飘步摇酩酊大醉才回。如哪次他回来一是一二是二没点事，定是嫌东家的酒没做好，喝到嘴里太寡淡。

那年头谷仓里难见几箩谷，哪有那么多闲米做酒呢？但凡不顺心，细爷就乌云堆暗地发脾气："酒渣子都打不着一滴，清汤寡水当神仙呀？！"这时别理他，恰巧细奶或者堂姑堂叔们罗嗦两句，他就像翻了酒坛子，不是扳碗筷就骂人，如谁再不识相上前又把火，这下可不得了，他会眼珠子滚到鼻公头，额上的青筋蠕蠕直动，什么"短命鬼烂席子包的""挑你的脚筋""打你个脑浆开花""驮把镢头一埋你"就开骂了……这些血腥字眼一串串从牙缝里迸出来，直骂到瓦梁子扑通扑通的，让你站在哪里也不安生。

5

细爷去哪拣菌子？最好别遇着他！这样想着，就跟了哥哥、堂姑们到后山去。

山路浮起了薄苔，割过芦箕的山地，上面落满了松毛，偶尔翘出几根小芦箕芽，那些菌子，就这样从松毛层里拱出来。

我们拣的多是松树、芦箕和木梓菌子，因为生在不同的植物根部，香气也各自不同。水菌子春天最常拣，它藏在地下水很足的肥厚山地上，灰亮的菌帽，白嫩的菌褶和脚杆，小白鹤似的立在那里。除了这，山上还有一种叫豆腐菌的，长得黄中透红，像一朵朵胖墩墩的彩霞。但细爷说过，豆腐菌子有毒，吃了会倒命的。

有毒的东西大多很漂亮，这是豆腐菌给我的经验。

当你一门心思寻着菌子的时候，冷不丁齐膝深的芦箕蓬里会"嘭"地飞出一只大鸟，啪嗒着羽翅，一转眼落到不远的灌木堆去了，等你回过阳来，才明白是只野鸡，心里惊得空落落的。野鸡公非常漂亮，尾羽子花翎缤斑的，上屋有个打猎的太公，断黑回家，他的铳头上就常吊着几只野鸡，让我猴得要死：细爷凭什么就不为我打上一只？那蛇有什么可宝贝的？最可恶的是那绷在胡琴筒口的蛇皮，达达亮的，仿佛有无数的小青蛇在跳舞。

我清楚地记得一次剥蛇皮的情景。芒杠那么长的蟒蛇，不知父亲在哪打的，用绳子绑了头拖回来，吊在门口那棵老枇杷树杈上，这边刚起刀，这边就听见里屋"嗯哼"一声：

"蛇皮毋剐烂了！"

"吱呀"一声门转，有个人影吸双木拖板子就出来了。细爷左手端半杯白酒，下了门前石码墩，右手拁起蛇身探在太阳底下照照，蛇鳞油光达亮的，发出金龟子似的光芒。父亲心领神会，小刀环蛇头下轻轻一点，刀尖挑起蛇皮，双手抠住顺势往下一撸，哗的一声，蛇皮剥了个个，剐了蛇肚，盘出一枚墨绿带血的东西，一抬手投进酒杯中。细爷爷举杯看了一会，两指拁起，脖子一仰，那东西眨眼进了肚。"嗯，这蛇胆上了年成，清肝火。蛇皮呢？给我绷胡琴最好！"他嗒嗒嘴，拎起蛇皮手里抖抖，软塌塌的，就像一块挂水的香云纱布，转身就心满意足地进屋了。

得了块好皮，细爷可以好些天不发恼躁。他坐在小板凳上，对着天井光线，将新皮一点一点剐干净，搠入一个模子整压成形，放在通风的地方慢慢阴干，几天之后，再用纱布垫着煨软，一丝一缝蒙在琴筒上，筒圈滴入一种什么胶剂贴合起来，最后用软刷轻轻抹上桐油……他做那一整套动作的神情，仿佛就像在掏自己的耳朵一样专注，有种说不出的享受。还真不懂，那些阴哒哒的蛇皮拐子皮，被细爷爷这样往二胡上一绷，声音为什么就那么拧，可以听得你心花怒放，也可以渗得你眼眶子拔凉拔凉。

6

后山上有很多野果子，经过一冬的霜雪，味道非常纯美。我们一个山头一个山头地摘了吃，吃得不要了，便一把把将下，每个口袋装满，再有，就连枝拗下来。这样摘着拗着，渐渐过了好几个山丘，菌子没拣着几朵，野果子倒装了满满一尕篓。回去后，碰着细伢子，撮几颗放进嘴里，他们立马就会粘上来，等他们猴得口水吧唧的时候，再东一把西一把分过去，从此他们就听话了。

细爷下山可不同，人没到家门口，声音已进了屋子。

"菌子不少吧？这几天日头好。"

"不错！炒上几盘没问题……"

细爷套件漏了线头的灰毛衣，肩上搭件剥下来的蓝司令布袄子，除了右手满满一尕篓菌子，左手还挽了整整一衣衫侉子。鹤堂有人便凑前去，故意啧啧称羡一番。细爷放下篓子擦擦汗，毛衣往腰上一撸，笑得满脸油光却不作声，只从裤袋里搜出野果子来，一捧一捧分给伢子们，然后几步跨上码墩，一眨眼已经上了厅堂。

"上山拣了几朵菌子，拿点去炒给伢子们尝尝春！"

母亲话还没搭上，细爷脚已踏进我家灶房，将衣衫侉反手一兜，一大半菌子已倒进了簸箕，转个身就进他自己屋里去了。

等细爷房门一关，我赶紧打个飞脚到地里，扯几根蒜苗，拔一棵香芹，回屋再从浸坛子里夹出几颗酒酿辣椒。晚上，菌子洗好掰成云块，蒜苗、香芹、辣椒一一拦段切丝。母亲塞几把芦箕到灶膛里，油哗哗作响，菌子投下去，快速翻炒几下，撒入配料，翻匀，淋几滴泉水，勾点薯粉水，铲了满满几大蓝花碗。

"快去——！叫你细爷过来尝尝！"母亲一边作口，一边使我们捡碗筷上桌，一边从炊鼎里提出一锡壶热酒。

一壁之隔的细爷其实早听见了，他早早洗了澡，头发梳得溜顺，穿双布鞋出来，理直气壮坐定，举起筷子夹几口，脸上便春风般荡漾开去。

"好吃！顶搭口！还是你会炒！"

他咕几口酒，头稍稍拗起，脸上便有了热气，手里的筷子一挥，一副拉胡弦的样子。"多吃点！这东西不好找，我走了一条山坑，才找得这些！"他不断点着盘子，示意我们趁热快点吃。似乎只有这样吃，才是人生最快乐的事。这时我偷瞄细爷一眼，发现一点也不凶煞，那眼神，就像刚出土的菌子，水光柔和，却有无限的悲喜和欢慰浮上来。

一家人吃得嘴唇溜光。我们一遍一遍筛酒，细爷也不推辞，一碗一碗喝下去。不知怎么母亲就想起什么来了，她嘀咕了一声，父亲看了细爷几眼，夹几筷子菜到他碗里，顺势压低声音问了句："不是说兰子要回门么？"就像坑头大风，细爷搁下筷子，几秒种，脸就憋得像个倒扣的酱油碗，

"她敢！来了连礼盒我都扔门外去！这短命婆，毋提她！"顿了顿，又勃然大怒："掯不起的轻骨头，就当没生这个女，以后就是流落街上讨饭，她也别想再到鹤堂来找我这当爷佬的！"

父亲再没作声，直叫堂叔去取二胡出来，自己也起身进屋摸了一杆竹箫。那一夜，二胡和竹箫的声音在屋子里钻心绕肺，钻到云层里，钻入菜花中，钻入一村人的耳朵里，仿佛成了山上一朵朵孤零零的菌子。

7

番稻收割完后，已是"洗扁担"庆丰收时节。踩着日头，有个瞎子便会拄根棍子出现在村口。

瞎子是唱古文的，能唱三十多个曲目，每日由他五六岁的女儿牵着游村走户，邻乡隔县没有谁不知道的，来到我们鹤堂，总要被留下来点唱一两宿。

"懒婆嫂嫂懒婆娘，朝朝睡到日头黄……种的番瓜调羹大，养头肉猪苦瓜长……叫个屠夫来杀猪，上家一碗肉，下家一碗汤，剩下自己肉都没片尝……"和细爷的采茶调不同，瞎子的唱词曲调都是讽人劝世的。这曲《懒婆娘》，鹤堂每个人都烂熟，日久天长，懒婆娘就成了大家的口浪水。平日里谁要是叫床不起，只要一句"懒婆嫂嫂——日头都黄啰！"，立马有人就心领神会，再怎么赖床也赖不安乐了。

也有人私下拿"懒婆嫂嫂"说事——这妇娘子懒是懒了点，却也不是没一丁点可取。不是么？一闭眼，你就能想象出她小眼眯眯的拉沓憨样来。不过苦瓜大的一头猪吧，自己尝都没尝，却惦记着上家一碗肉下家一碗汤端过去，这总比宰了猪连根毛都不给的薄啬佬强多了吧？人活在世不过是消粮纳食的米虫子，怎么过是人家自己的事，和"好吃""懒做"扯什么关系呢？光鲜体面都是活给别人看的，一不偷二不抢我过我的穷日子自己自在就行，风光与快活又怎么都能取全呢？

不过说说罢了，声是声不得的。就像鹤堂人嘴里都说爬爬掘掘累那么苦干什么，可这边话刚落地，那边转个身，挑起粪桶就下地干活去了。谁还真愿留个懒尸佬的破名让人看轻了呢？一不小心，你就被口浪水给淹埋了。

有出必点的古文叫《叶新龙》，一唱往往个把钟头。叶新龙真是个命硬的苦伢，母亲死了，父亲后来也死了，后母整日里打骂让他干苦累活不说，还使出各种毒计谋害他：将穿了暗针的黄鳝煮给他吃，趁他挖井企图将他活埋，又让他上屋捡瓦趁机放火想烧了他……一出不成又一出，没料想这伢却是个命大的人，总有观音娘娘或贵人暗中保他救他。他一次一次得救，暗地里刻苦发奋读书，终于扬眉吐气高中状元，等出朝做官后，遂将那蛇蝎般的后母五花大绑，关进大牢开庭问斩了……

古文的结尾无疑是大快人心的，人间善恶美丑各有定数，自有该得的下场，人在做天在看，难道老天爷只是个日日喝酒的酒醉佬么？关键是中间一唱三叹的，二胡曲调低沉苍老，配上瞎子风打石壁似的嗓音，常让妇娘子们听得泪水涟涟。细爷说二胡是一种流浪人的乐器，声音打到哪，哪里都是乌墙黑瓦，说不出的悲苦和苍凉。我却听得起了疑心，因为细爷的采茶调总是哥呀妹的，让人开胃得很，和瞎子的古文根本不是一个路数，难道冥冥中还另有一层什么？

更要命的是我从此有了忧心，因为我的母亲总是多病，又没日没夜地干活，以至于我总怕她哪天会突然累死在田地里，更怕父亲将来会娶个恶毒的妇娘做我的后母，到那时我又能躲到哪去呢？我又到哪里去找观音娘娘呢？母亲偏又唬我："听话哦，气死了我，到时像叶新龙那样，要不像兰子姑一样抱别家去……"兰子姑是谁？我问。母亲脸一沉，拿眼瞟一下细爷，再不作声。我开始感到人生并不安稳，远不及亲情来得可靠，离开血缘，许多的爱弹指可破，唯有一天到晚拼命干活，寄希望观音娘娘也能突降慈悲，将母亲的病一股脑治好。

夜色丝瓜布一般，听古文的人们风吹落叶地散了，几枚丢在钵子里的的毫子泠泠作响。细爷扶着瞎子进门，一边招呼洗脚，一边叫细奶抱禾草铺床让他们歇下。第二天我放学回来，闻着后厅有股诱人的香味。细爷正和瞎子在嘀咕什么，抬头见我，喉咙立刻转了声："上山整了碗下饭菜，今晚可以唆两口子酒！"他指指边上一瓷盆刚采的木梓菌，起身摘下墙上的二胡，开始和瞎子比划起来。

瞎子背屏风坐着，仰着脑门咧着嘴，眼皮往上翻翻，露出丝瓜瓤似的白眼珠子。偶尔搭几句嘴，哪里拉得软了点，哪里得滑过去，哪里得藕断丝连，哪里得萝卜一瓣两断，哪里得河水飞流暴涨……咿咿呀呀的琴声像李子花一样穿来荡去，罩着天井，缠绕在他们的话声里，还有灶房细奶炒菌子的香味，让我觉得人世的美好不过如此。

"你说我这'尿粪子'还能用多久？"几曲过后，细爷爷换了杯茶，将胡琴递过去，忽然声音又低了下去。

瞎子双手接过，拉开弦子听听，摸一摸，手指敲一敲弹一弹，运气好时，还能估算出胡琴主人的时运和年寿。胡琴其实简单得很，一截琴筒，一根琴杆，搭一把弦，除了几只琴耳，的确和细奶浇菜的尿粪子没太大差别。瞎子坐在那默了半天，掰掰手指，两片嘴唇慢慢出几个字："要多久就用不到了！"

顿顿，又一句话拱了出来："眼睛看眼前，耳朵听千年，我这辈子瞎了两只眼，耳朵却没少装事。都生三个伢了，你就一辈子不见，她还不是你的骨肉？"

阳光射过天井，有一道光柱在厅子里蠕蠕晃动。细爷爷也不说话，扳着手指，埋头坐在那里，慢慢就悲伤起来。

8

分产到户后，村坊里重新舞起了风车龙。

我们的风车龙来头大，据传是唐朝皇帝亲赐给汾阳堂先祖子仪公的，一代一代传下来，谁也说不全郭家子孙到底有多少分布在哪里，但只要看看风车龙以及脑门上那个鎏金的"王"字，基本可以相互认个宗亲。

这样的龙灯自然是威风八面的，谁敢贸然掌龙头呢？几千人的村坊，一年舞龙的事要提头做主，得先掂量自己的脸面和威望，能否压得了台面撑得住，能否担事说得话响。再说，那风车龙首尾相连共九节，龙头威武庞大，远远看去就像一架车谷子的大风车，不说上百斤至少也有七八十斤吧，要将它舞得天旋地转精气满堂，身上没点筋骨，手脚没几下功夫，还真会歇了火。

为免争斗，元宵节报名抓阄决定，谁得头阄，谁掌第二年龙头。论身脚，细爷应算得上掌龙头人物。可惜一连几年，头三阄他都挨不上边。他自叹时运不好，每到年底，却照样帮忙挨家挨户去集龙钱，将积满灰尘的龙灯从总祠楼上请下来，糊彩纸，扎红布，褙牌灯……大年初一过后，细爷夹在后生队伍里，举着威武的风车龙浩浩荡荡大拜年了。宗亲们散布在方圆数十里的乡镇，往往一走要好几天。风车龙每去一个分祠，那里的宗亲就舞着自己的五股小龙出门迎接，好茶好酒招待之后，热热闹闹合舞一场，然后自发跟在风车龙后面，走乡串户，爬山过岭，等最终回到我们石涧总祠，已经是个庞大的龙灯队伍。

这可是少有的宗亲大聚会，每一房都想显示自己旺盛的香火和蓬勃的生命力。大甑饭，腊肉，烫皮果子，水酒，黄元米果……酒足饭饱过后，他们在宗祠前选上一块几亩宽的稻田，放开手脚摆开架势，排灯点起来，锣鼓敲起来，唢呐吹起来……风车龙开始游动起来，那些五股龙也跟着游动。摇头，摆尾，翻滚……美丽的龙珠在烛光里玲珑直转。

到我们鹤堂那晚，细爷精神出奇的好，脚飘步摇，脸上醺醺的，却始终老老实实在一边看着。庞大的龙头跃上跃下，左扑右闪，不断追着龙尾嬉闹扑咬，举龙尾的人也跳脚迎着舞动起来，一会前一会退，一会往左引一会向右闪……锣鼓唢呐中，五六条龙在坪前稻田里上下翻腾飞舞，连续做着团身、咬尾、穿花、盘龙等各种翻花动作……细爷爷看得过瘾，脚下开始随风盘动了，终于忍不住跳前夺过龙头舞起来。这是一种山呼谷应的生命宣泄与舞蹈，一年到头，365个日夜，人世卑屈，艰辛隐忍，以及所有的浮光尘土都随烟花消逝，爆竹飞鸣，人声欢腾，人们在自己制造的欢乐里沉醉喝彩。这样一个屋场一个屋场舞过去，眼见最后一个屋场红红火火舞向高潮，一切风生水起称心如意，只等龙灯高高举起盘身团圆，东道主就心满意足了。忽然，为避头顶一根李子枝桠，细爷的龙头略微斜了一下，大约势头过了点，一时转不过手，脚一滑，龙珠稍稍一崴，一阵风，一条火舌就舔了出来……

"烧龙珠了！"有人惊叫。飞速奔跑的细爷并没听见，一个大拐，转过身，火光在坪上划出一道美丽的弧线，又追着龙尾跳荡起来。

"龙珠起火了！！"屋场人大惊失色。

终于听到了声响，细爷头一仰，眼白一翻，飞手抓过去，火苗避了几下，再一个飞手，火打几个卷被扑灭了，只剩几粒火星子噼里啪啦的。爆竹停下来，锣鼓唢呐闭了声，风车龙停了下来，整个村子忽然如石沉大海。龙头算是保着了，细爷的腰却闪着了，那个美丽的龙珠，在辽阔的夜幕下，只剩了一副精致的骸骨。

龙灯起火是十分忌讳的，预示着鹤堂来年屋场将不顺溜。宗亲们虽然都互相喝酒，彼此安慰说没事，但怎么可能没事呢？

那一年元宵送龙神，细爷喝了个不省人事。回家摇摇跌跌地，头上裹条白毛巾，见着父亲就追，见着细奶又追，左一句"我的贤侄呀"，右一句"我的贤妻呀"！追不上人，他就两手顶着帕子，一下子对着脸盆架子自说自唱，一下子满屋子追着说捉鬼。

还真不巧，那几年，那个烧了龙珠的屋场，老老少少，一连死了好几个人。

有些事怎么说得清呢？难听的话开始李子花似的飞了起

来。一些人开始避着细爷，说他只会喝酒唱采茶，脑子不装事，连个女儿都管不了，做什么都衰气。

细爷从此埋头奋脑，再没挨龙灯的边。

9

细爷更爱喝酒发脾气了。

有次喝得扶墙倒壁回来，正碰上细奶和我母亲压了几句嘴。同个大门进出，胳膊难免碰着肘的，妇娘子之间有什么大惊小怪的？他却像头黑森林里的野兽，抢起竹篙就捶我家的枇杷。五月果子正要下树，金黄的枇杷火珠子般落下来，把我的心砸得噗噗冒滚气。细爷乌云翻滚，一边挥着拳掌，一边指着母亲大声咒骂，什么"倒你全家的命！""捅你的瓦！"每个字从喉节里滚出来都像冒烟的子弹。

黄昏中，他的咒骂高亢嘹亮，夹杂着对亲人的仇恨和对生活的强烈不满，就像蟒蛇爬满了村庄。众人围观中，我看见噙着眼泪的母亲爬上树去抢摘枇杷……一位太婆拽了我们兄妹就进她家灶房，转身闩上门，嘱我们蹲在角落里毋出声，说一个是地主恶霸的女，一个学了拳脚，弄不好会断人命的。我和哥哥哪蹲得住？吓得浑身发抖，只能贴着门缝听外面的动静，每提高一次声调，我们都心惊肉跳。

这场酒精点燃的风暴最终怎么收场我不清楚，只听说不知谁跑去村外喊碾米的父亲。父亲气喘气嘿地赶回家，站在门前看着细爷默了好一会神，然后摸出烟盒卷了筒烟，舔一舔走下石码墩，平声静气往他面前一递："叔！您看看我是谁？您哥的崽——你的老侄！您是我的长辈，过的桥比我走的路还多，我这做下辈的，哪里做得不妥，有什么您尽管说我，怎么说我都听着。斗口没好嘴，打架没好手，再怎么也不能让外人看我们自家手打脚呀！妇娘子间那点事，就让她们自己说去吧，我们叔侄俩到后厅去泡茶醒醒酒！"

刨皮花似的，冷不丁一丛话撒下来，细爷爷大概酒醒了一半，趁机歇了嘴，翻翻眼，接了烟默了会神，被扶着转身进了屋。

晚上睡觉，母亲泪汩汩的。父亲说，人长一双眼是不够的，得用好那两只耳朵。鸭子听水锣鼓听音，有人看我们两家亲近，背后挑唆了细叔几句罢了，无非是说什么我们住前厅挡了细叔的风水，没影的鬼话也有人信，即便要信，但凡想想，共个大门进出，天井在后厅，这风水财气不都聚那了么？细叔他手里端的是铁饭碗，耳洞里装的却是采茶调，耳根子太软。想想也情有可原，年轻时没了父亲，靠着兄嫂成家，成分又不好，一大堆子女，拉拉扯扯，大的要讨老婆，小的要读书，都不是泼几瓢水就能解决的，自己药罐子进药罐子出的，惹上这身恶病怎也脱不了爪，加上兰子的事，人前自然少了许多威势，心头憋屈烦躁也是情理。

母亲眼泪铺上来，半天背过身去，说都道不如意常八九，谁过得容易呢？细叔但凡稍能过活，谁愿将自己的骨肉送别人？我也不是不明事理，就怕他一股子酒气上来，伤着了咱这几个伢子。

父亲埋头叭了口烟，好半天才悠悠地说："不会的！细叔他舌头根硬，牙骨根却软，我们多担待点就是。我虽比细叔小10岁，却是一起粘肉大的。想当年一家人住在矿山工棚里，有晚伢他奶奶去喂猪，顺手把矿灯挂在屋檐下，不料风吹过，一片茅草叶点着了，唰的一下就烧上了棚顶，他奶奶大声呼叫时，眨眼，整个棚顶就已火光冲天，大家七手八脚，慌忙把衣被粮油、红粉炸药往外搬。我和他大伯还躺在床上看火光，一点都不知外面出了大事，细叔闯进来一边一个捞起我们夹在腋下就冲出了门外，把我们放在远处山腰上，才又回去救火。幸亏上下邻棚的工友提着水桶拿着脸盆赶到，才及时扑灭了大火。不幸中的万幸，这次只烧掉了棚顶，棚里的损失不大。更万幸的是细叔及早将我们抱了出来，大家搬开了火药，不然工棚爆炸，后果不堪设想。

想想细叔那时还只是个半大不大的伢子，却已经知轻知重懂得生死缓急。不过是遗传了母亲唱山歌的天性，从小喜欢唱唱跳跳罢了。那时一家老小全靠伢他爷那百米深的窿洞过活，采矿爆破随时都会出现危险，生辰八字是经常在手上提着的，稍有不慎，连命都丢掉，哪有工夫搭理这等闲事。细叔他下不了窿洞，每天一把铁锤一只凿子，将一土箕一土箕挖出来的废石敲碎精选粘在石头上的钨矿……他心拢不住，捶不了几下就将废石倒了，一瞅空就溜到县城去看采茶戏，几十里山路，这边看了这边就回到山棚偷着练。礼拜日回家探亲，每次路过县城采茶剧团门前，细叔脚就挪不动了，以致伢他爷气得搬开脑袋来出气，说你这后生啥时才长得大？一家人饭都没得吃，你看采茶戏能当饱吗？"

我忽然听得心酸。人与人如此不同，天性长在那是没办法的。我的爷爷长兄为父，一心就想勤干苦累把一家弄好，而细爷想什么呢？这口采茶调，还有那身拳脚，竟是那样偷练积攒下的。一个男伢，一边在山上捶砂，一边背了兄长偷偷走几十里山路去学戏，也不知怀了怎样饥不可遏的痴迷和梦想，可是后来，这些东西又被什么给蛀空了呢？

长大是要付出代价的。这样想着就觉得生活没劲，它总是不动声色地，抢夺你生命里最骨髓的东西。

10

栀子花一丛一丛地开过山岗，菌子和春天一样慢慢老去。

和我搭伴上学的小堂姑，每天的另一项重要任务，就是腋下夹个空瓶到代销店去。有时她会从口袋里摸出几只蛋球给我。蛋球是蜡做的，半球中间位置有条凹线痕，沿着凹线剥开，是颗又黑又亮的大丸子。

这让我立刻想起牛屎虫。丸子丢进嘴里，果然牛屎一般，又臭又苦，怎么也吞不下。细爷为了打酒，竟瞒着细奶将洋蜡丸塞给小堂姑做奖品了。

我们把丸子丢掉，将壳攒起来。集到一大堆时，我们溜到靠河的田坎下，挖个野灶生起火，把球壳丢进铁勺里熔解，化成蜡油后，滴几滴黄栀子汁，倒进一个小碟里凝固，一次一次巴望，我们伟大的心愿——一朵肥嘟嘟的黄蜡菌子能在我们手里试验成功。

蜡菌子没成，细爷却开始咯血。我终于知道，细爷得了长期采挖钨砂的职业病——矽肺结核，目前根本没法医治。我的亲爷爷当年正是被它夺去了年仅四十的生命。据说爷爷病了好些年，临终前，一次一次呕血，呕得床前一地都是，乃至留下遗言："以后世世代代，再穷再苦，都别上山打钨砂。"落气后，鹤堂人都以为是痨病，一个个闪边，连个抬棺材的人都找不着。

一种不祥的气氛弥漫开来，我开始感到不安。放学回来，有事无事总要透过屏风往后厅看看，我希望能听到细爷的笑声，哪怕是一句咆哮的骂声也好。可细爷只静静地靠在天井边的一张大木椅里，一件厚厚的军用棉大衣把他捂得严严的，只剩了一张蜡黄的脸。

枇杷树下的中药渣越堆越高。春天就要走了，我开始到爷爷常去的山头找菌子，希望能满满煮上一碗，端给细爷尝尝。

有次放鸭子，从一座渗着泉水的山壁下走过，抬头见坎上白光一晃，回眼看时，老天，一朵菌子，饭甑盖那么大的菌子！我们又惊又怕，是菌子么？有那么大的菌子？可那分明就是一朵菌子，大白线鸡似的趴在那，被芦芒芦箕叶子遮罩着。我们兄妹托着哥哥的屁股，让他抓住藤条，沿着石壁缺口小心爬上去，绕过一棵漆树，在一株小松下站住了。我们的菌子——美丽的菌王就站立在那里。哥哥一手扶着菌盖，一手轻轻地拔下根部，"雨伞呀——！我们的菌子伞！"他快乐地擎过头顶，我们四兄妹就这样簇拥着这把"菌子伞"，率领着一伙鸭子一路飞奔回去。村里人很惊异，这可是我们村的菌王呐！

母亲说这是好兆头，可以冲煞气。于是赶紧将菌王炒了，照例烫上一壶酒，将细爷请来尝鲜。可细爷这次坐下，动了动筷子，就放下了。只悲悲地说了句："兰子出走了！那鬼女子，丢下老公伢子，一点声气都没有！"最后连饭也没吃，直叫我们去取二胡。

"伙计！"

"其（音 ji，他）哇诶！"

"唱歌唱到个牛屎虫！"

"其（音 ji，他）哇有错！"

"你是不是学做药的哦？"

"其（音 ji，他）哇也毋晓（不知道）！"

"天呀天——！你毋晓得做药怎么晓得两只铲子铲铲动呀——！当——当嗒嗒当呀……唉当

呀，唉当喂哟嗬铲铲动诶——！"

这次的二胡声药汤般黑沉沉的，让人想起漏雨的土墙，一会是草木芽子，一会是汹涌的泥浆，直渗得人心底拔凉拔凉。

我终于知道细爷还有个大女儿——我的大堂姑。早年生得太密，细爷养不过来，五六岁时，大堂姑被外乡一户人家抱养走了，这成了细爷一辈子闹心的事。婆家对她很不好，稍稍长大，又被诱逼着去干见不得人的事，细爷心里窝痛，带着几个男子佬找上门，要把这女儿领回自己养。不承想，那人家不答应不说，大堂姑竟说婆家待她很好，铁定了心不跟细爷走。也不知她被灌了什么迷魂汤，细爷气得绝力，心里窝痛不说，门前也丢了面子，发誓再不理这女儿，从此断了来往。母亲说的兰子，就是指这个大堂姑了。可自己的骨血总是黏肉亲，又怎凭嘴巴说不理就不理的？兰子姑小时候特别爱吃菌子，暗地里，细爷总是想方设法弄这东西，赴墟喝酒，和瞎子聊天，正月舞龙灯……很多也都是借走村串户打探兰子消息罢了——兰子姑随便嫁了个老实男人，几年后，生了三个伢子，再过几年，自己却不知所终了。

不久，细爷一口一口地吐血，红殷殷的血鼓着小泡，一朵一朵地摊在天井边沿上，一只大白狗"嗒嗒"地舔着……这让我想起山上的豆腐菌子，那种毒人的艳，不禁浑身一阵阵发冷。细爷被送进了医院，一次，两次……一次比一次清瘦，一天比一天吃得少。以后他又转到矿山医院疗养，一年，一年，他说，吃不下几粒饭了，很苦。他再也没有碰过他的二胡、鱼竿和酒杯，就连厨顶上那威风凛凛的竹鞭也举不起了。

当细爷再次从医院回来，已被装进了一具漆成黑夜般的棺材。那年，他五十九岁。护士在清理物品时，发现他盖过的被套里，藏着他积攒的退休工资。他没死在家里，没有屋份，棺材进不了鹤堂宗厅，只能停在村口禾田里。盖棺时，他那阿开的大口怎么也合不拢。据说他落气时张合着嘴，用手比画着，几个字永远哽在了喉咙里。

他想说什么呢？鹤堂人上下猜测：兴许到死还没吃够吧？赶紧找个生鸭蛋填住，否则这样落土，要把子孙的福气吃尽的；也有人说细奶这辈子真划不过，好吃好喝服侍他一辈子，到死了，一点钱还藏着掖着舍不得交出来。鸭蛋放进去后，又有人说还是报一声兰子吧，估计临终时记挂的是兰子，生了她一场，如今爷佬都落土了，作女儿的总该来送一送才对。可到哪去找兰子呢？细奶领着七八个子女媳妇长一声短一声地哭喊着，那声音，干枯枯的，飘荡在小小山村里，就像一朵一朵丢了的魂。

细爷埋在屋子对面他常拣菌子的松山上，边上还有我的爷爷，我爷爷的爷爷们……远远望去，那些隆起的土坟，就像一朵朵拱出泥土的菌子。

"天呀天——！你毋晓得唱歌怎么晓得吹号
筒呀——！当——当嗒嗒当呀……唉当呀，唉当
喂哟嗬吹号筒诶——！"

多少年后，当《百虫歌》从村坊人的耳朵里彻底消逝，
我终于明白了细爷的无奈和苍凉——人生本有那么多的不
堪和错位。在一个不稀罕艺术的时空里，他却稀罕地活在艺
术的田埂上。那些贴在地面上的东西，又有多少人能真正听
懂呢？

细爷一辈子并没长进鹤堂人的心窝里，却钻进了大地的
山窝里。那些水灵灵的菌子，或许，就是细爷放养在时光里
的一群耳朵？

田 事

1

当低低的春云包不住那微微一声雷动，一切都明亮浩大起来。桃花惊天动地地开了，草木探起了颈子，仓庚鸟洗亮嗓子鸣叫，那些蛰伏了一冬的虫虫咬咬开始嗑破松软的土膏出动，又一年的江湖浩荡从这里启程。

"惊蛰，惊蛰，冻得老头子笔笔直"，天气依旧别样的冷。太婆蓝袄黑裤，箍了头帕出屋。栅门打开，鸡鸭放出来，屋外便有了咕咕的禽生气。水田灰灰的，不远处坊芬河泡在晨雾里，堤坝上高高矮矮的黄竹灌木，仿佛妇娘们茂盛的睫毛。她掳把松柴回屋，洗手脸，点香，供过灶君奶奶，起灶火，松烟味游过来，一个灰绒绒的毛肉团喵呜一声从灶坎跳下，新的一天就这样日复一日开始。

客家人过惊蛰是从一捧爆谷泡开始的。太婆从里屋抱一罐细沙出来，倒锅里，摊热，然后从枋中撮了一竹升谷子，一把一把撒到锅里，谜一般细细翻炒。"炒炒炒，炒死黄蚁嫂！捶捶捶，捶死黄蚁公！"谷子爆出肥胖的米花泡，哗哗啵啵的，日子开始随着太婆的嘴生动起来。

"哗里吧啦，全家发达！哗里嘣咙，禾串打爆桶！"她一边念着和惊蛰有关的古老吉辞，一边连炒带捞，将谷泡和沙撮到一个竹筛里。哗啦哗啦，太婆端起筛子，乾坤似的旋转，沙子随筛子旋抖纷纷漏下，谷泡雪花般在筛上游动，整个屋子弥漫着谷泡香，细伢们手伸过来，眼神水水的，就像飞满了明媚的春蛾子。那些空虚的谷壳就只好落寞地浮一边去了。

惊蛰后的日子是一望无际的。重重春雨，将人们罩在各自的地盘里，把晴天切割得支离破碎。你有大段大段的空白，对着瓦檐天井，一筹莫展地为生计发呆。"微雨众卉新，一雷惊蛰始。田家几日闲，耕种从此起。"惊蛰一过，百草复苏，天气一天一天暖和起来，百花开放，百行植物生芽，客家人经过一个漫漫长冬休养，开始春耕下种。哪丘田打秧，哪块土种菜，哪个梯带种瓜，哪条河唇上点豆角，哪片地莳糯谷，哪口塘养鱼，都必须一一划算好。田土作物都是有脾性的，高山田与平阳田，冷水田和沼泽地，黄泥土和沙子土，得一一遵它性子。再说风水轮流，作物也得轮土种，今年辣椒在这块土地长势好，来年就未必，还有猪牛鸡狗这些家养，你也得策划好。伢子们永远是无忧患的，他们衣兜里揣谷泡花，在春天底色里奔跑、嬉闹，在屋场蹿进蹿出，有劲没劲，都喜欢捉几粒丢进嘴里，艳丽了舌头，也艳羡了四邻八方。

2

"二月节，万物出乎震，震为雷，故曰惊蛰。是蛰虫惊而出走矣。"惊蛰万物生，打田坎，修农具，耕田，下大肥……水田被搅得泥腥翻涌，山坡河坝上的旱土也没一寸消歇，挖松，整平，下肥，肥沤上几天后，撒种，几天后，姜苗，辣椒秧，茄秧，还有豆秧，番蒲秧，丝瓜秧，冬瓜秧，瓠子秧，苋菜秧，蕹菜秧……各种各样夏蔬秧苗子赶集一样冒出来。

这时，跟着太婆打田坎，简直就是一个美妙的动物世界。当初先祖们选择我们村肇基，那是躲进大山成一统，抱定了避世长居的打算。赣南山多地少，稍微平阳开阔的地方早已成原住民领地，此后子孙后代开土凿田，不在山坡就是长谷，上下田垤间常常用石头垒隔着一至数米高的田坎，那往往是丝茅杂草攻田略地的前沿带。

惊蛰后，随着地气上升，几乎所有生物运动都从地下转移到地上。一个冬季的韬光养晦，那些地皮深处的杂草根须，已然养得膘飞体壮。丝茅草正在大面积崛起，簕泡苗吐出了花朵，黄荆，糖盎子，篷藟，蛤蟆藤，野鸡尾草，黄鳅草，犁头草都群拥而起。必须赶在春播之前，将田塍上这些禾苗的强大对手们逐一剿除，否则禾田就有被荒木杂草蚕食围剿的危险。

那是一种大山里前不见古人后不见来者的寂寞劳动。半个月长长扯扯的雨毛子，山坑子已是焕然一新。东涧水流，南山云起，沟谷山田蓄足了水，一丘一丘接力似的流下山去。狗婆蛇提前出动了，不过还有点木头木脑的样子。林子里嘤嘤嗡嗡的，不时有声高八度鹧鸪和野雉在长呼短唤，还有低八度的野蜂和山鸟在暗处挤眉弄眼，以及无声无气的飞蛾蚁蝶在成双入对。機木花，野梨花，拔锲花，松盏花，还有许许多多不知名的野花，都嗲声嗲气地开放了。就连枫树，香樟，这样不解风情的树种，也开始了大规模"换毛"运动。

这样万物争生的大自然背景里，一个人沿着田埂挥镰动铲，很有点刑天舞干戚的悲壮。那是一种背负春天的逆向运动，你看他弯腰勾背，一株一铲地刨，一步一步地撤，待退到田角头，田是田，坎是坎，只剩光光的几条田脊骨线，世界被刨得更泾渭分明了。好吧，一切都交给禾苗入驻。

客家人的脚踏实地，是天长日久被土地粮食驯化出来的。一寸田，一把谷，人与地一对上，就形成了强大的统一联盟，你向土要饭吃，就得守着它，护着它。稍加含糊，地盘就被其他物种圈占了。有时贴在高高的坎上刨草，打个野望，人就树筒一样跌落坎摔个四脚八叉。

万物生衍是惨烈的，谁说人类的每一次生存扩衍，对于大地上的其他生灵，不是一场大规模的整肃与绞杀呢。

惊蛰后的土膏是松软的，鸡婆虫，蟋蟀，土狗虫，蚬公虫，蚁公虫……各种虫蛇泥鳅蛙类闻风而动，田坎刨到哪里，哪里就有肉团团的五蛊百虫爬出来，除此，还有包打包的蛇蛋，蚂蚁蛋，一一捣了巢穴驱逐出境。这对太婆这样连蚂蚁都怕踩死一只的"活菩萨"是残忍的，生存面前，动物间的巨大级差没法悲悯，所谓的万物平等，那只能放到宇宙总则去清算。这些蛰虫地下藏了一冬，早已肥得不知魏晋，随便捡几只喂鸡，第二天鸡窝里想没蛋都不行。有种土黄黑纹的虫蛹很好玩，肉鼓鼓的身子，捏在手里软软的，叫东它头向东，叫北它头向北，乃至于人们都唤它作东南西北，那是伢子们春天抢手的小萌宠。向北，向北……回不去的故乡最动魂，我不知道，这低低的一唤，一望，于那些给了我骨血而又长眠地下从未谋面的南下祖先们，是不是最犯乡愁的？

3

上春后，大自然调动情绪的手段是立体多层次的，每天起来都有不一样的生灵欢喜。石涧人从冬日的沉长惯性里转场出来，日子开始变奏。古话说，正月嬲过，二月捱过，三月天晴落雨都要做。水田已做过一道犁耙，暖风曛几日，泥田稠稠打软。古法耕作，秧是不移栽的，直接把发好芽的谷种一撮一撮点在水田拉了格子的中心线上，这叫点禾子。禾子还没长根，水田当越精细越好，没三道犁耙功夫，禾子是长不好的。头道翻田，第二道犁耙过后，泥田就酒糟眯眯地化了。这时看石涧人家筑田唇，觉得真是画。水田一丘一丘光溜溜的，几个大人握着泥耙在那水镜子里，挖一耙泥，"嗒"一声落在田坎上，盘开，荡平，再溜面，一步一挪推过去，那神样，感觉是画师在钩线。此时恰好头顶掠过几羽燕子，呢呢喃喃落在新糊的泥坎上，说不清是在调情还是在营生。远处，天空灰蓝粉嫩，有妇娘站在田中央打粪坞，男子佬挑大粪蹚着水田倒在粪坞里，每个坞一担半或两担，水田便长出了一个一个黑黑的月亮，如若恰好有风不着调地粘过来，空气里便涂满了花粉、草青还有泥粪的味道，地面上兼有桃溪李塘，鸡篱瓦院，更有一丛丛的青山四方围堵，人世，成了如此深阔的远景。

筑田唇实际上是客家人对山区田埂外施的一种换皮术。打田坎时刨落好多草皮沤到田里，田埂便掉了一身肉，必须好好补膘。筑田唇方法简单。挑个艳阳天，扒开田缺稍稍泄水，露出隐约的泥墩，好，泥晕子沉底，泥脚恰恰好。父亲背向田唇，泥耙斜插进田旮，前身一着劲，提耙，一大坨下实上虚的烂泥提上来。搭泥坯是考验耐性的，第一耙泥搭于田唇斜面，第二耙放于平面皴压一下，如此一耙耙往前筑。筑多远得凭日照光感，弱则远些，强则近一点，一般粗坯筑到十多二十米左右，好，开始回头整形。这时泥巴干湿度正好，黏滑，有弹性，压实的压实，整平的整平，该添补的就添补，然后握泥耙顺田唇反复溜一遍，换田婆（镰铲）荡平，顶部两次，侧面一次，斜面一次，大功告成！一条楚楚动人的田唇就做好了。阳光铺下来，田唇像上了一层水彩，那种线条的挺括和肥软是让人蠢蠢欲动的。乃至于每每不及干透，调皮的伢子总会忍不住光了足冒着挨人咒骂的危险上去踩几脚。落雨天则坏美事，筑的泥巴溜塌不结实，田唇面也落汤鸡似的惨不忍睹，这时的水田灰蒙蒙的，一副遭人强暴的面孔。

"清明前，好种棉。清明后，好种豆。"石涧人家对田唇的匠心不仅因它是田之阡陌地之疆界，更在于这些精致的线条恰是埋伏豆菽的膏腴之所。待田唇干透已会呼吸，可以上脚踩了，就开始在上面点豆子，黄豆，绿豆，白豆……日夕时分，母亲一把鹤锄钩一粪箕火土，袅袅地走进蛙声里。田唇每隔三十公分左右咀开俩眼坞穴，点三两个豆种，覆上火土灰，世界就黑下来了。数天后，坞穴里抽出叶胚芽蕊，开始施肥培土。每穴喂尿浆灰一把，然后双手从田里挖一捧泥巴，将两穴豆苗团团围住，糊平，抹好，风施雨长，就专等小暑大暑时节收获了。豆子不能种得密，否则日后过田唇很不方便。尤其割早稻双抢，挑着满满一担谷子上田唇，要绕过一棵棵子孙满堂壮怀激烈的豆荚苗，那真是恨恼，稍微娇气点，小腿肚子上就会被豆荚刮得红一条紫一条血痕。早稻收割后，将豆荚苗连根拔起，吊在檐下晾晒，可以听到豆荚噼啪噼啪的爆裂声，那些滚落的豆子，叫六月爆，炒辣椒，煨鸭汤，或者磨豆腐，味道都极好。这是早熟的黄豆或绿豆，晚大豆则株距加宽至六十公分左右，开个穴，放两根豆秧，搭一把湿泥巴即可，早稻夏收时节，再追上肥，田里挖两只禾稿蔸搭上，越过秋风白露，熬到霜降后方可大获全胜。晚大豆株大分枝好，产量高，往往是人见人欢的豆菽佳品。

　　一条简单的田唇植入的看起来是豆菽，其实却隐含了古代中原人和赣南土著世代相融相生而后相守的生产生活方式和耕种之大理。石涧人家对土地的敬惜和天地人的理解，就这样日用而不知地活化在精耕细作的一招一式里。

一坛乡情煨酒

　　近日，着手写点酒的文字。可我不善酒，稍饮几口，则面如秋山，青红不分，酒的乐趣毕竟无法贴身体会。可我对酒的记忆却是深刻的，这记忆在家乡米酒。

　　立冬一过，日头黏嗒嗒的，村坊里家家开始做酒，准备过年。

　　将几桶山泉浸好的糯米搓洗干净，倾于竹箕沥水，倒入灶堂大甑火蒸。旺火架起，糯香满屋，细伢子们的猫嘴立刻被糯香吸了过去。开甑了，团团雾气里，糯润的饭粒晶莹可见。母亲庄重地洗了手，先舀一大碗恭于灶台上，这是敬灶神奶奶；然后很认真地舀出满满几碗，叫我们端与屋场里的叔伯大婶尝鲜。终于，轮到我们了！母亲微笑着，两手冷水里轻沾一下，挖一勺饭入手，嘴里咻咻有声，轻巧掂挪几下，眨眼间，变戏法般，一个个热气弥漫清香玲珑的小糯饭团就出来了。母亲双手粘热得通红，我们得奖般争先恐后捧了去，大口大口享用，觉得世上最美味的东西莫过于此。

　　随后母亲将大甑一抱而起，端到天井沿酒架上，勺舀山泉往甑中一瓢瓢淋下去，直到糯饭温热不再烫手，洒上酒药水，拌匀，装进一个早已洗净晾干的大酒坛，将酒饭挖一小穴，成酒窝，封扎坛口，放到暗厢房里，用稻草或棉絮包捆好坛肚，几天工夫，酒香便一阵一阵溢出。

三天后的酒叫三朝酒。揭开酒封，窝穴里酒液清冽如泉，家里称作酒娘，而酒饭，却已然化成了眯眯的酒糟。这时酒糟甜美，酒娘甜厚，蘸在手上黏乎乎的，都好吃得很，不会酒的人往往喜欢，好酒的相反，说太嫩，有奶腥气，非日子老些，等酒劲老烈，酒性雄厚，才舀出一壶烫了喝，才觉得过瘾。

我自然喜欢甜嫩的酒娘。那时日子简陋，乡下根本没什么打零嘴。嘴荒的我便天天想着那大缸酒娘。一天，当昼饭（午饭）了，父母还在田里，哥哥领着弟妹更玩得不见影子，灶里没个火星子，我肚饥得很，便操了家伙，跑进厢房，在酒坛里狠狠挖了一粗瓷大碗，连酒糟带酒娘，美滋滋地唆了个痛快。不料过了片刻，便觉屋顶零零打转，四周像井水一浮一晃的，脚下怎么也踩不着底……等父母回来，我早已在一张木匠用的长条大板凳上睡成一摊烂泥。一直到夜晡（晚上）醒来，仍是头昏眼花，脑胀欲裂，才晓得自己喝醉了酒。父母虽没有责骂，但从此，我晓得了酒娘的厉害，再也不敢贪吃。

一个月后，酒娘汩汩出齐。冬至那天，将山泉烧开，凉透，兑入酒中，从此封坛藏冬。

"今日淋灰水，明日打米果，后天过年就过年！"小孩总是这样一边喊着歌谣一边掰着手指算，年夜饭是我们盼了一年的美餐。全家团坐，如豆的灯下，母亲眯笑着将滚烫的水酒从灶上提来，一碗一碗筛满……澄黄、温烈、甘醇，这是上好水酒！一阵阵爆竹声中，父亲稳坐桌前，轻轻端起一碗热酒，含笑环视我们，将一年的艰辛和希望一饮而尽。

"男子佬喝正月，妇娘子喝坐月（生孩子）。"大年初一至十五是村坊人互相串门拜年的日子。初一打早，吃过酒娘蛋，男子佬着新衫布鞋出门去。家家蒸好各色腊味，一一切片，满满装上九龙盘，端出烫皮果子，再烫上几锡壶水酒，等着叔伯兄弟登门拜年时拣茶食。说是茶食，其实食酒。主人一次次地筛，客人一碗碗地喝。父亲人缘好，有声望，族人必到我们家。酒过四成，尝遍腊味果子，纷纷夸奖母亲手艺。母亲添酒，座上人便用手遮碗，连说不要了不要了，你这酒太好，会醉。母亲便笑吟吟一手提锡壶，一手抢过碗道："哪里哪里，我这井水近着呢，多少加一点，给你添福添寿！"于是又一大碗。"井水近"是妇娘子劝酒谦词，是说自家的酒淡得像井水，客人不用担心，挑水近着呢！喝得脖子有点粗时，男子佬们开始划拳："高升呀——！两相好呀——！四季发财呀——！五魁首呀——！满堂红呀——！"声音在屋子里炸开来，田坂里的春天嘤嘤一片笑了，酒香和着瑞气飞满油菜花。

大年初二，妇娘子们开始拖儿带女走娘家。嫁出的女儿回来，娶来的新妇回去，几天后，又纷纷将娘家亲人请回自己家里，于是山排上、田埂间，到处是提着酒肉米果走亲戚的老老少少男男女女。新姑丈第一年到丈母娘家拜年，新妇娘家人第一年到亲家做客，家乡都叫上门客，了不得，族人都会贵宾相待。记得我同先生婚后第一个新年回去，刚到村口，便有人作口："来了，来了！"于是鞭炮沿着李子树一溜烟跑响，宗亲们便阡阡陌陌提着酒食聚拢过来。长长摊起的连台桌从厅厦一直排到门口，各家美食一一端上摆开，各户水酒轮番筛满，杯盘层叠，琳琅满目，令来自乡外的先生大开眼界。乡亲们劝起酒来更是排山倒海，吉祥的话一串连一串，先生招架不住，惊叹之余，只得一迭声说："醉了！醉了！"水酒的热情从此印象终生。

正月，水酒的高潮在耍龙灯的夜晡。我们郭姓的龙灯叫风车龙，威武庞大，连头带尾共九节，龙头衔一口硕大的龙珠，像一架车谷子的风车，五谷丰登的意思吧。黄姓的叫九狮拜象，狮子为什么要参拜大象呢？我不管。龙灯从几里外的宗祠出来，一天一个村寨。轮到我们村，隐隐听见锣鼓唢呐从山外传来，细伢子们立刻飞奔出门。"还早哩！"父亲不紧不慢取出爆竹礼花，接着一一捡好敬龙神的香火篮子，母亲早已在灶房忙得零零转，要招待舞龙灯的宗亲吃饭呢！水酒要大壶大壶烫足，鸡鸭鱼肉要大盘大盘煮得饱满，黄元米果要满碗炒得金黄油亮，各色腊味要切得一碟一碟厚薄匀整……龙灯远远进村了！村头那几家抢先亮起爆竹，火红的龙灯挨家厅堂一一进去参神，主人点亮香烛，双手高举装了猪肉、头牲、鱼的香篮，率老小对着龙首一一磕头参拜，再轻举一杯水酒洒地，算是敬了龙神。吹吹打打间，"喤——！"地一声，龙灯最后在我们屋场宗厅里停住，锣鼓长敲熄灭。各户男子佬细伢子早已追着龙尾过来，厅厦立刻爆满。男子佬纷纷上前邀请耍龙灯的宗亲家里吃饭，握手抱拳，敬烟递火，恭喜发财，欢言笑语，好生热闹。我和细伢子们则蹿来蹿去，这里摸摸，那里看看，怯怯地扯下几根龙须，打飞脚回家——挂在灶门脑、猪栏门脑上，保佑一家没病没灾、六畜兴旺吧，有用没用不管，反正母亲是这样教的。

几小时后，锣鼓唢呐重新炸响，耍龙灯了！村人陆续重新聚拢，耍龙灯人早已个个喝得天南地北、脚下腾云。坪上摆开架势，借着酒劲，鼓声擂起来，唢呐吹起来，龙头跃起来，龙身腾起来，龙尾摆起来……爆竹飞鸣，火花呼啸，人声鼎沸，整个村子便在酒的醉意中奔腾、飞舞、摇晃……

正月十六，是送龙神的日子。龙神送回河里，春节欢庆结束，一年的忙碌又将开始。送龙神仪式在堂前河边，诵读祭文，烧香鸣炮，随即卸下布幔，龙灯被送回总祠。然后在总祠大摆添丁酒宴。水酒由头年所有添了男丁的族人大坛挑来，坛口扎着红布，扁担上挂着染红了的猪肉、头牲（线鸡）和鱼。几百号男子佬欢饮祠堂，水酒倾盆，酒气如云，共庆宗祠红红火火、人丁兴旺。

家乡人办喜事称"作酒"，做寿、嫁娶、过火（迁新屋）、婴儿满月……可见水酒的主角地位。酒爱干净，是神洁之物。酒的好坏常常被认为预示主人运程。要做酒了，妇娘子必须月事干净，锅台灶器要洗刷，装酒的大缸要放水里浸洗几天，用稻草细细擦拭，晒干，内里用烟骨子烧火醺过。作酒不发请柬，看好日子，东家便向亲戚放出口信："我家某月某日作好事，到时请你来唆一口子淡酒。"亲戚晓得后，朋友族人互相传告，用心记着。这一天，四面八方都迢迢赶来喝酒。礼金一般是象征性的，会去，便是交情，关系不好是断然不挨门的。酒席坐了多少桌，坐得满不满，便是东家在村坊周围为人处事、人面阔不阔的表现。

记得我嫁那天，母亲起个大早，挥着大扫把将门前屋后坪地扫个遍，然后换上干净面衫，将暗屋里的水酒一坛一坛搬出，坛口一一扎上荷叶，哗哗倒上几大筐秕谷和木梓壳，埋住坛身，再往壳堆里埋进炭火，不一会，青烟袅袅，梓香飘荡……这便是煨水酒了！当昼，亲戚朋友、舅爷老表、家庭子叔到齐，厅厦房间坪上处处坐满了欢声笑语。水酒煨熟，扯开荷叶，一壶一壶水酒提上桌子，酒香霎时飞满村坊……后来母亲告诉我，那次很多男子佬喝得扶墙靠壁，走路打跌倒，几天工夫才从床上爬起。如今，我偶尔回去，遇见那些老成酒糟似的男子佬，他们还拍脑门："哎呀——你的细伢子都这般高了！嫁你的时候，酒太好了，又香又雄又上口，后劲大着哩！把我害苦了……"我笑。

是啊，家乡的水酒莫不如此，又香又雄又上口，后劲却大着哩！这酒劲，可是接了天地之气，用一坛坛乡情，加上炭火，天长日久煨出来的。

可是，我的家乡在水酒里，水酒的家乡去了哪呢？如今，那些村子已嫁到城市，水酒又嫁到哪去了？

这些流在村坊里的血液。

油桐树下

晚稻归仓后，村子慢慢安静下来。山上的绿色开始大片大片变老，青绿转黄，黄中透紫，让人一眼看不透彻。蜻蜓蝴蝶不知飞哪去了，山上偶尔漏下几滴鸟声，溅起一圈圈凉意，枯黄的树叶便打着寒噤一片一片卷落下来。蛐蛐和拐子们没了声音，忙碌了一年的犁耙锄头被闲闲地搁在了棚房角落里……田野里一片空旷，零星几个草垛子，整整齐齐的，那是为霜雪们准备过冬的家。冬天，就这样悄悄来了。

这样的清晨，躺在被窝里装睡，是非常美妙的。席子下是母亲们新铺就的晚稻草，稻草上的碎叶被择得干干净净，一扎扎黄亮亮的，躺上去，松松爽爽，发出窸窸窣窣的声音，贴着耳根，听在心里暖酥酥的。家家灶堂下已在起火做饭，火烧得"噼啪"作响，刷锅，舀水，淘米，放锅盖……高高低低的声音让你能辨出这是谁家的器物：厅堂后的是小奶奶的，窗子一侧的是珠子奶奶和我的堂伯家，而卧室门口隔着过厅的，则是我家的灶堂。铁锅里的饭煮得"扑哧""扑哧"开了，炊烟滚滚地挤上屋顶，跌跌撞撞地飘出烟囱，还没伸腰站直，风倏地扑过来，不及躲闪，猛地闪了一下腰，软软地趴在瓦面上，打几个激灵，刚要起身，风就一团一团地把它掰碎了。这时，灶堂下的母亲会被烟重重地呛上一口，唤床声便一片片飞了出来……

"快起床！到屋背去捡桐子！"母亲低低地唤着我。桐子是油桐树的果子，高高大大的树冠，长在我家屋场背后的山脚跟上，黄灿灿的树叶，父亲说，那是我奶奶在世时种的。桐子收齐，堆在屋角捂干后，用锥子挑出桐仁，摊在阳光下晒干，榨成桐油，可以换来一些钞票，足以糊弄一段日子。谁家新做了木桶、脚盆，取些桐油，"唰唰"两下，涂满板与板的接口和缝隙，晾干，包管三年五载不漏一滴水。据说，以前人的雨伞，不论布做的还是纸做的，都得刷上一层厚厚的桐油，这样才结实耐用。

桐子大颗大颗地熟透了，青青黄黄的，风一吹，"咚咚"地落满一地。隔壁那位精灵精灵的老太太便会背着篓子出去割草，在屋背山窝里晃悠晃悠一早上，等你再去的时候，地上的桐子早没了。老太太是卷毛太公的后老婆，和我死去的奶奶上下年纪。瘦瘦精精的个子，一个黑油油的发箍梳子似的贴着脑门发根向后一拢，薄薄的头发在脑后根齐刷刷地扎成一小撮，脸上剩个光光的脑门，还有一双滴泠滴泠的眼睛，眼睛下面是堆满春风的微笑。卷毛太婆嘴皮子快，干活利索，腰杆挺直，走起路来右臂一甩一甩的，身子也跟着一晃一晃的。她说话听着很在理，声音像舀不完的井水，老古话一套接一套的。骂起人来就不同了，那声音从喉管深处挤兑出来，硬生生蹦着牙齿，毛毛利利的仿佛要把你抓个粉碎。偏偏卷毛太公是个雷公脾气，根本不吃她那一套。他活计做得好，平时温温火火，轻易不吭声，他要是一发怒，连屋顶的瓦片也要被震飞掉，任凭你一百头牛也拉不动。这样两个人配在一起过日子，免不了凹凹翘翘的，谁也不让谁，拧了一辈子，却也并没发生什么大碍，几个孩子拉扯得利利落落。

　　卷毛太婆眼睛利利的，自家的事根本不用说，左邻右舍有哪家的鸡毛蒜皮事她不清楚？怕就怕你自己糊涂！谁家的树苗挂果了，谁家的母鸡在外下野蛋了，主人自己若不盯着，那就慢慢成她的了。她的厢房靠屋场一角，离我家油桐树最近，夜晚，桐子落了几颗，她总是听得一清二楚。为此，母亲常暗暗叮嘱我要早点起床。我小时候的活计中，捡桐子是最轻松愉快的。挎上扁篓，绕过屋场，拐过一堵缺了门牙的老墙，一条小路贴着我家菜园坎篱笆斜伸上去，坎坪上整着一块块菜地，间或有绿绿的茶行，那是卷毛太婆家种的。菜地间参参差差栽着各家的果树，末端有一口井，井水从井沿洞里铺溢出来，"嘀哩嘀哩"地流成一条浅浅的井沟，贴着小路潜入屋前的水田里。我家的油桐树，就在坎坪的水沟边上。霜露满天的时候，大朵大朵的油桐叶子落下来，蓬松松地铺了一地，踩过去，哗啦啦地响，声音非常过瘾。桐子落在路上，砸成好几瓣，拇指大小的桐仁撒了出来，也有的掉在草丛里、灌木下，更多的是打在珠子奶奶的菜地里，一颗一颗地陷着，捡过后，留下一个个小泥窝，还有我歪歪斜斜的脚印。桐子硬邦邦的，秤头般大小，不消一刻钟，扁篓便沉甸甸的，一个也堆不下了，只好背回家倒了，回来再捡。

珠子奶奶的菜园子小院坪般大小，周围长着荆棘，形成一圈天然篱笆。篱笆到我家油桐树下缺了个口子，珠子奶奶便在那搭上两根小木桩，用一块竹枝篱笆一拦，成了菜园子门。为了捡桐子，我常将奶奶的篱笆门搬了往地上一撒，大大咧咧地在菜地里蹿来蹿去，走的时候，又总会忘了关上园子，结果，一群群鸡溜进去，东啄啄，西刨刨，几天过去后，好好的菜园地便遭了殃，等珠子奶奶发现时，心痛得喊天跺脚，愤愤地吆喝着追着鸡群一阵乱跑。我看着她颠颠的背影，心里悔得恨不能马上钻地缝去。珠子奶奶是我爷爷的嫂子。听说，大爷爷嗜酒如命，珠子奶奶每次赴墟赶场，他总要爬到屋场一角的楼台上张望，若打了酒回来，他便乐得屁颠屁颠的，否则，珠子奶奶免不了受骂挨打。这样年复一年，珠子奶奶渐渐失了热情，而大爷爷也在三十多岁便撒手离开人世。珠子奶奶年纪轻轻守着寡，一把屎一把尿拉扯堂伯长大，如今孙子孙女已六七个，她头发也白透了，一个人分开单独过着日子。珠子奶奶背佝偻着，白发在脑后挽成一团小髻，一圈圈缠着红绳子，非常齐整。她目光清和，说话不急不躁，悠悠的，嘴巴微微前伸，有点点歪的样子，却有一股说不出的气韵。珠子奶奶的菜地单薄，肥料大概都被油桐树抢去了，但她依旧日复一日地挑着粪肥上去，那个斜斜的坎坡常把她累得呼呼喘气。鸡群好不容易被赶跑了，她重新关上菜园门，一边整理菜地，一边嘴里仍然咕哝咕哝高一声低一声地骂着，直到天快断黑了，抬头望望那一树桐子，轻轻叹一口气，挎上木桶一步一步回家去。

珠子奶奶是从不捡我家桐子的。

我不知道珠子奶奶为什么叹气。印象中，她很少和人说话，总是独来独往。逢墟的日子，她会一早收拾齐整，挽个小尕篓，不紧不慢地从梧桐树下走过，渐渐消失在村口，日头下山时，又见她一步一悠地回来。夏天的晚上，常常见珠子奶奶一个人搬个靠背竹椅，坐在院门外的李子树下乘凉，一把烂蒲扇晃悠晃悠直摇到深夜，摇几分钟，"啪嗒"赶一下脚棍上的蚊子，长一声短一声，没完没了……陪伴她的，只有满天的星星、蛐蛐、还有星星点点的萤火虫。她在想什么呢？大爷爷？还是自己孤零零的一生？第二天碰着，我忍不住要认真看她几眼，她不紧不慢地干着自己的活，什么事也没有。天气太热了，她便会坐在夜色里，对着田野解了布扣，敞开衣襟，露出长长干瘪的乳影，偶尔我撞见了，心里嘭咚嘭咚直跳……

有一年桐子榨油的时候，母亲的胆结石病发作了，痛在床上翻来覆去打滚。父亲挑着柴火去了榨油厂，我和哥哥都在学校，一个屋场的人急得什么似的。等我放学回家后，大伙已把父亲喊回，一起手忙脚乱地扎了竹椅床把母亲抬去了几十里外的医院。天黑了，我和哥哥待在空荡冷清的屋子里，拉着还小的弟弟妹妹，真想哭。卷毛太婆把我们接了过去，忙不迭地给我们生火做饭，又招呼我们洗脸洗脚，她说："老古话说得好啊，没有娘，一堵墙。"我听着，心里一热，眼泪忍不住就落了下来。但不知为什么，我感觉她说这话的时候，声音低低涩涩的，心里忽然一动：她该不是很小的时候，就没了父母亲吧？要不，那么多年了，怎么从不见她娘家一个人来看过她？但我不敢问。过了好一会儿，她又说："你奶奶在世的时候，可漂亮了，人也特别勤劳节俭，待人非常和顺，过日子很有一套呢！只可惜，命不长……"我默默听着，想着生病住院的母亲，还有奶奶留在井边的梧桐树，仿佛像听一个长长的故事。

后来，从村人细细碎碎的话音里，我慢慢知道卷毛太婆是有娘家的。只因从小自己被送给别人做童养媳，长大后男人却去了当兵，从此不知死活，杳无音信，她等啊等啊，最后没了盼头才嫁给卷毛太公的。卷毛太公的前妻跟人跑了，等卷毛太婆过来时，卷毛太公孤零零躺在床上，一身肿得棉花被似的，已病得奄奄一息……是我的奶奶接济了些米和油，卷毛太婆又变卖了身上仅有的一点银器，买回一种脸盆般大的海鱼煲汤给卷毛太公吃，病情才慢慢好转。她这样做，原来的公公婆婆自然是不高兴的，而自己亲娘亲爹又早早离了人世，于是，她便被娘家冷落了。一个妇人，失了娘家人的温暖，夫家再好，也难免是残缺的，更何况，我那卷毛太公脾气硬鼓鼓的，对她并没什么温存，有一次吵架，还有人亲眼看见卷毛太公揪着她的头，直往水田泥浆里摁。

春天，井边的坎坪上成了花的海洋。仰头望去，桃花、李子花、梨花把天空都遮住了，蜜蜂嗡嗡地飞着，担井水的人回家，深一脚浅一脚的，湿嗒嗒的花瓣泥会踩满一路。井沟边长着一丛丛麦冬草，上面落满了花瓣，运气好的时候，能发现一簇簇肥溜溜的水菌子。鸟雀们喉咙清亮的时候，轮到我家的梧桐树开花了。一团一团地开出来，不几天铺满一树，抬头望去，白花花的一片，亮得人直晃眼。梧桐花一朵一朵落下来，层层叠叠像铺了一地雪花，那种莹莹的白，染着几丝淡淡的胭红，实在让人不忍心踏脚。不过，担水的大人们是难得心疼的，即使有一点，那也是一闪而过，没有更多的犹豫。他们一天一天地担水，来去匆匆，没有闲空东张西望，更不容他们对着一朵梧桐花东想西想。

唯独珠子奶奶是爱花的。她整地，总得折下一大把长长的树枝，一垄一垄把落在土行里的梧桐花扫下，拨拉成小花丘，然后才开始松土……她细细地做着，不时拐过手捶背，慢慢起腰，抬眼望望梧桐树。这时的珠子奶奶，站在花丘旁，一脸皱皱的濡红，风撩起她的白发和衣襟，远远看去，仿佛就是凋谢在土里的一朵桐花。

一个桐花满地的季节，珠子奶奶中风去世了，她是娶了第一房孙媳妇后去世的。她的棺材上，被刷上了一层厚厚的桐油。而她的葬礼，没有一个娘家亲人参加，猛然想起：珠子奶奶，也似乎从不见娘家人来看过！这是为什么呢？小河里散落着一堆用过的旧器物，从人们窃窃的话语里，我知道是珠子奶奶生前从墟上一位老头子家挑回来的，她落葬后，堂伯母便把它们从家里一一拣出来，一古脑扔下了河里……

卷毛太公前几年也去世了，留了卷毛太婆孤单单地活着。他临死的时候，忽然提出要见见分居多年的卷毛太婆。这一次，终于留给了卷毛太婆一大片梧桐花般的温存话语。没有人和卷毛太婆吵了，她却更瘦了，眼睛陷下去，失了许多神采，那曾经利利落落的腿，神经痛得非常厉害，再也不去捡桐子了。而她的一大班儿孙媳妇们，磨盘般各自没完没了地旋转着、忙碌着……

日子，如同井水，一趟一趟地从梧桐树下担过，总担也担不完。梧桐花一样的女人，就这样被炊烟熏染的日子，一年一年吹开，又一年一年被踏入泥土……再结成一颗颗硬邦邦的桐子，剥了壳，榨成油，封堵着一截截漏水的生活。

三色爱

金银花

谷雨一过，草木们褪尽了春的奶气，开始大大咧咧疯长。青绿的垅坡上，被拨拉透了的土地一坎坎坦荡着，父亲挥锄刨着地，母亲点种着没完没了的小豆苗，三四岁的我，则蹲在地边逗蚯蚓玩耍。风带起我们的发梢和衣襟，有一种汗涔涔的味儿在阳光中飞舞。便是这喧喧的泥味中，一种花香开始细细软软飘了起来。

那是什么花呢？母亲低头忙碌着，不动声色。

收工了，母亲收拾好农具，牵了我，径直绕到树下，探下身，拨开路边荆叶，一枝枝花藤，就这样纤纤笑笑地簇拥过来！"好香！"母亲吸着鼻子，把藤蔓牵起，将花儿将下，轻轻放进身边的篮子。看着如此好看的花藤，转眼变得光秃秃的，我很难过。母亲说："有什么好难过的呢？金银花长在地上，并不是为了给我们看的。"

后来稍稍长大，我知道了金银花是一种可做药的野花儿，村里人患点暑气痧热、疖疮咽肿的，都用它来煮水当茶喝，很管用。但对我来说，金银花最诱人的，是可以拿到药店换钱。有了钱，就可以追着村头挑杂货笼子的老头要薄荷糖，或者，换个让同桌眼馋的自动圆珠笔？甚至，买个泛着金属光泽的文具盒？这都是让我梦里痴痴发笑的美事。

新娘鸟一叫，田里倒完了秧脚，我们就出外摘金银花去。那是种很不惹眼的花儿，青青泛白的花蕾，一丛丛火柴梗般披立着，茎蔓打着卷儿，攀附在山崖、土坎、河坝边的棘籁蓬里，不注意很难发现。但日子久了，它们什么习性，喜欢什么天气，甚至躲在哪棵树下哪道石坎我们都了如指掌。这些地方低湿阴僻，采摘起来并不轻松，不好下脚不说，蛇呀虫的，衣衫手指挂个口子划个血痕是稀松常事，弄不好脚底一松就滚落山崖去了。

地里的活歇了，母亲也常背着篓子采金银花去。但她不在家门口采，常去一个叫筱山的村子，听说那里金银花长得旺，开得也晚，其他地方的金银花已陆续黄熟枯谢，这里才刚刚一蓬蓬莹白如雪。日落时分，母亲踏着山路归来，找出大笸篮，将金银花一篓篓轻轻兜倒出来，抖松，摊匀，不一会，屋子里盛满了金银花的香味。我们快乐地吸着鼻子，一边帮忙拣净枝叶，一边听她讲些山路见闻，心里馋得要死，恨不能马上飞去。

母亲不准我们细伢子去，说那山旮旯子林深路远，野猪多，人烟又少，弄不好要出人命的。可那满藤满枝的金银花却终日诱惑着我。终于，有天瞅母亲不在家，我和几个小伙伴偷偷绕山出门了。

这里山高谷远，除了溪水林声，什么也没有。金银花呢？我们下到山底，顺着沟坎野坡一路搜寻，终于，看见了。一丛丛的金银花牵藤挂蔓，灼灼怒放着，黄黄白白，羽毛般簌簌翻滚，仿佛要把一根根枝蔓挤断。我们兴奋得两眼泛光，小脸涨得通红，一时不知怎么办才好。但我们知道这里是断不敢撒气乱跑的，于是每发现一蓬，总要互相轻轻招呼，围在一起采摘，完后彼此跟上，继续寻找下一处……这样走了几里路，摘了几十蓬，提篓子已装得满满实实。

蝴蝶轻飞，山蜂嘤嘤，正在我们忘了自己忘了周围之时，一种奇怪的声音突然从密林深处响起，山牛？野猪？狼？！那是一种从未听过的巡奔山林的沉闷喉声！我们浑身一凛，满脸惊恐，再细细一辨，顿时毛骨悚然，提了篓子便跑！跑啊，跑啊，也不知哪来的力气，拼了命跑！从没跑过那么快，不敢回头，不敢出声，只觉得两边的树在嗖嗖地飞，身后无数只野兽在阴阴地追。爬过山坳，转过好几个山头，直到出了长长的一条山坑，远远看见了屋子，才稍微松口气，一屁股跌坐地上，大汗淋漓。篓子里的金银花，早已颠撒得没几根踪影。一看，才发现裤脚不知什么时候被挂破了，脚踝淌着血……

母亲不知从哪里得了消息，绷着脸，回到家，不由分说，从柴堆里拣起根枝条便抽我，狠狠地抽，一边抽一边吼。我大哭，母亲从没这样抽过我啊！许久，母亲静下来，红了眼，淌下泪来，一边为我包扎脚，一边嘱我筱山危险，千万不可再去。我浑身疼痛，说不出的伤心难过。

后来，我再没去筱山采过金银花，母亲却依然抽空常去。日复一日，她抽屉里的零钱沾着金银花香渐渐厚了起来。我们曾遭遇的奇怪声音，也逐渐被她打听清楚：不是山牛，也不是野猪，而是筱山人寻猎时，模仿麂子求偶以诱猎物的声音……虽然如此，但筱山的森然可怖以及母亲凶狠的训诫，却长久地留在我的记忆里。

在一片荫浓的夏绿中，金银花一天天蔫谢了，我积攒的干金银花也渐渐装满一尼龙袋子。伸手抓抓，干酥酥地香，心里说不出的快乐。母亲找来红丝线，将袋口细细扎好，嘱我拿去卖了，然后买个文具盒什么的。"我家妮子自己赚钱了哩！"她的表情很有些欣慰和得意。我接过袋子，捧在怀里，有些舍不得。里面装着的，已不仅仅是金银花啊，更是我漫山遍野的希望和汗水。可一想到那桃花飞舞闪着诱人光泽的文具盒，那种喜悦怎么也止不住了……

然而，当我终于从药铺柜台接过一张两块钱的纸币时，一路上欲飞的兴奋却消散了，一股酸酸稠稠的东西倏地涌了上来，塞住了我的喉管……我没有去追喊挑杂货笼子的老头，不再想圆珠笔，更不去想文具盒那样可望而不可及的奢侈品，只把这张沾满金银花香的纸币，悄悄压在了母亲的抽屋里。

村里小药铺的人告诉我，母亲，正拖着病体，在为她的四个伢子，日日地积攒下个学期的学费。

五月的花香，依然遍野，我坐在田埂上，寻找一种野花的位置。是的，有什么好哭的呢？金银花长在地上，并不是为了给我们看的。

红绸带

阳光泉水般干净，知了削尖了嗓门，禾垄里的青蛙叫得欢腾，一些红蝴蝶却安静了，她们挥着翅膀，一会停在溪石上，一会躲在蓖麻叶丛里，一会落在丝瓜花间，一会又飞走了，撵也撵不上。

我的母亲，就是一只扇着翅膀的大蝴蝶哩。

黄昏中，常看见母亲担着柴草从对面山顶静静而下，肩上一根沉沉的禾杆把峰峦压得一陈阵凹下又一片片抬起，晚风吹拂着青山微偻的背脊，豆大的汗珠和着雾气翻滚而下，流入溪中奔向一片艰辛的遥远……

那是生产队，父母每天挣工分，收工后打理自家菜地，到田垄打猪草，还得砍柴做饭料理家养……爷爷奶奶去世早，没人照顾我们伢子，只能让我们大的带小、哥哥带弟弟妹妹那样相互带着。母亲怕我们瞎跑，索性把我们锁在家里，任我们打闹翻腾个底朝天。天黑了，家家户户开始吃饭，我们坐在墙角，眼巴巴等待父母归来。在这连饿带困的等待中，弟弟妹妹睡着了。我和哥哥只好望着对面山影数星星，一颗，两颗……翻来覆去地数……

可是，山那边长什么样呢？也有许多红蝴蝶么？父母亲不搭理我，日日自顾自忙碌着。

七岁时，可以到山那边去上小学了，很兴奋。踩着母亲的目光，沿着山排小路，转过禾场嘴，便是一条看不到尽头的山沟子。水田在青山脚下层叠延伸，除了几只蝴蝶，还有几座荒坟蹲在山腰上，一户人家也没有。放学了，绕过山梁，又见那蜿蜿蜒蜒的山沟子。"鬼来了！"不知谁恶作剧地喊一声，一伙人脚一射顿时没了踪影，任凭我吓得在那发呆，头发根根倒竖。慌乱中，毛狞狞的深山野人从母亲的故事里向我张牙舞爪而来，我甚至听见了它吃小孩时那种啃萝卜般清脆的声音，急得大哭，喉咙里却有一团东西堵着，怎么也叫不出声响。这时，一朵声音远远飞起，"孥婆——妈在这里——！"母亲！是我的母亲！！她站在对面山头，大声唤我小名，满身风乱，夕阳亲吻着她肩上那担云朵般的柴草，仿佛一只欲飞的美丽大鸟。"妈——"我大喊着，眼泪奔涌，霎时暖遍了全身，风一般飞跑，就像一只夕阳下逃命的蝴蝶。

回家后，母亲说非常渴，缸里连舀了几勺水喝下，又下地干活去了。夜里，母亲忽然脸色寡白，嘴唇发青，一头汗豆子般铺上来，身子一会火烫一会冰凉。父亲说，像是闭痧了，赶紧从床上爬起，调了碗盐开水给她喝下，捉了调羹为她刨痧。大条大条的青痧浮出来，黑蛇般在背膀上翻滚，仿佛即将来一场风暴……我才知道，为照应我，母亲顶着辣日，在那山壁上割柴割了整整一个下午。

柴是村里唯一可以换钱的东西。有时天没亮，母亲就驮了刀上山，上工之前，一担沾满晨雾的柴草已整整齐齐摆放在门口坪上。我喜欢母亲的柴草，捆得干净利落，一点也不含糊，柴草上总会插着几枝好吃的野果子，比如山稔，吊茄，米筛籽，饭汤皮，猴嘴子……一年四季都有，那是母亲在山上随手为我们折下的。四五月间，母亲从对门山岇下来，柴草上往往插满了肥艳艳的映山红，远看就像一只硕大的彩蝶在缓缓移动。我们将映山红一把把扯下，丢进大水缸里，花朵在山泉水里一群群浮动着，漂洗干净，放进嘴里，酸津津，算是解了不少馋。

逢圩日，母亲总是将干透了的柴草一把一把重新团贴实，周围衬上杉条松枝，拦腰扎成齐身高的两大捆，用芒杆挑到十里外的油石墟上去卖。翻山过岇，一脚石子一脚泥，换成几角钞票，又翻山过岇，一脚石子一脚泥回来，舍不得在圩上买点东西充饥。六岁的我已能帮着做点家务，母亲既爱又疼，几次三番说："我的妮子懂事了，下次到圩上，给你买对红绸带，扎在辫子上，像两只蝴蝶，街上的细妹仔都有哩！"母亲握个喝光了的水碗，眼光流水般罩着我——仿佛她的女儿变成了一只美丽的红蝴蝶。

我心里美滋滋的，从此眼巴巴地盼着，一年，两年，三年……我的身子长了一茬又一茬，母亲将我的齐耳短发也剪了一茬又一茬。农活没一下歇手，母亲哪有闲空料理我的头发呢？她一次次从山背面回来，我则一次次将幼小的失望藏起——母亲，是不是把我的红绸带忘在山后了？

十岁那年，母亲躺进了几十里外的县城医院，由爸爸守护着，几个月，没有回来——她得了结石，结满了胆囊，不得不做胆囊切除手术。我和哥哥带着弟弟妹妹在家，上学，做饭，料理家务，照顾鸡鸭猪牛，梦里却常是母亲挑着柴草的身影。手术后的母亲身体虚弱，却依然挺着身子做各种农活。父亲是村支书，除了打理田地，终日为村里事忙得没落屋。我和哥哥，则很自然地把母亲的割柴活扛了起来。那是割一种叫芦箕的大蕨类柴草，密密实实风一样长满山冈。但柴草很不耐烧，剃头般连片连片割下，晒干，一把一把塞进灶膛，火焰"哧溜"一声地飞舞，红蝴蝶似的，一眨眼就没了踪影。早晨、傍晚、周末，只要有空，我和哥哥就上山去。我们手握镰刀，脚踩山壁，挥汗如雨，生命就这样紧紧贴服在山梁上。日复一日，年复一年，山里的蝴蝶飞了一茬又一茬，我对山的认识也长了一截又一截……

初中毕业，我考入师范，家里何等高兴啊！母亲跟父亲商量，伢子不容易，买辆单车吧，斜杠的，扎着红绸带的那种。不巧几天后，母亲旧病复发，到医院时，结石已散入肝管，一家人跌入阴云里。

村里人暗地嘀咕，妮子迟早是别人家的，不如省了读书钱来医病。

我没吭声，每天握把茅镰上山。"嚓嚓！……嚓嚓嚓！……"那些芦箕大片大片倒落下来，一行一行排满山梁。等芦箕晒干，我学着母亲的样子，一捆一捆团贴实扎好，希望能担到十多里外的油石墟上去卖。

入学前几天，父亲特地从医院回来。他把鸡鸭猪等各种家养一一卖了，番薯花生一一收了，赶到中学托老师为哥哥办好搭膳寄宿，又将外公接到家里照顾弟弟妹妹，然后用自行车驮我到县城，专门到一家百货商店挑选学习用品和生活用具，还奢侈地买了瓶漂亮的洗发水。第二天一早，虚弱的母亲和我同坐车上，由父亲、舅舅一起陪着送我去赣州入学，之后她和父亲赶赴省城医院治疗。路上，母亲靠在车窗上，拿出梳子，第一次为我扎了一个高高翘起的马尾辫。她一边认真地梳着，一边命我抬头挺胸伸直腰板，又细细叮嘱我在外读书做人的道理："咱妹崽子，考出来不容易，在外手脚勤着点，脑子活络点，要懂规矩，做任何事都要有模有样……"又交待了女孩在外的许多生活细微之处，说着说着，声音便哽了起来，头扭过窗外，很久说不出话。

她想什么呢？是想起了我的红绸带么？抑或是其他什么不便说的东西？

一个月后，收到父母亲从省城寄来的包裹，拆开，是一件红雪花呢短大衣，还有一件新织的开司米深紫毛线背心。

我拿着它，摸着领脖上衬织的那一圈漂亮白花牙边，想着母亲病床上的背影，眼泪啪嗒啪嗒落下……

母亲最终没给我红蝴蝶的惊喜，却用了一生的汗水，让她的子女从山中如蝶般破茧而出……如今，我坐在城市灯火一角，母亲遥望在乡村深处，她孤独么？红绸带，终于衰老在深山记忆里。

最近，母亲电话说冷。我听后，上街到处找一种绒线围脖。我想买红色，系在脖子上，让那个背影永远鲜亮温暖。

黄水酒

年关将近，大地褪去色彩，只等着家家户户搬出水酒，天翻地覆闹新年了。

晚上，写点酒的文字，脑里涌来的却是家乡水酒。

挂电话回去，母亲那边惊喜："水酒啊……做了做了！几大缸呢……来提吧！"我乐："写水酒的文章哩！"母亲愣了，表情更加兴奋，颇认真地从头至尾一一详尽说将开去，间或有父亲旁边补充的声音，于是话筒一会父亲一会母亲地移动，感觉那边的话，就像滚烫的水酒，咕噜咕噜地奔跑。说完了酒，换回母亲声音，说腊味已晒好，有空来取……末了，十几秒安静："你们……和我们一起过年么？"

我震住了。在母亲脑子里，女儿嫁了，就是别家的人，又怎么好做这要求呢？

记忆的另一头，是母亲做水酒的情景。暖阳中，将几桶山泉浸泡好的糯米淘洗干净，倒入灶堂大甑火蒸。旺火架起，孩子们的馋嘴立刻被糯香吸了过去。随后母亲将大甑一抱而起，端到天井沿酒架上，一瓢一瓢舀着山泉往甑中浇淋下去，装入一个干净的大肚坛。一段日子后，酒娘汩汩出齐了。冬至，将山泉水烧开，凉透，冲兑入酒中，从此封坛。

"今日淋灰水，明日打米果，后天过年就过年！"小孩总是这样一边喊着歌谣一边掰着手指算——年夜饭是我们盼了一年的美餐。全家团坐，如豆的灯下，母亲将滚烫的水酒从灶火上提来，一碗一碗筛满……父亲稳稳坐在桌前，轻轻端起碗，微笑环视我们，在无尽的爆竹声中，将一年的的艰辛和希望一饮而尽。我们一边大筷大筷夹肉，一边听父亲用慈祥和善的语调，综述一年家事，总结小孩成长……之后，母亲将几枚银闪闪的硬币递与我们，我们激动而郑重地揣进口袋里，兴奋得一夜不能合眼。

那年月，水酒算是好东西，自家喝得少，除了待客，剩下的就是办喜事作酒。酒水的好坏常常预示着办喜事主人的运程。

我出嫁那年，母亲憋足劲，选了干净日子，很庄重地挑了上等糯米，足足做了几大缸米酒。办喜事了，母亲起个大早，挥着大扫把将门前屋后坪地扫个遍，然后换上干净面衫，将暗屋里的水酒一坛一坛搬出，坛口一一覆上荷叶，扎紧，哗哗倒上几大筐秕谷和木梓壳，埋住坛身，再往壳堆里埋进炭火，不一会，青烟袅袅，梓香飘起……水酒煨熟了，揭开荷叶，酒水黄澈见底，酒香飘满了整个村子……父亲母亲忙得零零转，一壶接一壶，一遍一遍沿着厅堂房间坪上轮流筛过去，直至很多乡亲喝得酩酊大醉。

那场酒，给村里村外的印象太深刻了，以至于多少年后回去，村里人见着我，还说得直咽口水：嫁你的那场酒真过劲，又香又雄又上口，害我几天都爬不起！我听了不说话。妹妹说，那年除夕，母亲望着饭桌边我空下的位置，抿着眼泪一直吃不下饭。

岁月如书，转眼我和哥哥都有了子女，弟弟妹妹也都娶的娶，嫁的嫁了，唯剩父母亲留守家里料理田地。今年夏，在广州的弟弟添了宝宝，父母亲欢欢喜喜赶去带孙子。我也去住了几天，发现母亲特别留神沙发角落的一个坛子——米酒坛。从老家带来的两坛米酒，好好的到了广州不知怎么就酸了，母亲只好再做，不想还是酸，这是第三次重做了。

大约广州太湿太热吧，气候不同。母亲和父亲嘀咕着。米酒舒筋活络，暖血防风，是月婆的最好饮品。鸡蛋炸开后，加入米酒和红糖每天煮上一小碗，特别补血下奶。如今儿媳月子里不能喝到自家酿的米酒，他们心里急。于是小心翼翼，特意把坛子抱到空调边，不时伸手探探温度，生怕热气伤着了酒。

第三天，揭坛盖了，白花花的酒糟云朵般浮动，清清亮亮的。母亲很高兴，赶紧叫父亲尝尝。一尝之后，母亲的笑容就倏地滑落了，还是酸。怎么会呢？母亲不信，转叫我尝，"是有点酸！"我说。母亲就怔在那里，半天说不出话。自己用手蘸着舔舔，咂了半天，再也没有作声。那表情，几乎要掉下泪来。

第四天，一大早，弟弟提上来两个大箱子，拆开，是两坛河源客家酒娘。说是街上买的，很地道。父亲母亲就走过来，勾下头，对着酒娘左看右看，咪着鼻子闻了又闻，问多少钱一坛，"一百五！"母亲和父亲相看了一下，就蹲在那里，瞟一眼自己那坛酒，不再作声，落寞得像个考砸了的大孩子。

天擦黑时，父亲买了包碱粉回来，弟弟说弄那干嘛，母亲低头嘴唇蠕了蠕，半天才开口："那几坛酸酒……倒了……怪可惜，用碱整一下，我们不坐月子，可以喝。"我听了眼睛黏黏的。很多时候，父母之与子女，是不是如同一坛水酒呢？有些爱酸酸的。

"酒写完了么？"是母亲。我说快了，你先睡吧！母亲说好。过了好一会，母亲问，可不可以念来听听？我挠挠头，说都几点了，睡吧，没什么好念的。母亲沉默了一会，"噢"的一声，轻轻挂了电话。

那声音干干的，就像沥干了的酒糟花。

我忽然对自己十分懊恼。很多爱，封在坛中，如酒娘，看不见，等到有一天察觉了，它们已落成一堆堆雪，那雪浮在头顶，化了，成酒糟，叫作老。

对着电话，我轻轻地说："妈，我们回来过年。"

秋天的眼睛

早上，天静静的，月亮正要临盆的样子。而菜市里韭花茭白，明虾秋蟹，在农妇土红的脸庞子下，一样一样地秋光可喜，一路逛过去，菜篮子就殷实妥帖了。中秋的小菜场，总有一种大自然的恩意浩浩荡荡奔过来，偶尔深吸一下，那些秋风悲喜，换来一鼻子的桂花香。

"可记得去年我们在露台上望月，拍了许多小照，你把我留在了手机里？"微笑看着女儿，那张曾经月牙的脸，竟也渐渐中秋般饱满了。一对星光色的眸子，浮动着云霞和晨雾，仿佛风一吹，就可以飘到天长地远。一位母亲的悲喜，就在女儿一年年长大了吧。

月光是可以雕刻人的。楼顶的露台，缄默得坦荡，仿佛荒凉的黄土高原上，除了几根晾衣的晒杆，满城的灯火，尽可以置之不理。这样去望月，就没有了尘世。一些美好，像天边的流云，一波一波的，就浮到月亮里了。那一夜，秋风把城市吹走了。我与女儿掰开柚囊，肉一粒一粒地捉到嘴里，就有了小女儿的青涩酸甜。"在小阁楼里读书，多好呵……"和她说起读书，听话，明理，开慧，不觉就绕到了小阁楼上。说点小时的事来听吧，女儿央求着。

小阁楼里面装满月光，我和妹妹就睡在那里。我家的屋子老得有点创意，几级台阶推上去，一间深入浅出的厅子，左伸一个灶房，右按两间厢房，屏风后递一个过厅，过厅两侧各拼一间卧房，接着纵深一个屏风门槛，抬脚就是天井，后半部已是小爷爷家了。这只是屋场一小部分，沿过厅边的卧房横穿过去，一进一进的，右侧通堂伯家，左边通太公家，太公家再横穿一道门，便是全村几百年的老宗厅。祖上的屋子，一代一代住下来，哪房不够了，选个方向贴墙添上一两间，枝生枝权生权的，久了，就成了今天的模样。这样谜藏般的屋子用杉板拦肩一铺，楼上，一间一间绕来拐去，时光无限远，多拐几下，就黑洞洞看不清东西了——除了屋顶一片明瓦，没了漏光的地方。

我的阁楼最靠外。据说，这一间是奶奶手上拼上去的，楼上给少小的伯父读书，楼下住着一头耕牛，如今，却分别成了我们四兄妹的居室。我除了上学，砍柴，下田干农活，做家务，大部分时间都待在阁楼里。每天大早，父亲会在楼下轻喊一声："起床了！"他是喊弟弟，我听见了，就赶紧起床下楼。楼门一杠长梯下去，下面是很老的水泥坪，接着是稻田，摊饼似的一大张一大张摔出去，一条小河哗哗地抱住了，再接着就是满眼的青山。

白天，阳光毫无顾忌地奔进来，将老土墙每一个洞眼掏到透明。夜里，月光散开来，将外面的世界洗得空旷。沿着阁楼进去，隔间靠窗户是父亲养的一箱蜜蜂，再进去是谷仓，楼板上摊晾些番薯芋头什么的，边上一溜架大肚坛子，装了花生、烫皮、果子，上面盖着很厚的线装书。再进去，是内屋楼口，那些粮食，就从这里被父亲一箩筐一箩筐吊上来过冬。吊谷子是件深入浅出的事，父亲两脚叉叉站在楼口横梁上，我在楼下将箩筐绳子飞快地挽个结，然后挂进父亲伸下来的钩子，只听楼上喉咙里咕扎一声，一筐谷子就岁月般上去了。最底部两间暗咕隆咚的阁楼，很少进去，不知堆了多少年的旧杂物。

住在这样的老阁楼里，总觉得在聊斋故事里探头探脑的味道。月光泉水般渗进来，蜜蜂睡着了，偶尔两只到我床上来巡逻一下，划两道弧线就走了。水泥坪边有李子树，自顾自地开花结果，上面趴着金龟子或知了。那棵老枇杷树上，常常有肥壮的天牛从树杆洞里笨笨地钻出来，闪着两根天线似的触角。立夏时，母亲会在树边拢一堆粪土，很神秘地滴几粒小籽下去，再罩上个穿了底的箩筐，盛夏一到，那些藤蔓就谜语般爬满一树，大大小小的丝瓜瓠子挂出来，母亲的阴谋就大白天下了。鸡狗鸭猫在树下跑来窜去，蝴蝶蜻蜓不动声色地飞舞。夏天的夜晚，萤火虫在月光下划着各种美丽的线条，青蛙就躲在田里粗一声细一声地打岔……等到中秋月光瓢泼下来，所有的东西都缄默了。那个吊在秋风里的瓠子，饱满得像一轮月亮。母亲把它抱下来，说可以做种了。

"要学会听话哦！"母亲敲着瓠子，当你像月亮一样沉静了，就成熟了。

"该不会有什么古董吧？"我自然是不听的，这样一边想，一边像个小耗子在阁楼里钻来钻去。终于在杂物堆里找着了一只奇特的大玻璃器皿，上面旋个小皿，周边围一圈玻璃小回廊，很精致的样子。我拿了洗干净，养上几条小红鲤，穿来荡去的，中间一莼指甲花，成了小楼的另一道风景。后来父亲说，那应该是晚清时期的一种大型灯盏，太太公留下来的。太太公是晚清举人，祖上读书出了头的一位。我就在那灯盏的盛大光明里，想象他长衫磊落的背影，仿佛某个深夜时刻，美丽的狐狸精就出来了，那位书生，却不知在某个未知的阁楼用功读书。父亲说，隔壁蜂箱下的那个大厢房，旧时原本是用作全村私塾的，那些盖坛子的线装书，全是太太公主持修撰的族谱。原来如此呀！在这样锄头犁耙说了算的浅浅山沟里，一座缄默的土阁楼，居然藏着如此清越浩大的声响。那一墙阔大的窗户，以及那水田般平坦明亮的大书桌，一切，原来都是大有来历的。月光，把所有都淹没了。那个美丽的灯盏，始终守口如瓶。

我上初中时，完成了最大的"淘宝"发现——杂物堆里的两大木箱书。它们歪在昏暗的楼板上，安静得像座丢了城堡的魂。搬出来，擦干净，一本一本理好，堆在木桌上，小阁楼就有了图书馆的味道。我的最初阅读，就从这里开始。有高尔基的《童年》，果戈里的《死魂灵》，鲁迅的《祝福》

《阿Q正传》《孔乙己》什么的，都是伯父当年大学读过的课本。"你放着罢，祥林嫂！"当先后死了两任丈夫、一个儿子的祥林嫂，为了赎罪身，终于拼尽所有为自己捐了门槛，满怀信心去摆放祭祀的酒杯筷子时，四嫂这轻轻的一句话，却瞬间把她的血放干净了。我那时读着彻骨，觉得书中的世界是如此深阔，又如此浅显，就像这偌大一个屋场，到处是鸡零狗碎，却总有许多时光幽深的东西，躲在世界某个阁楼里，自己无法主宰，更无法过去。这世间到底是抵不过的，那一句话，终于成了祥林嫂终生跨不过的门槛。

《祝福》里有幅插图，一根开裂的长竹杆，一只笸篮，高脚圆规的女人形象，两口深陷的枯眼，那些喋喋不休的话语，让我想起月光下长满青苔的破落天井，人世的荒凉，睡衣一般剥落下来，秋气，浸透了小小的阁楼。学会听别人说话，远比说话重要得多哦。人活于世，无非性、情、理几个字间掂量，可生命于世，原本是没什么情理可讲的，所谓的尊严与意义，无非是文化给生命的额外追加。越是深渊绝境，越要看得破放得下，你越较真、越挣扎，命运越跟你纠结，左冲右突，终究溺水越深，难逃悲剧的浩荡结尾。乐天知命，保全自己，才接近生命自然的本相吧。合道，谁能说，这不是一种大智慧的坚持呢？

在月光下读父亲兄弟间的信札，是别有风味的。一封一封的，埋在箱子底，信纸已经发黄。那些鲜活的岁月点滴，一字一句地传递过来。有他们的工作生活，有相互的安慰鼓励，有奶奶去世时的悲痛……就业，结婚，生子，一些人来到世界上，一些人悄悄走了，没有商量的余地。许多人生碎片，伴着生活的拮据与疼痛，被一张张邮票粘合起来，散发着六七十年代的悲喜。"我离开时，夕阳下，那棵母亲用头发嫁接的梨树，挂满了果子……让我们化悲痛为力量。"这是奶奶去世一个多月后，伯父从京城的来信。我长久停留在这个句子里，感觉到秋风的丰厚与冰冷，眼泪"吧嗒"落了下来。自爷爷去世，十年的生活苦撑，三个儿子相继成人，期间，父亲为了照顾家里辞了工作从南昌回乡，伯父大学毕业分配到北京，叔叔从一名八岁男孩长大成一名无线电工。奶奶的温良与操持，如这月光下的阁楼，水田边的梨树，空旷缄默，却一点不觉悲苦。叔叔的笔迹勤勉笃实，点点滴滴，就像他在矿山上放电影时的倒片；伯父下笔温厚，疏疏朗朗，透着兄长的殷切；唯有父亲，在风来雨去的乡村劳作里，是清醒而豁达的，每封信的落款处，那个"愚兄"的"兄"字，方方正正的一个框子下，深深一撇之后，那一转身的弯钩，苍苍地拖过大地，那样的顶天立地。瞬间，我明白了许多。

一个暑假，我收到了平生第一封情书。那些词句，就像月光下的吉他，把人弹得惊喜而荒凉。我在忧郁的甜蜜里失眠，又在失眠的忧郁里甜蜜……恍惚中，那些隐秘的心事，就像水田里的萤火虫，一日一日顺着稻花爬上来，瞬间飞满心坎。我不知道该怎样去答复一个世界的悲喜与欢愁，只好把信悄悄藏进了阁楼里。守着一堆秘密是痛苦的，坐在楼门上，那种无助的孤独，月光一样包抄过来，让人几乎败下阵去。对面青山上，爷爷奶奶以及爷爷奶奶的爷爷奶奶们早已入睡了。月光下，他们的坟墓和我的阁楼遥遥相望，他们想说什么呢？学会读书，也就是学会听话呵……当你没听明白话前，请保持温良的沉默，每一句不经意的话，有可能成为自己终生的门槛——绊倒别人一生。就这样把一片留白，装进了信封里，山梁上那枚清醒的月亮，成了我阁楼岁月的封签。多少年后，在地球的另一条河边，佛，让我知遇了相惺相惜的人。我有什么理由，不感到欣慰和满足呢？

世间的道理往往是深入浅出的，大自然的每一个细节，总是以最生动的例子沉默在那里，就像一棵树、一个瓠子、一只小天牛……学会听懂话，远比说话重要得多呵……一场深入浅出的人生，又何尝不一样呢？月光是柔软的刮刀，籁籁地刮过我的岁月，许多鳞片都纷纷痛落了，就像听懂一盏灯，一本书，一封信，一些人，一座阁楼。

风来了，你也来了，一波一波的……当你像中秋一样沉静了，就成熟了。人生的第四十个中秋，站在露台上，无月，可谁能说，月亮不长在心里呢？女儿呵，好东西是需要惜言的。就像月亮，是秋天的眼睛。

尕 篓

那次下乡，沿着墟镇的一条古街走，抬眼见不远的古榕下，一位戴草帽的老伯拎个小提篓晃悠悠走来，心里一动，镜头迎了过去。

小提篓在老家叫尕篓，一种简单实用的小竹器。毛竹熟了，篾匠背了刀器上门，削枝，斫尾，剖节，剥篾，晒篁、箩筐、粪箕这些紧要竹器做完后，竹篾多出三两支，细篾编篓肚，底部兜几根小竹片一托，篓口旋上一圈青篾滚边，顶部引出三根小竹片一旋一扭，小弓一般拥下身去，勾嘴咬住对面篓边，顺手几个尕篓就编出来了。

尕篓有大有小，大都编得四四方方，也有五角形的，收着圆口，大的能装十几斤米，小的只能容下几捧花生。因为不受力，又轻巧方便，于是无论赴墟赶场、拾穗摘菜，或者送点饭食到地里，只要东西不是太重，人们都爱提个尕篓。也没特别的讲究，见什么装什么，即使再穷再苦的农家，也能拿出四五只。

提尕篓的大多是大妈大婶或者老伯大爷这些半做半闲的

人，年轻鼎力的男人女子大都挑箩提筐的，上山下田，小尕箩那点点容量，哪能搬动沉重的日子呢。逢墟了，妇娘子大妈们一身收拾齐整，戴上草帽，提个尕箩上路去。里面可能是十天半月积下的一窝鸡蛋，或者是刚打下的几升豇豆或花生，也可能是刚下晒箪的番薯干或番蒲干（南瓜干），零打滴扣的，都是平日风里雨里拣拾下来的小土产。平家小户，没什么值钱的东西，不过拿去置点油盐酱醋针头线脑罢了。走在山路上，不管认识不认识，互相表嫂大娘地打着招呼，如果遇见相熟的，那这一路上家长里短、鸡猫猪狗，可以一直说到墟上去。

赴墟人群里，偶尔有我的崖坑太婆。她是我父亲的外婆，一个幽默和善的老太太。夏天李子红了，她会驮着网瓢到我们村溪河里捞虾公，秋风起时，她会哼着山歌在坎坡上摘野菊。从我家对门过，尕箩里那些红光鲜亮的小虾干，或者香气浮动的小野菊总让我鼻子一抽一抽的。散墟回家，太婆总要在我家歇上一两晚，给我们讲些故事，以及太公在世时的家庭经历。太公年轻时是个结实英俊的后生，因为检漏从屋顶摔下，摔坏了脊柱，成了驼背残疾。但他读过老书，很有知识，书法很好，村上大逢好事，都请他当理事，还有很多人请他择吉看风水，太公拄着拐杖提个尕箩，经常奔走于方圆百里的人家。太婆守寡后，我的爷爷奶奶又相继离世，白发人送走黑发人，她内心悲苦，却从不怨天尤人。她很会说话，语气十分甜蜜，把父亲母亲和我们都当成心肝宝

贝，每次见了面，一口一个"蛮崽"，一口一个"老崽"，偶
尔尕篓里捎点糖果饼干，只一个劲地塞到我们口袋里。吃饭
时但凡有三两片肉或者鱼蛋等荤腥，父母亲一而再再而三地
夹到她饭碗里，怕她夹回来，总要用筷子将肉在她饭碗里搅
搅埋下去，她终舍不得吃，又不想拂父母心意，就用筷子挑
出来，夹下一小角嘴里抿抿，余下的抖干净饭粒子，不是偷
偷夹回去，就翻起转手又进我们热饭碗里，让我枯塞的嘴巴
充满说不出的温存与美好。

　　尕篓如出现在后生汉子手里，那没准是晓钱叔和大龅牙
爷爷他们带着伢子在盘泥鳅或者闹河鱼。晓钱叔和大龅牙是
心里放得下闲的男子佬。盛夏，稻子涨满了田野，坎下的小
水沟就悄悄地沉没了。选个泥层肥厚的背阴沟段，挖几块草
巴将来水堵截，将沟里的积水一瓢一瓢泼干，盘泥鳅就可以
开始。双手插入凉凉的黑泥，掘起，盘一下，感觉有滑溜溜
的生命在颤动，轻轻一挤，泥鳅便"哧溜"一声进了小尕篓。
泥鳅喜欢钻进冷水田沟段，一把泥团有时能藏个三五条，这
会让盘泥鳅的晓钱叔喜不自禁："哈哈，肉包子！肉包子！"
这时，那只糊满泥花的小尕篓，总让伢子们羡妒无比。而提
它走在路上，也多了一点英雄凯旋的味道。泥鳅或提去墟上
卖了，或留家里用山泉养着，偶尔捉八九条给我们家，母亲
放锅里煎煎，煸上一把青红椒，拍几枚蒜进去，几碗米饭溜
溜地就下了肚。

　　闹河鱼是小尕篓的大聚会。夏天，大龅牙爷爷将榨油

后的木梓麸架在大火上煨熟，捶成碎末，冲成木梓麸水，大桶大桶倒入河里，几袋烟工夫，小鱼们便晕忽忽地醉去……大龅牙背起大扁篓，沿河捡过去，收获自然是沉甸甸的。上岸后，仍有零星小鱼陆续翻肚浮上来，各家各户的伢子就可以提着尕篓下河了。有种小河鱼叫石斑子，身上有花纹，精灵得很，一闻那木梓麸味道，就猫进溪石洞里。大龅牙懒得理它，偏偏还有我们一支小尕篓队搜过来，仍旧免不了被揪出示众。掏石斑鱼时，石洞里偶尔会带出一只大脚鱼或者一对老田鸡，那种意外的惊喜，会风一样传遍整个村子，把大龅牙悔得肠子都青了。许多悲伤也会潜伏在欢乐里。奶奶五十岁那年，为了向劳苦半生的老人家尽点孝心，父亲决定提前给奶奶做寿。生日前夕，为准备鱼肉酒席，县城学徒的叔叔便趁周日赶回到门口河里闹鱼。那次鱼特别多，白花花地翻了一条小河。叔叔背个扁篓提个尕篓一个人捡，腰都捡疼了，还没捡完，大大小小已经捡了好几十斤。后来天色已晚，又要赶回县城上班，只好上岸作罢。全家人都为老人家过生日有如此好的兆头而高兴。没想到，生日那天，长长扯扯下了一整天雨，祝寿的亲戚朋友很多都淋湿了。就在这年冬天，奶奶哮喘病发作，永远离开了我们。

割禾的日子，打谷机总是嘹亮的，就像一只巨大的青蛙，被人追赶着一天天吞噬连绵起伏的稻浪。生产队的人们分工合作，割禾，撸禾，踩打谷机，铡稻草……打谷机篷上扣着威严的大篙箕，那是尾缸上撮谷子用的。撮谷人大多是一位外号"周扒皮"的爷爷，他戴个大口罩，迎着打落飞溅下来的谷子，半截身子埋进桶缸里，连草带谷子扒出来，将卷落下的稻穗和禾草屑子浪成一把，缸板上甩几下，手一扬，鸡抢食一般，捡禾串的伢子就追过去了。"细伢子让开点——！"他威严地摘下筲箕，撮起谷子，一步一步搬到田埂边，倒入箩筐里。一台打谷机就是一道蓝天下的流水线，所有的流程都在阳光下滴水不漏，而就在这不动声色间，最大的漏洞出来了——割禾的难免禾札里有几穗倒放的，踩打谷机的难免有几穗没打干净，撮谷人扔出的穗草屑子里难免包着些看不到的谷子……许多秘密都是相互监督，却又心照不宣的，要不那些跟在打谷机屁股的尕篓队捡什么呢？

秋天，打过谷的田畈空荡荡的，除了稻草靶子，就是我们提着尕篓捡禾串的影子。我们将草靶子摊开，在里面捉跳蚤似的盘了又盘，然后，你看看我，我看看你，不由自主地钻到一边还没开镰的稻田里。我们昏头昏脑，醉了一般贪婪地吸着谷子的味道，不约而同地伸出颤抖的手。风吹过来，偷谷子的快乐金灿灿却凉飕飕的，稍有人声，就提着尕篓蜥蜴一般逃窜，蹲在河坎下，半天不作声，河水流了多远，心就噗通噗通跳了多远。

年关时节，打禾泡机进村了。母亲们将一个小谷枋从暗间里抱出来，那是伢子们捡了一年禾串积下的成果。谷子倒出来，挑到碾米厂，回来量出几升倒进尕篓里，我们就可以提到宗厅里去打禾泡了。白花花的禾泡香美诱人，一升米往往能打上一大笸篮，母亲用箩筐装回去，倒进熬糖锅里做成糖禾泡糕，切片一封一封码进大盘里，正月里端出来待客，不仅安慰味觉，也安慰了一家人一年到尾那劳累的心。有些人再也无法安慰。那年夏天割稻子，水天火热的，撮谷子的"周扒皮"爷爷忽然闭痧晕倒在水田里，抬回家后，一会就没气了。留下漂亮的"周扒皮"奶奶，还有一双和我弟弟妹妹相仿的儿女。时间有时是种比尕篓更抠门的东西，周扒皮爷爷比我父亲小不了几岁，其实人不抠门，只因名字里带了个"周"字，不知怎么村里人就这么叫上了。

还有一种小囡囡提的花尕篓，碗口般大小，用篾白编成。篾白是紧挨篾青下的那层，没有篾青那般韧劲，但那指条宽的篾带洁白而柔软，一条一条染上酡红、草绿，编结在一起，成了红红绿绿的格子花。正月里，大人们往小尕篓里抓点油炸果子、禾泡花、炒薯片或者烫皮什么的，小囡囡们一身新衣提着它，跟在大人背后，在拜年的亲族间兜兜嗲嗲，偶尔咨啬地捉几粒禾泡到嘴里，自有显摆和骄傲的美意。这样兜来嗲去，一次过厅堂，我被门槛磕脚绊了一跤，半篓果子"哗啦"撒了一地，趴在地上，沮丧得蒙脸大哭。一旁的哥哥抚掌大笑，随口就一道顺口溜："群英（我的乳名）婆，嗲尕篓，嗲唔（不）起，倒一地……"这一念不打紧，我原本就一张娃娃脸，配上母亲给我剪的小阿拉短发，模样和小尕篓倒也神似，"小尕篓"的外号就这样传开了。

大约为那片美丽的格子花吧，抑或是尕篓里那些活色生香的美食，每每人家唤我"尕篓"，我倒有几分乐颠颠的。有年春我和哥哥被送到外婆家住了几个月，和小表哥一起，跟着外婆进进出出，她的尕篓里时不时有番薯片或者桃干、饽荠塞到我们嘴里，让人越发感到这种小竹器的殷实和甜蜜，我几乎就将自己等同于小尕篓了。有天起来，外婆决定做米馃吃，率领姨娘们去厅厦推磨，我们兴高采烈地跟在后面，哥哥一会伸手到外婆尕篓里摸摸，一会又探手到尕篓里搅搅："外婆，米呢？！""外婆，米呢？！"被问得不耐烦，外婆凶一句："哎呀崽！你细伢子管米做什么？！"哥哥很委屈："那你说做米馃吃做米馃吃？！"外婆和姨娘们都被逗笑了，但却始终没有吭气。细伢子怎知道呢？其实那时家家已经没几升米，只好拎着木薯或者番薯去磨粉混搭着吃。那晚，外婆搂我们在被窝里，用很和气的声音告诫说："以后不要再叫'尕篓'。别人叫，也再不要理他，叫惯嘴不好，那是叫花子讨食的东西！"叫花子长什么样呢？我没见过，但从外婆的表情里，分明不是什么可钦羡的人物。

没成想第二天一早一阵狗吠，有人在外婆家门口喊借米，出门一看，竟是我同村一位叫爷爷的男子佬。他站在瓦檐下，一手提个尕篓，一手拽着肩上的白布袋口子。"他爷，坐会喝口茶！"外婆让他进屋，他不挪脚，只是接过外婆量的一升米，说了几句感谢的话，半自在半不自在地看我一眼，转个身就走了，一直消失在屋背的李子花林里。我知道他是我们鹤堂有名的超支户，作田没什么技术，工分低，因为经常借米还不了，只好半夜偷偷到水田里拔一种鹤子菜的猪草煮粥吃。为这，他那和我同岁的伢子没少受欺负，捡禾串、拔猪草、砍柴时常挨同伴们的石子。如今春播刚开始，他借米竟已借到几十里外的村子了。因这爷爷的一位堂姑父和外公同族，外婆多少知道点他的家事。外婆说这爷爷家原本是地主，解放后父亲被打死，母亲改嫁，他一个人娶妻生子，只知道卖死力，过活很是艰难，这次估计是奔寻亲生母亲来的，据说就嫁在外婆家不远的村子里。狗叫声中，我望着那片烟雨迷蒙的李子花林，想着那一直延伸到山丛里的泥泞田埂路，不知怎么就落下泪来。

有一次，我跟着哥哥在小河里放鸭子，暮地见岸上矗了个瘦长黑影，头顶一只散边的烂箬笠，肘上挂个破夯篓，正用一双骨碌骨碌的眼睛盯着我们看，半天，才蔫着声问："小老俵，请问是不是有个姓孔的妇娘子住这里？"不知怎的，我一下子就想起了外婆说的叫花子，心里一骇，赶了鸭子就跑，慌忙中，头顶的一只草帽竟飞到河里了。中午回家，猛地又见那家伙勾头站在门口晒衣服的竹杈下。白花花的阳光里，那个蓬头垢面的黑男人更显清寡，瘦长的手握根竹棍子，一身衣服破得丁丁吊吊的，烂布络子在风里翻飞，活像一棵挂着枯叶的胡锥子树。一群男伢既兴奋又几分警惕地围着他，正跃跃欲试地用棍子挑逗他那烂得漏光的裤子。

来人是找细奶的，说是娘家的一位远房亲戚。人不怕跌苦，就怕懒尸牯（懒汉），这往往会被鹤堂看得雕毛一般轻。

可再怎么看轻，也是自己的娘家亲戚。细奶煮了满满一钵头饭菜端给他吃了，又量了两升米倒进他的尕篓里，再从菜地里搬了个大南瓜回来放他脚下，不轻不重地说："回去吧，有手有脚的，回家好好过日子！"这人却聋了似的，勾着头，两脚钉在那半天不挪一步。

"回去吧，八月蛇拦路，断黑了看不清。人家家里也七八张嘴，能给的都给你了，还站在那等什么！"眼看太阳快落山，住在边上的卷毛太婆忍不住作口。他霉了一般，不吭声也不动。"好吃懒做的东西！打死你这叫花子！"墟上喝醉了的细爷一回家，见着他就生了眼火，举根鞭子"呼"地抽过去，他"啊"地缩了一下，终于挪了脚，再抽一下，又挪几步。就在这一抽一挪的瞬间，一样东西从他的裤腰里"啪"地掉了出来：一本黑漆漆的被摸得卷了毛边的书。他迅速弯腰捡起，吹吹，没察觉似的插了回去。这样走走停停，一直到村口，终于像匹牲口般消失在炊烟里。

多少年后，想起这一幕，心里仍是说不出的滋味：天黑了，那条长长的山坑子路应该有月光照着吧？那只烂尕篓，会不会把米都漏光了呢？想想细奶娘家，原本是十里八乡的大地主，不仅田产遍布，县街上的那些米店，没几间门面不是她家的。这样的人家，后辈又怎样了呢？这样想着就觉得生活的虚妄，米店粮仓远比不上一只尕篓，当所有的繁华体面被剥个干净，是什么在提着我们稀薄的日子呢？我的细奶养育着七八个子女，又何尝吃过几顿饱饭？乡下小百姓，就像小尕篓，都是勤俭抠门的营生，经不起半点挥霍，却总能维持人世最起码的温暖。是否可以这样说，小尕篓，其实就是那时鹤堂人的生活隐喻呢？日子是用小尕篓提着过的，在不同人的手里，味道各不相同。

如今，那些小尕篓，连同我的乡村，还有那清脆可爱的外号，渐渐被抛进了历史旮旯里。可是，每每当我站在街道人海，举目空茫的时候，那一群群乡村里的小尕篓，又会蹦蹦跳跳着鲜艳地活过来，它们排在我的眼前，挤对着，移动着，就像一串没有终点的省略号……

大水流过村庄

1

赣南时令过了秋分，天地蓬松起来，云层一日日高远，那些吸了一夏阳光的山丘岭岗眯着小眼，仿佛一夜间都被秋风解了扣子，草木们开花的开花，裂荚的裂荚，凋彩的叶子铺成了大地最辽阔的床单。

我们也是被一阵紧似一阵的秋风吹到坪地山的。

赣州出城，大广高速南下，甩个弧线向东，沿着省道山环水复，到新田这地方，屋舍稠密起来，乡村岔道开始集群生长。这个位于南岭余脉北麓、因明代新田巡检司驻地而名的边地山区小镇，不仅连接信丰、赣县、安远三县，过去还是信丰经安远、寻乌抵广东梅州、五华、兴宁等地必经点。

那一年红军从于都出发长征，星夜渡过贡江河，翻山越岭，就是在这里的百石村和陈济棠军阀部队鏖战，撕开了封锁红军长征的第一道防线。

历史总在这样的关节点茎蔓丛生。当年遍体鳞伤的战场，经过半个多世纪休养生息，已然变得草木丰泽。时间就像一往无前的山沟小路，一边一步一个脚印删改着世界，一边莳风弄雨，点种着大大小小的人世家园。

坪地山正是这一带群山岔道里的村窝窝子。

贴新田饭馆右行，绕过"围上"屋场，迎面一个巨大的石头，天庭坠落般，与对岸石崖隔溪相峙，形成一座流水绕滩的山门。山门一过，田垄石径，七里不见人家，一路除了松杉油茶，还是松杉油茶……因了巨石，这条长长的野山迳也就有了个滴水不漏的名字：石门迳。山门，石迳，连同末梢那个叫坪地山的村落，就这样被千年保险地锁在了深山腹地。

汽车尾随一只只起起落落的燕雀挪行。晓俊先生不时指点着窗外，一副轻车熟路的样子。野菊开黄了两岸，葛藤花爬坎挂树的，路边新植的桂树吐着粒子，那些鹭鸶或栖于溪边，或踱步禾田，在芒花青苍的秋山沟里显得活脱亮眼。

2

一个月前，一名叫陈秋生的男子随同一位叫刘干的青年干部笑呵呵地来到我们文联，他们代表新田坪地山父老和这片土疙瘩上所有生灵递上了一份沉甸甸的邀请——这个处于南岭余脉金盆山脚窝里的江西美丽村落，将在秋分这天，举办有史以来的第一个丰收节。

丰收，这样久别的词汇，一下子将我们从城市街头拉回到稻菽黍豆的乡野，唤醒了文艺家的乡愁记忆。

未来已来。"工业4.0"成熟期，信息化、网络化、智能化更迭速度超越想象，工业5.0喷薄欲出。从农业向工业巨幅转型的中国社会，遭遇一场落差巨大的层级直升，每个社会单元和个人都是撕裂的矛盾体，眩晕和阵痛在所难免。一面受全球工业虹吸，你必须争分夺秒大步流星赶赴时代洪峰，一面受生物属性、文化特性与社会惯性拖拽，每个人又无限依恋不可自拔地耽迷于晴耕雨读的田园乡土。

回望数千年乡村史。从刀耕火种到铁犁牛耕，从面朝黄土的手工劳作到机械化精耕细作，伴随一次次生产方式革新，农业经历了多个代际变革。而今，与工业晋级同步的农业5.0出现，互联网、物联网、大数据，农村正在朝着订单农业、工业农业、数据农业等高速发展，构成传统乡村社会的物质与文化原件已经、正在、必将空心、老化和颠覆。

新时代的乡村去往何处？如何在不变中求变，在变中保持不变？中国乡村在振兴与重建中，将会被一种什么样的物质与精神文化生态接盘？

时代发展有它自在规律。每一代人，都有一代的痛要承担。

以丰收节的名义呼叫每一个村庄，唤醒传统农耕所蕴含的天人奥秘，推动中国乡土文化和现代文明相互造血，让传统文化新生。

"赣州市文联百名文艺家助推'美丽乡村'建设"系列活动酝酿而出。

我们此行所到的坪地山，正是这个活动的出发点。

3

抵达目的地已是天色将晚。刘干和陈秋生在村部门口热情迎接我们。他俩一个是新田乡党委书记，一个是坪地山村支书。这一白一黑的镇、村两级干部的脸，一看就属"白加黑干部"，典型的月光、日头漂晒过度痕迹，却都挂着鲜明的客家男子佬待客的表情。

和想象中"老实巴交"的坪地山不同。跨入牌坊式村门，感觉有一种说不清的东西将自己某个灵穴拨通。

不能不钦佩坪地山人肇村选址的天人哲学。

四面环山，平畴如缎，中间溪水双流，北有青峦合掌相送，更有六峰驮云来朝。

发轫于南部金盆山原始森林的大河坝穿山越谷，从高丽山脚下潺潺而来，到村心窝回旋，摊开大片大片的禾田，迎着两岸竹林杂树向东，绕过牛角山，在潭背和另一条源自金盆山老鸦崇古隘口的小河坝汇合，拖蓝带绿，在水口庙守护下，北向下游花历村奔流而去。

村部大楼坐落在村心窝处，楼前是文化广场，和山岗腰上林墙掩映的小学校园仰面相望。一条两边挡着彩胶轮胎的沥青马路在林荫和田野间游走，不时岔出通户水泥路，牵连起远近大大小小的村舍屋场。村舍大都是新近几年做的，或三五栋成群，或单楼别院，有的瓷砖贴面，有的白墙黛瓦，时新款式，过去那种四扇三间的客家泥墙瓦屋，已难见踪影。那些路头墙上的手绘乡风文明画，以及一个个竹簸箕串成"坪地山欢迎你"几枚招牌大字，让人感到眼前是个活跳跳的世界。昨日已远，一切记忆已成符号。

然而这又是长在山旮肚里的一个传统水盘式村子。走在村道上，不管哪个角落，似乎总能听到水流的声音。这声音哗哗的，嗡嗡的，像是在深山，又似乎在禾田，它们若隐若现地四处游出来，一弦一线，细细密密，又大团大朵成群结队，感觉每块地皮下都有一条河流在涌动。

驼黄的天幕下，大匹大匹的薄雾垂挂山巅，丰茂的天然林和人造林被秋风分割成花绿苍青的色块，呼应着高低错落的村舍田野。远处，成群结队的山岭如一座座硕大的仓廪，簇拥着把村子抱在怀里。那些鱼虫、花草、鸟兽、树木、庄稼都是自然大化中有体温的流泉，它们活蹦乱跳的样子，构成了坪地山人生生不息的河流。

4

这是个以袁、陈、郑、赖、郭、刘等十多姓人家组成的一千多人口的客家村落。

据可查族谱记载，除了袁氏先祖道四公于明宣德年间自邻乡金盆山石背堡迁入肇基，至今凡二十五世，其余十多姓人家，皆于解放前后从广东兴宁、五华、梅州、揭阳等地入迁。

我对每个客家村寨的生长史总会深度好奇。明朝之前呢？

信丰，这个以"饶谷多粟，人信物丰"著称的赣南中部县邑，自大唐永淳元年（682年）建政，漫长的一千三百多年建政历史长河中，坪地山何时开发建村？袁氏是否为坪地山的最先开拓者？

时空吊诡，纸书上的历史许多难免断片的。

也不知当初谁最先来到这里，经历了怎样的劫难，又是怎样背井离乡，寻山问水、行行重行行地来到这个白云深锁的弹丸坪地，又是怎样开疆拓土，垦田凿地，肇基了这土肥水美数百户人家的村庄。最后，又风过林梢，滴水不漏地消逝在坪地山的视线里。

客家村的生长周期大都是相同版本。受山田地力所限，当一个地域人口容量达到涨停，生存资源危机不可遏制要爆发，内乱、瘟疫、灾害、饥荒总会不期而至，流离失所的小百姓不得不拖家带口涕泪涟涟另寻它处求生。

在苍茫的闽粤赣山区，开阔肥美的平阳地早被人抢滩开发了，剩下的边边角角偏僻之地，只要能安家，就是好。一且决定迁入某地，那一定是经过了充分选择和周密风水考察踩点，有生机是绝对的，有地理安全保障是必须的，最根本还须有一点，那里未开发或半开发，原住民势力不足以全覆盖，有供外来人口可持续发展的地力。

对于原住山民，接纳流民落居是谨慎、警惕还要有勇气的。好好的岭岗田土，好好的草木庄稼，原本是自家祖上耕山种水苦心经营数辈子才盘下来子子孙孙都吃不完的地业，忽然来了几户外地佬要安营扎寨，这远不是发发妇人慈悲那么简单。

吃几餐饭，住个十天半月，那没什么，客家人，有的是推己待人之道。关键是，一旦落户扎了跟脚，枝发枝脉延脉的，那就是一个家族世世代代，最坏的，很可能变客为主，地盘都改成他姓了。

新来的自然知趣。你到别人家门口讨饭吃，容得下，就是给自己大恩典，一切都得谨言慎行小心翼翼。生存是残酷的。往后，不仅体现在山、田、水、土、木等生存硬件的依赖和争夺，即便是精神文化、语言习惯和风俗等等，也不得不入乡随俗。

学会低下脑袋夹起尾巴吧，且先找个避风处搭起棚寮。捡些人家不愿耕的荒山茅地锄下来，撒下几把种子，点上豆菽，泼上几勺粪尿，未来愿景，自有温软的山风暖雨来孵化……一切都是最好的安排！

往后，就让我们隔河相望唇齿相依吧。

都说是天地的主人，可天地几时让我们作过主呢？

站在坪地山村窝中心，我不知道陈、郑、赖、郭、刘等这十多个解放前后才从广东新入迁的外姓家族，在短短半个多世纪里，面对早在明朝就于此肇基子孙罔替数十代的袁氏宗族，是如何落地生根，如何和平相处，如何相互依存，最后日久他乡变故乡，与袁氏一起血肉交融地成了坪地山的主人的。

5

夜色流下来，仙草汁一般，一圈一圈将村庄溶解，几阵晚风，坪地山化成了一锅仙草冻，乌亮而浓稠。除了肥嘟嘟的虫声，以及小花猫般的几匹灯火，坪地山不再表示什么。

我们钻在厚厚的泉水里，感觉像几条石斑鱼，被坪地山以及整个世界深深埋住。今夜，天地和我无关。我只愿躺在水中，一次次将自己浆洗、还原，然后安静接收这些来自地球深处的原液。水流把身体包围，身体再把水流包围，身体和水流一起被一种强大的脉冲吮住，吸附，仿佛听到遥远的水滴从历史深处云缝里自由落体的声音。

坪地山准备了多少世纪的水滴，今天用来款待我。这些水滴从金盆山如云的松、杉、毛竹、板樟、毛栗、胡锥子树上落下来，钻进枯叶深埋的土壤，被各种蛮横的根须网络吸附，渗入更深更深的石缝山体，不知闭关了多少百年，某个阳光茂盛的午后，悄悄从泉眼溢出，淌入小溪，流下河坝。它们只是想从山林出走，从坪地山越境到外面去溜溜世界，不期然却被溪坝的几根长长的毛竹管引渡，莫名其妙地到了这座叫"水上乐园"的现代游泳池里。

我们就这样在一个毫无瓜葛的秋夜不期而遇。这些封藏在金盆山的水滴已经走了多少人家，不知还要走过多少人家。它们每天听着山风、流云，嚼着竹笋、酱果和蘑菇，已经长得膘肥体壮。此刻，它们在我的躯体上匍匐，盘旋，缠绕，有时像小竹鼠一样胖嘟嘟翻滚，有时像山梨花一样一瓣一瓣飘落，有时像毛栗一样哔啵炸响，有时像野火一般湿漉漉燃烧。

我分不清这池子里，哪是我的头发，哪是头发的泪水，哪是水的祖先，哪是祖先的汗水，只觉得整个村庄都在身体里，而我却在村庄的底部摇晃、拉伸，一任贴在墙头那张一千多人的坪地山全家福，笑眯眯地，向我暗示着这个村庄的前世今生。

6

守在村心窝的红店社区，以前人们习惯叫店下，如今是村里最大的社区。

这是早在明朝，袁姓来到坪地山的最早落脚立居地。

"店下"这地名，在中国可以搜出一大把。

　　重峦叠嶂的赣南山区，山坑子勾着山坑子，河盆地背着河盆地，那些爬坡越岭的村村落落，云深路远，全靠山间小路连接外界物流和信息流大动脉。人流量稍大的山路，人们还会铺上鹅卵石或麻石条，而重要的路头和山隘口，往往还开上几间小客栈。

　　坪地山东有牛角山，北有灶鸡崬，西边是石坑崬，南有老鸦崬。封闭的小盆地，长盛不衰的水资源，丰茂的原生林木，使这里成了小百姓安身的桃花源。相比其他山寨，这里土肥地阔，旱不着，涝不倒，田头有果腹实身的米谷豆菽，山上有宽怡日子的毛竹、笋、木耳、香菇、野蜂等山货。

　　这样的地方用来安养日子，不让人艳羡是不对的。"柴方水便，吃穿不愁，你还挑个啥？"这句话成了坪地山人祖祖辈辈对外说亲最有底气的资本。

　　除了山田林木资源，地理位置在附近州县中也是独到的。

　　这是一条通往广东的乡村古道。自古以来，从信丰的新田、金鸡、大桥、百石等地到广东，坪地山是必经之所。路过坪地山村口，翻过灶鸡崬板障的杨梅崬，到安远县江头寨，进入广东境内，然后可抵和平、韶关、兴宁、惠州、广州乃至越洋出海。

　　先人做生意，大都靠驴驮人挑，稍大一点的老板就雇挑脚，自己则骑马而行。坪地山村口，于是就成了生意人来往歇脚、住宿的山寨版"小香港"。这无疑带动了本地人做小买卖的风潮。卖南百杂的，开伙店饭馆的，当然，少不了伺候驮驴马匹的马棚。袁家人守着山林田地，自然以作田为本，虽指望不了坪地山成什么集市，但顺手来点小生意，宽松宽松日子，有什么不好呢？何况还可借此运走本村的各种山货、米谷、茶油，捎回广东的盐、布匹、海货，这些都是山遥路远却足不出村就可完成的事。谁说老天待坪地山不厚呢？天长日久，南来北往人多了，脚歇惯了，嘴叫顺了，这个屋场就慢慢成了"店下"。

村口的店家不知起于何时，也不知何时开始，"店下"这个名字变得路人皆知，乃至慢慢成了方圆数十里的标识。它的口味、床铺与菜香，不仅照亮了乡人的肠胃，也温暖了长长短短的旅程。

只是解放后，由于公路交通迅速发展，小道从此就荒废了。但从坪地山一直到板障杨梅崇的这些老石阶，却胎记般地保留了下来。

7

坪地山村的清晨是被几只公鸡唤醒的。雾气蠕动了几下，山脊线慢慢拓了出来，山坡岭脚的房屋有了轮廓，日头须子从岭脑顺着山壁褶子滑下，引到村庄里，大小河坝和稻田立刻披上了毛茸茸的华彩，天地金亮起来，稻子草叶尖上噙着露珠子。

楼内安静，空气凉丝丝的，隔壁住着的几位同伴应该还在梦乡吧。一个人沿着走廊上楼，站在屋顶，见后面一座藤葛攀树的山岗，方知我们昨晚入住的标准间，是老村部办公楼改造成的一栋老年公寓。

后山腰台地上，一圈白色围墙，露出一栋平顶楼宇，十几间教室的样子，应该是坪地山小学校舍吧？昨晚看过资料，说学校边原有个体育场，有篮球架、单双杠、爬高杠以及跳高跳远用的沙坑。这些年由于学生人数逐年减少，班级相应减少，学校院内开展活动就够了，因此，体育场多年荒废，杂草丛生。2017年村委出资改建成老年沙地门球场，虽然简陋，却是全县村级唯一的，成了村里老年人活动的亮点。

楼前是乡村旅游接待室。钢化玻璃墙，里外通透。室内桌椅、茶几、电脑、视屏清晰可见。左边是土特产销售点，右边农家书屋。接待室出来，往下走百米左右是两个停车场，容量可达百部小车左右。停车场旁，蹲着一座小型欧式风格公厕。

从老年公寓出门，左侧有条小路，路尾牵着一栋砖瓦房，院墙上爬着丝瓜苗，几条丝瓜半老半嫩地挂在藤蔓上。

院内水泥坪宽阔，一位妇娘子正探头在红塑料脸盆里梳洗，见院门响动，先是莫名一惊，回头打过招呼后，绞了毛巾裹头，将水一泼，进门端把椅子就出来了。看得出，她很乐于跟我交谈。她是袁家人，三十多年前嫁到金盆山脚下一座水库边，夫妻俩靠山吃山，靠水吃水，农忙种田，农闲打鱼，早出晚归拉扯大一儿一女，如今他们都到城里打工成家，各管各的营生去了。她和男子佬依旧在金盆山下打鱼种田，她说习惯了山里日子，不想跟着崽子（儿子）落到城里。不是说山里多么好，就是习惯了，习惯你知道么？那是没办法的事。每天听听鸟叫，喂喂鸡鸭猫狗，地里挖挖土，水库里打几网鱼，这日子才过得安生。说着她从屋里提出几个鼓鼓的红塑料袋，打开，竟是一包一包的大小鱼干子，以及透着泥气的笋干和红菇。新鲜吧啦滚，昨晚灶锅里刚烘出来，香喷喷的，好吃咧！她用手在包里浪浪，发出簌簌的响声。然后抓把鱼干放到我鼻头，生怕我不相信的样子。原来，为赶这个丰收节，她昨晚连夜骑摩托走了几十里山路回到娘家，一是想凑凑热闹，二来顺带在坪地山摆个山货摊子。不想弟媳昨晚生了二胎，老母亲被弟弟连夜接到城里照料孙子去了。

我看着她风吹日晒打着皱褶的脸，一嘴贝壳般光洁的牙齿，一头刚洗未及梳理的长发，一身新换的黑底红花 T 恤，一对浑浊却透着定力的眼珠子，似乎生活大有盼头，而中间的艰辛、劳苦和疲惫都一一屏蔽了。

8

刘干、陈秋生领着我们去看丰收节的活动现场。

盛夏之前，坪地山刚刚举办了一场豆腐节，十里八乡的食客蜂拥到村里。为接待好前所未有的车流人海，村里人随山就势，沿着石门迳山窝子，每隔一段添建了山脚停车场和小茶亭，供来往游人放肩息脚、躲风避雨。所以像这样的村级大规模活动，他们在交通组织、旅游接待上，已经积攒了第一波经验。

过桥，沿溪柳树篁竹，两旁的田垄好些已成水果蔬菜园，一垄一垄的火龙果抽枝搭条，百香果爬满了藤架，除此，还有草莓、西瓜、梨、各种时新菜蔬。溪流拐弯处，拦腰一座木廊桥，桥下大大小小的鹅卵石挤成一个水口，水流一泻而下，甩出一口硕大的深潭，荡着七八条红红绿绿的漂流小船，一个颇具现代气息的农家乐餐馆热腾腾地矗在河湾竹林里。

餐馆看得出是由民房改建，吊脚楼，琉璃瓦，灰白墙，木栏杆。屋内台桌竹椅、碗钵食材，清一色的坪地山口味。柴火灶上早已忙得热火朝天，八九个妇娘子正围着一张搭起来的大厨板各自舞着刀花，剁肉丸的，斩鸡块的，扣肉片的，片鱼花的，还有的在切着山笋、红菇、豆干……边上，是七八箱刚开盖揭纱的豆腐，水汪汪地冒着热气，据说，这是在准备有名的坪地山"四大盆、八大碗"，中午要接待上百桌食客，颇为壮观气派。

餐馆前的沥青大坪，划着一道道白暇暇的停车标志。坪沿一棵百年老桂下，丰收节会演的舞台已用鹅卵石垒搭就绪，一摞摞的稻谷、高粱、玉米连秸秆堆成垛子，舞台边沿，堆满了一担担番薯、芋头、脚板薯，还有大小溜圆的冬瓜、蒲子、南瓜，背景是稻秸、簸箕扎成的架墙。

除了丰收节汇演，这里同时还要举行有趣的农民运动会。村里的大小路口、坪地开始热闹非凡起来，来自各村的农民演员、运动员开始蚂蚁牵线一般向这里汇集。他们穿着一村一色的运动衣，有的正在有组织地朝赛场进发，有的还凑在某个小树林里商讨着什么，有的则坐在路边打闹，有的还在喊口号训练步伐，但你只要看看他们背上印着的醒目村名，手脚棍上硬鼓硬实的肌腱，还有脑门上那股不信邪的硬气，就知道这都是一群脸上客客气气、内里天下舍我其谁的主。据说待会比赛项目花样迭出，除了常规运动项目，还有挑谷子比赛、剥豆子比赛、背老婆比赛等等。

9

我一直想找几位村里老人聊聊什么。

在农家乐一角，刚好遇见了坪地山小学一位退休教师。他是袁家人，住在塘里村。

他眉清目静，不多吭气，说话很俭省。

我知道他是有一肚子货色的人，但碍于诸多原因，不愿多开口。只好随他到家里喝茶。烫皮端上来，茶水一杯一杯地筛，话也一句一句地扯。不知不觉，拔出萝卜带出泥，村情野史，人文掌故也就扯了出来。

"坪地山村作为信丰县最为偏远的山区村寨之一，过去产业发展落后，村民行路难、挣钱难，是有名的'上访村'。近年来，村里选出了一个好书记陈秋生，在他的带领下，围绕水，乡村旅游风生水起、产业发展如火如荼。2016年底，由村领导班子牵头，通过'支部引领＋党员带头＋乡村旅游'模式，鼓励村民以入股形式筹集建设资金，吸引了94户农户筹资420余万元，成立了美丽山村生态旅游有限公司，发展乡村生态旅游。经过一年多时间打造，已建成水上乐园、儿童乐园、丛林漂流等旅游项目，带动村民户均年增收5000元，让村民在家门口吃上'旅游饭'。

"乡村旅游的兴旺，也吸引了外出人员纷纷返乡创业。很多人回来以后，看到村里的变化，都想回村发展。过去村民们只守着自己的一亩三分地和自己家的山林，难免有矛盾，自从村里成立了生态旅游发展公司，把过去单一的同村关系，转变为合作伙伴关系，村民凝聚力不断增强，村民自治作用得到充分发挥。

"坪地山村还组建了村'五老顾问组''乡村振兴促进会''新乡贤会'等组织，团结各方力量，营造了向上、向善、向美的良好氛围，从以前的'结伴上访'到现在的团结做事、共同致富，乡里乡亲情更浓了，心更齐了，日子也越过越红火。

"坪地山村让能人变'头雁'、让贤人唱主角、让村民变'股民'，他们身上所展现出的自治自强、团结奋进的精神，无疑是上演了一场村庄神话，感染了社会各界。"

其实，这里还真是神话丛生的地方，藏着丰厚的地下文学。就说进村的巨石门，竟关联着一个美好的传说：很久以前，有位神仙肩挑两块巨石，要赶往古陂建造水陂。正好路过新田境内，天已破晓，鸡鸣四起。神仙怕泄露天机，就把两块巨石丢下，升天而去。这两块石头，一块正好落在了进坪地山的入口处，另一块却落在了夹水口进花历村的入口处。遗憾的是，一九五九年修建夹水口水库时，那块巨石与相连的石壁一起被爆破取石筑坝去了。只有进坪地山迳口的这块巨石，作为上苍赐予的吉祥物，千百年来一直保留至今。

而山村南面，高丽山山腰上，居然还有座寺院。传说很久以前，临县安远车头乡一个山寨，住着刘姓一户。刘家生下三个儿子，父母相继去世，兄弟仨人便以偷、抢度日。有次他们在石背地界抢得一些财物和粮食，还有一头驴。他们让驴驮着粮食和财物走山路回家。一路经过高丽山、龙凤山和安远的余坑寨。当驴驮到余坑寨时，突然停下，怎么赶都不走。老大急了，边打边责问："你怎么不走哇？你怎么不走哇？"驴突然开口说话了："不要再赶了！因我前世捡了你们一双旧草鞋穿，我现在做驴做马都要还清前世的债，我驮到这里的脚力钱正好抵清你们的草鞋钱，所以，咱们两不相欠了。"兄弟三人听完驴话，沉思良久。老大对两个弟弟说："不能再偷抢财物了，现在我们做了那么多坏事，造了那么多罪孽，下辈子都不知道怎么才能还清这些债务。"于是，三兄弟痛改前非，从善弃恶，将积蓄的钱财修建了高丽山、龙凤山、余坑寨三座庵堂寺院，三人分别在三座寺院里吃斋念佛，超度众生，也超度自身。后来人们都知道这三座庵堂是兄弟庵，三人也都修成正果，坐化升仙了。

高丽山寺初建于民国五年，由于解放初期管理不善，庙宇倒塌，沦为荒坪。改革开放后，上级部门出于对弘扬民族文化、发展宗教事业的重视，于一九九五年组织重建，由当地陈国近、袁永鸿、陈经六等几位老前辈为首募资，供奉着如来、金刚、弥勒、观音、地藏等佛。寺院两廊各一钟鼓，每日清晨，钟鼓悠悠，鸟虫啾啾，树木郁郁，溪水潺潺。神龛下，经台上一盏长年灯。每年年头岁末，各要举行一次盛大的"进灯"和"满灯"活动，信众好几百人。

说到长年灯，袁老师忽然想到什么，开始到厨里寻钥匙。然后洗了手，向神台烧过香，磕了头，搬了凳子，很庄重地爬上去，颤巍巍地将神台边的族谱箱打开，一部珍藏几代的暗黄线装老族谱就这样被请了下来。

翻开袁氏族谱，袁氏的血脉源远流长。那些钻进纸堆的列祖列宗，就这样沿着吊线谱，泾渭分明地从远古一脉一脉走下来。而族谱的前几页，《家规十条》赫然在目：

一、敦孝悌：孝悌为百行之源，凡人一生事业莫不由孝悌以植基，盖自天子以至庶人皆不外乎亲亲长长之道，故必勤劳是念，承色笑于晨昏。

二、睦宗族：家有宗族，虽支分派别亲疏不同，而以祖视之，则无不同也。故人之待宗族也，勿以富而欺贫，卑而犯尊，男女长幼尤当内外有别，喜则相庆，戚则相怜，患难相顾，有无相通，洵能尽乎，和宗睦族之道乃不失其尊祖敬宗之心。

三、勤祭扫：祖宗之祠坟，祖宗之形骸寓焉，人苟但知爱其父母而略乎曾亦思故人，入庙思敬过墓生哀乎，古必春秋修祖庙、扫坟茔，以崇隆其祀典。虽百世之远，无难。致敬致诚以感格焉，先灵在上无怨无恫，有不欣欣佑我者乎。

四、端品行：品行宜端，立身之要道也。律条正己，斯足取信于人。族邻亲友皆宜以礼相接，以义相持，毋矜才以傲物，毋利己以损人。庶醇良之风可致，而休美之俗堪嘉也。

五、务职业：人生各有职业，士农工商分而为四，虽人有智愚而不能强同，然不能为士则为农，不为工即为商，是皆务当所当务，宜各行其所事也。外此则属游惰者流，一殆祖父之羞，一背圣王之教，凡我族人，其待自省，毋弃本业而作非分之营求，逞私智而生侥幸之意计。

六、戒奢靡：人生宜勤亦宜俭。古人云：食之于时，用之于礼，诚以天地生财有限，不可不深为爱惜者也。常见豪华之子，不知物力艰难，任意奢侈，不转瞬而业力消亡，其不至沾身辱亲也，几希依矣。此诚所宜急戒者，愿吾族人其共鉴之。

七、慎嫁娶：夫妇为造端之始，闺门属王化之原，其权虽系之天，而择配实由之己。尝见人之嫁娶也，贪富贵而轻德行，不论清浊而订婚姻，遂至有配匹不均，进退狼狈者，故婚配宜慎，阀阅相当，究其源流清白，庶免悔之终生，玷辱家声之虑也。

八、禁嫖赌：天地间万恶淫为首，诸禁赌居先，嫖赌二者不惟败节污名，而且丧身陨命。每见嫖赌之辈，始则荡田产，继也害身家，为娼为盗，玷辱祖先，原其初实自嫖赌始，此则当所严禁，断不可姑宽容纵者也。

九、息争讼：讼者人生最不幸之事，原非可以矜才逞气者也。夫人有争讼，其胜负犹待异时，而目前衙役胥吏，既费酒食银钱，且受呵喝詈骂，有求于彼，无不隐忍，独不思今所兴讼之人，非家庭亲戚即交结朋侪，苟能忍受役吏之气？忍于亲朋之前，则邻里推让，乡党道其良善，岂不美哉。

十、珍族谱：谱可以萃一姓之宗支，源流本末具载于斯，谱在此，祖宗即在也，既已各照字号编定，自宜珍重储藏，谱存而支分派别百世堪稽，即岁易时移而万年如故，必须老成谨慎，勿令笔墨更改，轻与外人观看，致令毁坏卷帙，有衰祖宗，慎之慎之，毋忽。

10

如今的店下，家家流水绕堂、庭窗照影。

小河坝带着金盆山的草木之气从蟋蟀峚向北流来，拐过坑背、坪坑两个村民小组，在红店社区挨屋挨厦巡游一圈，兜兜转转，最后一步三回头朝坦塅小组去了。

溪泉养耳，也涤心肠。袁家人在这里世代生活，与山林、塅田相依为命，遵天行事，干净做人，把一个山窝窝建得田畴相望、荷塘相连。

据袁老师说，他们过日子的法宝，祖辈相传就俩字——勤、俭。崇善积德，诚实信义，不喜欢大起大落，但求的一个平平安安。

"是自己的就是自己的，不是自己的求也求不来。"这样一句话吊在嘴里，既是在劝诫子孙，同时也是在安慰寡淡的山间日子。

袁家人有一套自己对天地人秩序的理解以及和万物相处的秘诀，不仅将它们化成琐碎生活，奉行于饮食起居和家风习俗，更发表在族谱以及一座坐北朝南的古建筑里，那是他们的宗祠。

这是典型的明清客家建筑，青砖墙体，麻石阶窗，三进结构，两厢耳屋。上厅叫"衍德堂"，安放着祖先牌位；中厅名"叙九堂"，用以族亲议事和招待宾客，下厅"迎宾堂"则接待来宾。上、中、下厅之间置有一大一小天井，井架四边挑手刻着祥美的花纹图案，下厅配以拱斗天花板。两厢耳屋均为上方厅、下方廊结构，中间隔一小天井，靠外排着三间房。左厢供理事人员和宾客休息下榻，右厢为厨、饭和储藏杂物之所。祠堂前两根大柱高高矗起一座门楼，横额上书"袁氏宗祠"四字，那是在向世界昭告自己的血脉版图。

别看这简简单单的几间山民建筑，深意却如一部经书。透过厅堂门楼，以及阶窗天井，可以看到这里袁姓人家的来路、去处以及和泥土一样朴实智慧的光芒。他们在自己构筑的山村小天地里，懂得如何收养阳光、雨露，如何留宿云霞、星空，如何善待八方尘缘，如何赡抚老幼亲朋，如何敬畏天地鬼神，以及他们死去却永远活在心中的先祖，那是他们世代活出的没有文字却胜于文字力量的体系和法则。

岁月增增减减。袁家人自坪地山立基已传二十五世。他们遵循祖训家风和人生哲学，人丁一脉一脉蔓延，屋厦一栋一栋扩展，族裔早已分枝散叶，先后从店下到塘里、坦墩，再往花历、库背、金鸡、百石、大桥等地移徙，部分已然远迁于都、赣州、广东、四川等地。

　　五十年代初，"衍德堂"改作学堂，"破四旧、立四新"之后，那些昭示袁家人的堂牌匾额、神龛祖牌遭毁，祠两边耳屋拆除，坪前拴马柱被拆，建大队部，唯因学堂的缘故，留下三间正厅长续人间。

　　1985年秋，坪地山小学校舍落成，学校搬离祠堂。后一年，族人募资修祠，更换部分腐梁烂瓦，重修大门、祖牌护座架，复挂祠门匾额，重新安放祖宗牌位。

　　2012年，村委大力推进危房改造和新农村建设，红店社区成试点。承载袁屋人生活数百年的的泥墙瓦屋、晒谷场、粪坑、牛栏、猪圈、鸡栅、鸭棚等生活建筑与家养设施，随着推土机、搅拌机的几天轰鸣，转眼消失殆尽。代之而起的是一排排、一栋栋簇新的农家小楼，与之匹配的文体休闲广场、篮球架、乒乓球台等健身设施。家家户户门前浇起了柏油公路，路两旁和广场周围都装上了太阳能路灯，绕屋的小河段两岸建起了护栏，每隔三五百米架一小桥，沿途栽满了花草树木。

　　每到断黑时分，村部门口飘起了广场曲，留守在村里的人们丢下饭碗，三三两两出屋门沿河排过来，见面聊聊天，比画比画广场舞，小孩们追追打打，玩着永远不会疲乏的游戏。

　　生活在永续，却早已时移序改。年轻人纷纷涌向外地开疆拓土，读书，打工，开厂，做生意，各自建筑起自己的生活天地。即便留在坪地山的老老小小，大可不必像过去那样争田夺地、起早摸黑、田里做断腰也永远有做不完的活了，也大可不必赶死赶命看着天气吃饭围着田头灶尾零零转了。

但有个轴心是不变的——不管你多大本事做了多洋气高大的楼房，置下多大的家业和资产，他们总忘不了在自己的门脑上，横平竖直地描上两个硕大的"袁府"字样。而每年岁末年初或清明前后，坪地山的袁氏宗亲都会自发从四面八方前来祠堂，参加本族浩大的集体祭祀活动。

无论置身何业迁往何处，脚踏在地球哪个角落，袁氏家族始终都牢记自己出发的地方。

11

上午 10 点，坪地山村已经人山人海。来自新田镇的 14 个村的近万名农民聚集在这里，开始了野趣十足的割水稻、锯木头、剥花生等运动项目大赛。

随着裁判员一声令下，选手们 8 人一组，开始了割水稻角逐。选手中既有经验丰富的农民，也有刚刚接触的新兵。大家一字排开，老将们动作娴熟，新手们大胆尝试。不到 2 分钟，只见镰刀划过，片片水稻倒地，让人应接不暇。在坪地山村的同心广场，同心收获的剥花生比赛、幸福丰收的运粮食接力赛跑等客家农耕比赛也在火热进行。农民朋友们用客家扁担跳着两箩筐 60 斤的水稻、冬瓜、玉米、萝卜等粮食，接力运送 30 米，以此来表达对丰收节日的庆祝。

赣州市百名文艺家助推"美丽乡村"建设活动也来了，226名艺术家为美丽乡村作词作曲，共庆中秋佳节。比赛激烈处，老表哥合唱团也情不自禁站在田埂上唱起了山歌，为参赛选手助兴。

更惊险刺激的莫过于坪地山漂流。从大河坝"农家乐"沿着河道逆流，是箬竹坑水库大坝。这里与金盆山的板障村交界。大坝二〇一七年修建，专为水上漂流旅游开发蓄存水量的。一旦漂流水量不足，大坝可立即放水增量，保持漂流的深度和速度。大坝下方就是漂流起点，从起点漂流而下，水上行程约六华里，时急时缓，有时从高涧俯冲，有时被浪尖抛向空中，有时左拐，有时右弯，眼看要撞向悬崖峭壁，但用桨轻轻一点，又化险为夷、顺流而过了。

供漂流的六里河道，都经过细致的人工整修。河岸两边都用水泥石块镶砌平整。河道彻底疏通，无石块或异物顶挡。有些易碰处也都采取了相应措施避免碰撞。漂流过程中，每隔一段都有保安人员把守，确保游客安全。六里漂流直至塘里屋场的小桥下为终点。在那里起艇，起艇处设有更衣室、休息亭、公共厕所，还有存放橡皮艇的地方。屋场上有小卖部，有餐饮小吃店，可让游客消暑止渴，补充能量。

这是围绕旅游，坪地山人做的又一个"水"文章。

和水巧合的是，与高丽山寺遥相呼应的，还有村北的一座水口庙，供奉着一位"真君老爷"——许真君，东晋道士，名逊，字敬之，汝南籍人。早年学道从师著名道士吴猛，曾任四川旌阳县令。后晋室昏乱，弃官东归。相传他于东晋孝武帝宁康二年，即公元 374 年，在豫章（今江西省南昌市）西山，举家四十二口，飘然拔寨升天而去，成了神仙。他博通经史，尤好道术。后世称他为许旌阳或许真君，净明道奉他为始祖。

水口庙跟高丽山一样，每年有许多信民订长年灯。理事会每年会组织举办年头、年尾两次集中朝拜活动，年头的叫"进灯"，年尾的叫"满灯"，并设宴招待广大信民。平时初一、十五或逢年过节也有不少信民前往烧香敬神，庙里长期有专人服侍香灯和祭供。据说坪地山整个村庄都好在这水口封锁严密，只见来水，不见去水。阴阳学上认为水为财，流水就是流财，库水就是库财。因此，这个水口对整个村庄来说起到藏瑞蓄财、纳阳储气的作用。再加上有庙宇镇守，更能确保一方太平，年年风调雨顺，旱涝无患，人畜平安。

浪高千层。一切风生水起，总是有来路的。而在这层层垒叠之后，冥冥大化之中，坪地山已完成一次革命。有些东西，必定水到渠成。

当所有水躺下歇息的时候，我才察觉池面跳起了一个一个的小涡旋。灯光亮起来，游泳的人潮早已消净。我摸摸脑袋，发现头发、脖子、鼻梁、眼睛上早已落满了雨沫子。秋天的雨线没点声气，有谁会戒备呢。它们在水面上、路灯下跳着针脚，就像贴在古老夜幕上的银绣片。我知道，这些从天空出走的水，和我们一样，都是坪地山的夜访者。我们就这样坐在地球的小角落里，相依为命，又默默无言地守着一池山泉进入梦乡。然而，我们明天即将离去，而它们却是水的种子，带着畅游天下的信息，打在瓦面上，窗台前，树林里，稻田间，将在这里长住下来，落地生根，结婚生子，安居乐业。和坪地山民一样，在这个时代，它们又完成了一次迁徙。

而我，将去往哪里呢？带着坪地山的血液。

月子湾访记

1

这是罗霄山之诸广山系腹部，丘壑无穷无际，从古至今，到底收容了多少村庄子民谁也说不清楚。有时翻过山岖刚见一户人家，闪眼又是见头不见尾的山林坑子。在这样路段驾车，想开个玩笑都不行，稍微打个野望，就可能竹筒似的跌落涧旮晃里。

车子像活塞般一截截推进，旋过山坳，转过山咀，蕉溪环绕处，打眼是个香樟把口的小村寨，几坂稻田簇拥着数户人家就立在那里，水泥路到溪头水陂一角就断头了——这就是黄沙坑，一个姓邱的宗族村落。说村落，其实也就一个屋场。

都是新近做的楼房，阿婆头已花白，单单削削的，着件墟摊上随处可见的那种麻麻灰灰的对开红花衫，一卡卡头发缚在脑后。她笑容好，讲客情，端茶倒水，还从橱脑搬出一只金光灿亮的饼干桶，打开盖子晃晃，搜出过年吃剩的半小袋葵花籽，倒在碟子里招待我们。虽已年过七十，看她行事说话，眼嘴都还利索，只是说脑门痛，出门遇点风，脑帮子就风箱似的嗖嗖凉。

我以为这就是外子的扶贫对象，挨着她嘘寒问暖。谁知真正要扶贫的竟是她大儿子，但他怕见人，每次都不知跑哪去了，至今没照上几次面。据说他身子矮小，没胆，怕生，懦懦缩缩的，用上犹土话说，跟有卵子一样。年轻时媒婆上门做介绍，带他去相妹子，他一见人家客女，"哇"一声就起射子跑，躲到山上不下来。这以后再也没人敢做介绍了。他半捱半就地做着半吊子，一晃就挨过了趟，如今满五十，还是个悬吊丁的单扎佬。阿婆一日望过一日，对他疙穿了肚，渐渐没了望头。他也心灰意懒，啥都不愿动，田不耕，土不种，幸亏现在党的政策好，靠吃点低保过日子。

前几年上头来了精准扶贫，他被列为扶贫对象。村干部和扶贫干部一日日上门做工作，去年他终于养了一塘鱼，放了三百多尾脘子和鲤鱼。他一早一晚提个篓，房前屋后割草投下去，然后就收工回家靠天吃饭了。这山坑旮旯的，稍微有点脑子体力的都跑城里做事了，平日里人影都见不了几个，不说不笑，连个挨吊受骂的机会都没有。阿婆担心他憋坏脑子，一旦郁病发作，一头栽倒田坎河下也不是事，也就不怎么管他，一个人当作半条命活着吧。

老大住的屋子是她和老伴手上做的。在半山腰下，二十多年了，黄泥瓦墙，四扇三间。那年代，村里人起栋这样的屋不是小工程。看风水，挖屋基，担石，挑瓦，起墙，上梁……这离圩镇十几里地，这虾米一样躲在山肚里的坑旮旯儿，哪样不得请人工搬运打肩挑，等到坪前屋后整出模样，上山腰的小路开好，一辈子已经过了一大半。人一生世真是经不起两下花呀，你看门前的柚子树正枝繁叶茂，老伴却已到另一世界寻不见了。屋左边的坪还空空的，原打算日子宽了再接个厢房，如今只好用来架柴垛。再过去是微微的山谷，半躺半赖地窝在那里。映山红开了，一条小路拖着山沟流水，嘤嘤嗡嗡地绕着树林下去，山脚是一畈一畈开满野花还没翻耕的稻田，一直钻到山坑尾底。坑尾过一个山坳，就是梅水墟。

那一年，小儿子在东莞打工带回个广西妹子，不久两人结婚生崽。头胎女孩，第二胎七个月就出门打工去了。阿婆拉扯着三岁的孙女和刚断奶的孙子，虽然忙了灶头忙田头，日子零零打转却也井然有序。龙生龙，凤生凤，生个老鼠打地洞。乡下人日子循环往复，哪个不是结婚生崽做屋娶媳嫁女带儿孙呢？享多大的福是不指望的，那年头国家不让多养，有了孙子做种这辈子就算有交代了。谁知道老头子突然中风，瘫痪在床上茶饭都要人端给他食，她一个人招呼着一老二小，常常顾了这头顾不了那头，那日子才叫造孽。老头子也蛮可怜，有屎有尿服侍不上，就自己坐在长条凳上，两脚夹着凳子拖了去茅厕。这样连病带拖苦了一年多，老头子撒手离她去了。至今一晃六七年，自己都上八十了，屋左边的坪依旧空空的，原打算再接个厢房的想法看样子实现不了了，也就随他晾晾衣服堆些柴垛吧。

小儿子夫妻俩在离家三四十里的黄埠工业园打工，拉玻纤，起早贪黑，一年能有个五六万进口袋吧。这些阿婆不管，崽大当家，锁匙由他们挎着，有食没食尽他们的本事，她一个食闲饭的婆子，听他们安排就是。只是一双儿女留在家里无法照料，只得由阿婆带着。男孙八岁，女孙十岁，分别读小学二年级和四年级。黄沙村窝在山丛里，陡水镇太远，山路盘盘绕绕，上学不便，儿子便每月花三百块钱在隔壁梅水镇租了屋子，平日里由她陪着在镇上小学读书，周末，她才得闲回来帮帮老大。这不，昨天下午，才带孙子孙女从梅水走了一个多小时路，断夜边子才到家。"带了细伢子毋好走呀，他们不会走路，要是崖我一个人，三刻钟就到了。"

去年小儿子两口子回来拆了祖上老屋起砖盖新楼。老大说自己拿不出钱没法参份，就不做了，反正一人待在父亲留下的老屋挺清静。

2

和八年前我随作家李伯勇、阳春、龚文瑞三位先生造访月仔村不同，这次沿江土墙瓦屋已被大面积地推平，禾田篱笆畦圃难觅踪影，那棵我们流连忘返的数百年芬芳老桂竟不知何处。青山碧水，新宇高栋，高高架起的电缆攀村过岖，连通着山外的县城和世界。除了那些挂着鱼馆饭庄之类牌子的楼房，大部分人家都深门锁户。斜燕翻飞，杂花生草，水泥坪路蜿蜒，菜土棘蓬烟树，偶尔有野鸡随着人声嘭地飞起，各种不知名的鸟雀蜂虫在山林灌木窠里高高低低欢鸣。这里除了房宇标志着农民居住权，几乎已是人声隐迹的世界。

在一座门外养了箱蜂子的楼宇，我停了下来。门厅开处，一妇娘埋身在一堆毛竹桴子里下叶，边上堆放着几枝光光的桠子，还有十几只新扎未上柄杆的竹帚。看样子是预备到墟日，拿这手艺陡水镇上当街卖。这种竹桠扫帚筋实，晒坪上扫谷物豆菽等重头大料，它最鼎力，稀里哗啦大将军似的，每年都要用秃好几把。平日里居家扫尘除秽，上犹人一般用秫籽扫。那种脱籽后的秫秸扎成的扫把，大人们使用时需弯腰勾背，小妹妹只需握在手里即可，平声静气不着痕迹。

这让我想起鹤堂的日子。夏日落雨，母亲闲致上来，会瓦檐下掳出一大捆竹桠子，拆散让我们帮忙捋叶。竹桠是毛竹枝桴或尾梢，平日父亲砍竹编篓削攒下的。偶尔伢子戳皮弄拐，犯天条惹大人怒了，竹梢子就是惩罚消火的刑具。竹枝芒劈腿扫过来，噬皮咬肉的，让你痛彻心扉又不伤筋骨。棍棒出孝子，中国人的慈爱几乎都是大隐于恨的。但除此大多欢喜，我们伢子端只矮凳坐在竹堆里，听父亲打古猜谜或讲识谎生诓人的故事，分不出哪是笑声，哪是惊惶，哪是叶子。母亲就在这笑声里，捉麻绳将竹桠小匝小匝缚好，然后挑根大篾，一端扎紧门槛，另一头拽紧咬在牙根下狠命绷直，篾骨吱吱的，桠子一卡一卡吃进大篾里，旋扎，紧篾，整形，雨水多清长，扫帚多清长，日子就有多清长。

"你奶奶扎的怕蓝大的。是被人家骗了。"下面那个德充叔说："秀福嫂唐江的扫把挺好卖的，搞得你奶奶挑得去了。没一人买，也没人家问。你奶奶回来去骂，他还笑起来。"

陡水的歪边竹扫，赣南首选，轻巧耐用不脱节。信丰有两边的，杆把在中间。信丰一带歪边扫出现不到二十年，均是上犹崇义一带流入。扎成两边的竹扫，远不及歪边（单边）竹扫实用，信丰包括靠信丰的南康一带，几乎在三十年前左右很少有歪边竹扫，随着人口的流动带回了单边竹扫，这技术才被当地人知，到今天，本地人扎成的单边竹扫仍不及上犹一带扎实好用，我一年不少二三十把竹扫，很清楚个中滋味，而我也从那边带过竹扫回。

那是敬天惜物勤俭持家的年代。一日惜一日的吝啬，成就天长日久的丰足。想想千百年来，我们为什么始终以俭啬为美？天地大德曰生，大自然取之不尽，我们以可能的方式，维护着我们的用之不竭。

隔壁厨房里，新贴瓷板的灶台下，架着一只大笸篮，上面趴着几行肥笋。妇娘说笋子昨天刚下山，当夜沸锅里煮透，时鲜得很，熏几只笋干搭搭日子。问及家况，这位妇娘将头更深地埋下，样么子哇（怎么说）呢？她顿了顿，抬头有些警惕又不好意思地瞅瞅我拍照的手机，算是揣摩我的身份和图谋，然后不情愿又不得不礼貌地吐出几句话：笋子也要得拍么？我说细表嫂，我是陪干部来访贫的。她即刻仰眉堆笑，起身捉了壶子要泡茶。我伸手阻了她。样么子哇呢？她说，比过去好是好很多，鱼不打，田不种，也就这点岭岗（山），不就是吃山上那点子东西？

表嫂宽额阔面，一身膀肉滚圆，一看就是那种勤劳能干命好的农村妇娘。但不说也清楚，和眼前这栋崭新阔绰的楼厦相比，她这点山货纯属居家自乐捡点闲钱，绝非主业收入。她家男子佬在做什么呢，伢子们出门去了哪里？除了低头，她只用大把大把竹叶将话题深深埋住，算是落寞，算是幸福，也算是应答。

靠山吃山，就水吃水。尽管贴着水面居住，如今月仔村人已很少挖笋打鱼。随着陡水湖旅游开发，他们除了以家为店开餐馆做点小本生意，并没有新生出什么套路，更多的将新楼做本空仓在那里，将年轻力壮的身子投资城市，他们将得到什么红利呢？未来，日子，市场，资本，野心，以及一望无际重装了大脑，却和父老乡村无法兼容的下一代。

在这山深水阔的陡水湖坝下，尽管有重林薄雾层层深锁，让人恍惚产生瓦尔登湖的幻景，但在巨大的全球信息化工商化潮汐面前，这里真正原始意义的农家其实已经败退二线。这里可以成为未来小资的瓦尔登湖，却俨然不是野老村夫那样的桃源世界。

赣南暮春小调

黄昏，想起山上老人。这一季，居然还没进山。糖盘子花是否灿烂，那些风华正茂的金银花，怕已开到花事尾期？

赣南的春媚到这个时辰，已经垂垂将老。阔叶榕完成了换叶程序，一天天绿得蛮横起来。菜园里断了青，芥菜已瘦成一杆骨头，田畦里，萝卜谢了花期，被弃在荒土里，只剩一层皮壳。卷心菜说则半老，其实已经食无味。君达菜强作声色站在那里，那种绿，显然行将没落。

一切都在打移交呀。田坎下的狗婆蛇已经很肥了，水渠里蝌蚪刚长出两枚细足，小斑鸠似惊无惶地在公路上踱着步子，等到车子开到眉前，才噗的一声扇翅飞走。草滩上，稍一动步，就有一群群小生命四处惊惶逃窜。你看辣椒茄子，百香果，一副掌了权还没坐稳江山的样子。

禾苗塞垄，浮萍一丘丘地争霸着水面。青蛙拐子唱起了花旦，偶尔一声老腔，那是蛤蟆开嗓门了。花挂果疏蔓，一边聊瓜事。去年初夏疗脚伤，曾挂杖和外子于其坪院沏茶。晚风天籁，千山坐怀，看云飞雾走，有螟虫化蝶。瓜农一边

疏瓜蔓，一边聊瓜事

阳光开始长肌肉了，雨水破了癸，那些从身边走过的风，也一天天变了声，不再和你奶声奶气。花草从泥岗田唇冒出来，此时随便踩一脚，鞋缝里灌满了花粉和叶绿素。地皮菜肥得打堆，青李毛桃结得硬鼓硬实，山上的毛笋一个个野心勃勃的，还有田坎上一窝窝新吐的蚬公土，让你随时有青春跋扈的眩晕感。

空气里到处都是飞动的荷尔蒙。你看五点就爬到窗子里的黎明，一副少女初乳的样子。水田里新莳的秧苗，一排排的，恍如怀春闺女水汪汪的眼睫毛。松梢上抽出了蜡烛花，有时打树下走过，头发领子上会落下一粒粒金粉。糖盎子开得翻岩倒壁了，雪白的花瓣托着金蕊，让人怀疑是一枚枚含苞欲放的荷包蛋。蒲公英是懂事最早的，这个春天第一菜，除了水煮凉拌，此刻已经开到招摇，到处放养着自己的私生子。新娘鸟鸣叫起来，老蛤蟆高一声低一坎的，和着鹧鸪鸟，以及肆无忌惮的田鸡，一个个湿漉漉的分贝，都是沾了花粉的赣南小调。

鼻子不知何时膨胀起来。那一春的雨水，经过红色酸性土壤发酵，随处都是青苔、青草和花色素的味道。河坝上黄荆刚长好叶子和新条，背了扁篓割下，丢进粪坑里沤着，可以醒脑通性，驱杀蚊虫，又是耘田绝好的基肥料。脐橙花喜欢成群结队，稍稍打个眼拐，就笑出好看的酒窝和牙齿。栀子花半推半就地开放着，它们在晚春的夜色里，泡着月光，天地间，就有了脉脉清欢的味道。苦楝花与女贞子是高冷的，那种万树生烟的紫白气味，给人绝断尘俗，悲天悯人之感。

菜园里已经断青料了。乡下人为了服侍好栏里那几头猪，每天都得挎个猪草篮子，走摆子一样打野菜。捋红皮菜叶子，摘野鸡尾，拔苦斋菜，扯奶薯苗……这些甜蜜清苦的植物，是多少生灵的粮草，每拔一次，都是乡人与自然达成的秘密协议。

摘猪草其实也是打野食呀。那些新怀了肚子的少妇，一天到晚口水咕咕的。如果撞上一篷蘻泡子，野枇杷，或者肥嫩的酸筒管，蘻条芯，无论如何，心里都会快乐得尖叫的。实在不行，也可以绕到樟树潭边去，那河坝上茂盛的酸籽，一撮一撮捋到嘴里，足可让人幸福十几秒。映山红一枝枝折下来，投到溪流里清洗，整个世界都酸酸艳艳地流动起来。

几霎暮春的雨，把枇杷喂得圆头大耳。阳光收一收，就可以新鲜上市了。伢子们是等不及那一天的，枝头稍微见黄，就小贼似的溜上了树，东一颗西一颗地啖食解馋。鸟虫们最懂得猎食天物，那些向阳的汁肥液厚的，几乎都被它们贪嘴尝过新。桑葚肥得妖冶，风一吹，落到地上就酱化了，成了一幅美丽的版图。囡囡们有一天没一天地围在树下捡食，嘴唇也喂得乌紫而甜蜜，说不出谁是谁的主。这样的暮春树下，免不了谈情说爱的，那些姑娘小伙子，以及飞鸟花虫们肥艳的爱情，就这样熟到弹指即破。

大自然每一种草木都是一道敞亮的哑谜。很多时候美味和美色截然相反，比如那些长有虫眼的丑陋的枇杷，恰恰是你可放心一饱口福的珍品，而那种山野里妖艳无比的蘑菇，恰是让你一剑封喉的秘器。

可直到昨天，我才从兴国一位文友嘴里得知，我小时候常喂给猪吃的一种草，叫婆婆纳。婆婆纳，很母性的名字。让我一下子记忆茂盛起来。

在盛大凌厉的夏事面前，峰山开始沦陷。山土泥石吸足了雨水，经不住几阵辣雷，路坎山崖就止不住塌方。芦箕草木暴涨，荆棘野藤勾肩搭背的。那些无知无畏的毛竹，拿出吃奶的力气，拼了小命往上蹿。野虫是最不知天高地厚的，暴雨一般，一浪浪在山林摇声呐喊。世界早已乱作一团，分不清哪里是树，哪里是云，哪里是风，哪里是路，哪里是花。

油菜从不会多愁善感，无边的花落了，好吧，我就趴在田野里安安静静地繁子育孙，这一荚一荚的菜籽，每一荚爆裂开来，都是富国强兵。就让那些卿卿我我死去活来的国色天香们荒淫误国去吧。

还是席草活得淡定呀，当你们天下纷争的时候，夏，已经在我手上了。

赣水深处

在静默的储君庙前，我们最终和同行了十几里的赣江无语告别。赣水茫茫，自此一泻千里，奔向遥远的鄱阳湖。而我们要去的，却是藏在赣南深山丛中的一个古老村落——夏府。

汽车在回旋往复的山沟丘陵间蜿蜒前行，山林溪涧，村田桃花，春的气息已悄然弥漫。而峰回路转间，窗外乡景叠换，地势渐高，不知不觉已行至群山高处。凭窗远眺，峰峦绵延，林海苍翠，而那赣江，却已再寻不见他的踪影，难道他真就这样离我们而去？沿着我们的心绪，山路开始向前低回延伸，车内悄然无语。对于生于斯长于斯的水域，人们常常有一种说不清道不明的深深情结，如同血脉亲情，总是不着痕迹地沉积在自己未曾察觉的灵魂深处，无声无息，只有在分别之后才会不经意间翻腾而起，怅然若失，依恋如梦。

汽车已进入赣县湖江乡，我们要去的夏府，正位于它的境内，但更确切具体的方位，一行人却全茫然无知。于是除了沿途用眼睛隔窗搜寻外，只得一次又一次地遵循当地乡人的指点。"快看!"蓦地有人欢叫起来!侧头望去,所有的人忽然神情一振,那竟是一大片宽阔平缓的江波!朗朗的阳光下,浩浩的波光清亮而宁静,舒舒展展,大大方方,就那么水光粼粼地从公路边逶迤而过……我们心中一动,那不是赣江么?他离我们而去,七弯八拐地难道竟也来到了这里?赶紧下车,问过水边船主,果然是赣江!是啊,在这广袤的赣南山地,除了他哪还有如此宏阔的江流?江水的中央,嫣然恬立着一湾林树烂漫的小岛!长约一千多米,桃李缤纷、花枝灼灼、水鸟翔飞,春的气息仿佛在顷刻间喧腾了起来!

我们很是兴奋,为在这深山里和赣江的意外重逢;同时又有些羞愧,为自己对日日相伴的江河的浅薄无知。对于熟悉的东西,人们有时可能会最陌生,因为熟悉、习以为常,往往会令人熟视无睹,而从不去关注。原来,赣江自储潭乡后,迂曲向北,百折千绕,沿途六十里,流入湖江,随即将离开赣南,进入万安……眼前的河段,正处于湖江和万安之间。而那花树明媚的小岛,却是赣江即将远游时留给家乡的无限深情美丽的一瞥,它的名字,唤作小湖洲,又称桃花岛!

我们忍不住雇了船,欣然向岛上飘去。这藏在赣江深处的小湖洲呵,简直是人间希望的浓缩!一百多万平米的土地上,金灿灿、黄澄澄的菜花"哗"地喷涌开来,坦荡到底,浪涛般的色流仿佛要把我们淹没,阳光般的花海简直要把我们燃烧!在这样金黄的色毯上,一棵棵的李花如流云在舒卷，一树树的桃花如丹霞在流溢……蜂蝶翻飞，好鸟相鸣，花香浮涌……我们如痴如醉，几乎忘了人间，恍恍惚惚似乎如风筝般地飞了起来！缕缕微风拂过，岛岸上的花儿缤纷飘舞飞落，一瓣瓣、一片片、一点点，粉红的、浓黄的、莹白的……"花瓣雨！"不知是谁呼出了个如此有灵性的语汇，是呵，晶莹瑰丽的花瓣雨！落英缀在江波里，如胭脂点水，如雪蝶戏波，如金雨滴浪，直逗得水边岛树根须丛中的鱼虾上下游弋，悠然相戏，生趣盎然。

沐着花瓣雨，我们恋恋地下了岛岸。赣江如此深沉，千百年来，他把自己对故乡的全部依恋、对他乡的所有憧憬、对未来的一切希望竟然全都悄悄地播种在了这里！生根、发芽、开花……直把一片荒漠的洲岛植造得如此春意盎然、熠熠生辉、蓬勃美丽！来来往往的舟客，你们都看到了么？岸上匆匆碌碌的人生，你们都听懂了么？

望着我们痴迷的神态，舟公笑道："在古代，凡到这里的舟客是根本无暇欣赏桃花岛的！"是么？我们满脸狐疑。他悠然一荡，指着前方水域说："历史上赫赫有名的赣江十八滩之一——天柱滩，便在这里！"赣江十八滩？我们不由得倒抽了口冷气！十八滩的凶险，人人皆闻，没想到今天在这里意外相会，更没想到会和这美丽的桃花岛联系在一起。或许，世间的凶险常常追随着美丽？古纤歌云："赣江十八滩，滩滩冤魂缠，航船从此过，如过鬼门关。"古民谣唱曰："赣江十八滩，好似鬼门关，十船九舟险，滩滩心胆寒。"然而舟工说，十八滩的险，却尤以这小湖洲旁的天柱滩为最。滩中有三座石峰暗伏中流，舟必三折而过，浪涌如山，涛鸣如雷，风声裂胆，水色寒目，多少商贾为它舍舟登岸，多少迁客为它望而却步，多少谋生的舟工被它葬身水底，又有多少豪气的滩师为它搏击中流！环环相套的旋涡、狰狰相对的怒石、层层相卷的白浪、滩滩相和的号子、声声相逐的滩鸣，直把一方山水激荡得冷气森森、山呼谷应、惊心动魄、荡气回肠。赣江呵，面对滩石的百阻千挠，你是如此的怒气冲天、桀骜不逊！面对深山的千关万险，你又是如此的撼天动地、所向披靡！你是在积聚毕生的气力，朝着遥远的未来冲刺呼啸么？"青山遮不住，毕竟东流去"，你的未来注定流入宇宙的浩瀚无边！

舟工告诉我们，天柱滩下游约十里开外，还有个黄泉滩，滩石形如巨人，横卧江流，凶险异常。古人鉴于此段水流险恶，于是凡逆水南行之船到了黄泉滩，顺水北行之船到了天柱滩，都各自泊岸，卸货沿江陆行，另请当地"滩师"导航，空船而过，到达安全地段后，再将货物重新装运上船。于是原本荒僻冷清的江岸逐渐喧腾热闹起来，一时商贾如云，店铺林立，货物如山，挑夫如潮，逶迤几公里，终于成就了一个赣江深处清明上河图式的繁华村落。

由于下游万安水库的建成，江流水位陡涨，再加之解放后赣江十八滩石的炸毁，如今赣江早已一片通途，鬼门关不复存在，但对古迹的好奇，仍然促使我们踏了先人的足迹，在天柱滩前登上西岸，绕江一路北上。几万年江水的冲积，西岸一片肥沃开阔。松软肥厚的土地上，菜花畦畦，枣林片片，春塘点点。青山微合中，阡陌相交，鸡犬相闻，田舍相望，一片安泰祥和。忽见一村路口，一座巨大的牌坊安详静立，上书"夏府"。呵呵！夏府？一路苦寻而不着的夏府，竟然就藏在这赣江深处？舟工说的那个清明上河图式的繁华村落，就是我们要找的夏府？我们就这样轻易而偶然地走到了她的面前？人生大概总如此，刻意追求，不一定给你结果，而当不经意时，它却总给你意外和惊喜。

夏府不动声色地立在这岸边，究竟等了我们多久？等了赣水多久？等了苏轼、辛弃疾、王阳明、文天祥多久？等了千千万万来自中原的客家先人又有多久？夏府静穆，只有无数的蜂蝶在菜花枣枝间舞蹈。赣江在深山丛里跋涉了那么远，到这里已变得非常暴躁恼怒疲惫，他要放纵、要宣泄、要抚慰、要送别，夏府便在这岸边耐心地等待着、隐忍着、倾听着、宽慰着、告别着，慢慢地，便成了一位慈祥静穆的老人。赣江，也渐渐收敛了他的野性和狂放，变得含蓄、深迫、平缓和实在，他从夏府身边流过，闯出丛山后，究竟去了多久？走了多远？夏府不知道，也从不打听。她的身上，微微地散着客家人淳厚善良的光辉；她的脑海里，深深地印着当年无数挑夫留下的汗滴脚印；她的额上，斑驳地延伸着一条驿道鹅卵石铺成的长长皱纹；她的脸上，淡淡地浮着繁华落尽的微笑；她的眼里，无声地贮满了岁月沉淀后的波澜不惊；她的灵魂里，静静地回荡着赣江千古不变的涛音……
而她用了这所有的一切，渐渐地酿造出一缸缸浓厚香醇的千
年客家米酒，闻醉了一村的才子，还豪饮出了一位荡气回肠
的戚家英雄！一去不复返的赣水呵，你知道么？你在鄱阳湖
听说了么？你在长江听说了么？那十八个进京赶考的才子早
已衣锦还乡，那个叫戚继光的英雄浩气早已流遍了东海的每
一个角落！

　　赣江奔流不息。他岁月的江底，凹凸着一道道十八险滩
痂结成的疤痕，静静映衬着江波上桃花岛美丽的光影；他灵
魂的深处，深深泊着一位唤着夏府的客家女子，那女子用了
一生的聪慧和灵秀，默默守望。

青绿崇义

　　下午，终于结束了一场可有可无的考试，和朋友坐了班车，乘着暮色，直奔崇义而去。

　　对崇义，一直有种与生俱来的神往与好奇。那些曾在画册上见过的藏在山丛里的客家美丽村庄，那些站在田边怯生生地打量着公路上过往车辆的朴实房舍，连同那里安安静静地生活着的人，总是那样恬恬淡淡地吸引着我，让人总会生出朝它走去的冲动。

　　几个月前，当我终于第一次踏上这片神往之地时，才知它的美其实远胜于纸上图片。这个与湘东群山相背而立的江西边陲小县，建县仅有几百年历史，却早已以云天般的竹海闻名海内。行走乡间，一山接一山的竹绿如云涛般大片大片铺盖下来，仿佛一场期待已久的夏雨瓢泼而至，酣畅至极，淋漓得让人几乎要尖叫。在绿的渲染下，如轻音乐般，总有一抹抹溪流含着温润静静而来，远远近近，高高低低，枭枭的声音仿佛跌落进历史的深谷。炊烟处，偶尔有一串串鸟鸣被高高挂上林梢，便有客家人的乡语飘着泥土的香味在山坡上闪闪烁烁。

"上堡上堡，高山顶上水渺渺。"崇义人如此概括家乡美景。我的脑海里从此便永久生出了一幅高山雾海、云里梯田的美妙图画。水渺渺的高山实指著名的崇义上堡梯田，那是我倾慕已久的乡村景观，可惜上次竟未曾实地见着，叫我怎能不生遗憾而念念不忘呢？这次去崇义，应该可以如愿了吧！

窗外暮色渐浓，崇义电话不断过来，王部长及小说写手王国平在那头巴巴地等我们吃饭。车子似乎并不理解我们，吞吞吐吐走得很不利索。也难怪，山路崎岖，快不得！"太晚了，你们先吃吧！"过意不去的话已在电话里强调数遍，对方却执意不肯。正如大山一样，崇义人执拗的热情有时根本无法商量。

到得县城，已近晚上八点。秋夜山气袭人，即便走在街上，也能闻出山上飘下的湿湿的草露香味。欢欢的乐曲声隐隐飞来，来接我们的王国平说那是女人们在广场跳健身舞，奔放热烈，天天乐此不疲。看来，现代审美意识早已俨然挤进了这片僻远山区。

饭桌上，崇义人劝酒的火爆劲叫人很有些心惊肉跳。菜色上来，人未坐定，酒便呼啦啦一支支地开了，"喝！不会喝酒的下次别到崇义来！"主人热辣辣红火火地吆喝。不容分说，大杯小杯早已被次第斟满，于是哗啦全桌一饮而尽，酒的味道顿时激荡遍每一个角落。再倒，清一色的满杯，由

240

不得你推辞，一杯一杯便轮番敬了过来，大有风雨满楼、翻江倒海之势，令来客大多未端杯而先怯场。于是，酒声如潮，翻云覆雨，主人狂轰猛炸，客人强打硬撑……此时，我只有暗暗感谢上苍，幸亏未把我造为男性，否则，真会难逃一劫。对于女性喝酒，无论哪里，总会给予应有的尊重，这真是做女人的莫大好处！然而又有些遗憾，男人推杯换盏、觥筹交错间，释放的又岂止是单纯的酒精快乐？更有豪气干云的酣畅美和"机关"暗伏的斗酒锋芒美。男人爱用酒挑起一场"杀气"腾腾的战争，更爱用酒的笑容将硝烟的惨烈轻轻松松抹个干净。那驰骋酒场一醉千里的英雄快感和千杯恨少吐尽一生的莫逆交情，又岂是任何一位安静娴雅的温柔女子所能领会？就让我自在地品味这一桌子的山地美味吧！有时，做个置身酒外的逍遥旁观者也未尝不是一件快乐的美事。恍然有悟：怪不得有人说王国平的小说里有股"匪气"！即便饭桌上，他这种酒的"匪气"也是相当霸道的。脸酣耳热、醉语酩酊，一片杯盘狼藉间，明天的行点不经意间也已敲定：思顺的茶寮碑刻和一处未被开发的"九井十八厅"客家古民居。茶寮碑刻是明朝一代理学家王阳明留给崇义的胜迹，不看枉来！而客家古民居，对于一直执着于打捞赣南历史文化的同伴文瑞来说，真是再贴合心意不过了。只是我向往的上堡，恐怕又要去不成了，幸亏如今已过了它秋黄的最美时节，只得留待明年佳日再去吧，这样安慰着自己。

深夜，和朋友躺在旅馆里，聊及文学与绘画的默契之处，兴味盎然。对面，一个不知名的厂房里一片灯火通明，穿梭忙碌的工人身影清晰可见。人间是多彩的，即使是咫尺间，也隔着两个截然不同的世界。厂房里在制造着我们赖以生存的物质，我们又能为他们创造什么呢？恍惚间，王阳明的身影从历史深处飘飘而来。这位名垂千古的理学家，因了崇义当年一场风震朝廷的匪乱，在赣南这片荒远山水里，凭借自己的心学思想，固然为朝廷征剿出了一场血雨腥风的辉煌胜利，从而成就了自己一段威风八面的武治人生，但让崇义历史千古铭记的，却是他一手创设了崇义县的治所，他为这一方百姓带来的浸润千古的理学教化……他把人类的文明之风播撒得漫山遍野，将山民的荒蛮匪气治理成崇尚礼仪之风。他把对这片山水的深远期望题写在厚重的县名里，崇义人又将他的名字永远生长进历史的大山里。今天，摸摸崇义的每个角落，哪把泥土闻不到哲人温润的思想气息？哪棵草木听不见哲人心跳的声音？可见，一段思想文明的生命力要远比一地物质文明的生命力繁荣昌盛，然而，若没有物质文明的一代代坚忍喂养，思想的文明又怎能滋长到现在？也许早已饥饿死去。因此，走进崇义的我们，在享受这里美丽山水的同时，又怎能有理由不对这里的每一个人、每一段历史、每一棵草木、每一掬泥土心怀敬意呢？

早饭，一直未曾露面的当地青年小说写手杜书福迟迟才到，原来他昨晚和一拨友人也喝了个烂醉。车子临时有变，茶寮碑刻和九井十八厅古屋因路程太远，均去不了，只能到就近的过埠镇去转转了。想去的地方一个也去不成，我心里颇有些沮丧，可车子确有难处，也只得客随主便了。

过埠位于崇义县城西北。短短二三十分钟的路程间，车子到底绕了多少青山、拐过多少小村落，根本无法记清楚，只觉得眼前忽然明晃晃地一亮，仿佛天上掉下来一般，前面突然闪出一大片水光漾漾的湖波！鲜粼粼、清爽爽的湖面仿佛蓝天轻云般恬谧和安静。这真是大大出乎我的意料！在崇义走了这么久，这样大面积的水域还真是第一次见，天光水色，平波秋影，鸟飞滩白……安静得简直可以听见水波回眸时那浅浅盈盈的轻笑声。出门时的沮丧早忘得一干二净，直怪自己，早知道过埠有这么漂亮的湖水，打死我也不想去上堡！忽记起古人的"望断秋水"，傻傻地想，如果谁给我一幢小木屋，我一定会在这里安安静静从从容容地守望他一辈子。可是，如此洗净铅华的湖水我配么？或许只有李清照的蚱蜢舟才能相称吧？或者英国湖畔诗人华兹华斯？朋友不说话，举着相机忙个不停，是啊，不拍，简直是暴殄天物！

"这里是陡水湖区水尾！"不知谁说了句。陡水湖？我一脸愕然。那不是我们上犹家乡么？绕来绕去，难道我们竟站在了家乡的水尾？"我住江之头，君住江之尾……"我的家，就在这水天之处么？怪不得这水如此牵我魂魄！王国平诙谐的崇义音腔，开始如数家珍般向我们介绍过埠的诸多风物特产、乡土人情，直听得我们兴味迭起、一片神往。原来，早在陡水湖之前，这里曾是一条明秀的江流，名大江。

大江和犹江一脉相通，经章江，入赣水，之后一泻千里……因了这条秀美的江水，过埠一度曾是崇义的鱼米之乡，江田肥沃、水产丰美、竹木连山……以致崇义当初几度想把城址设在此地。丰盛的物产、水路的便利、独特的地理位置成就了古人"头唐江，二营前，三过埠"之说，唐江和营前均为犹江沿岸名镇，它们繁盛的历史风华文瑞君早已有妙文写就，过埠虽未染笔，但有了前二者的显赫，我们也可从中略窥一斑。当年，大批的崇义竹木及各种山货从四乡八里纷至沓来，大小商贩云集这里，一条条竹筏木排负重沉沉顺江而下，经营前，过唐江，下赣州……山回水转，滩鸣浪飞，长篙险岸……大树般壮实的放排汉子，稳挂着崇义人的勤奋和坚韧，两脚生根般一代代在江筏上来来往往、去去回回，粗野的号子引来了两岸多少女人羞涩的目光？挥动的长篙撑走了多少水酒般的心事？哗哗的银子捎回了多少外面的世界？过埠人自己也说不清楚，"哥哥放排下唐江，妹妹站在江岸望……"只有一路粗辣辣的歌声至今仍动人可感。如今，青山依旧，放排的阿哥早已老去，江岸的阿妹也早已远嫁他乡，往事皆淹没在时光的湖底，只有留守的过埠人家依然傍着湖水在山上花开花落。随着公路的建成，陡水水库的拦截，过埠的水路辉煌已然是过眼烟云，一切皆成历史。湖岸上，小镇的人们穿梭来往，叫卖声此起彼伏，热闹而不浮华，昔日的显赫已风轻云淡。显赫也好，平淡也罢，过埠人却依然故我，谁也不把这些挂在心里。

沿湖岸上行，随意走进一个村落，竟是个刚开辟的新农村建设示范点，叫长太村，新村风貌已初见端倪。水泥公路沿山而行，十几户人家一概依山而居，户庭整洁，白墙黑瓦，水泥坪院，林树参差，疏朗有致，坪下仍泛着青绿的草坝上，几头嚼着草的水牛在安详地朝我们远望，除此之外，便是蓝天般碧澈的湖水！我被这里简朴如斯的景色深深打动了，忍不住上前邀牛频频合影。这里的牛表情是温和的，随意、安定、自若，一点也不生分拘谨，更没有让人屏声敛气的戒备和警惕，以至我在这美丽的秋水湖畔，竟然和它们做了好几个轻松默契的眼神交流。男人们到底不像女人容易忘世，他们坐在农家厅堂里，就着茶水，一边酥酥地吃着山里客家的烫皮，一边谈论着山外纷纷扰扰的文坛世界。我站在阳光下回首，觉得一切烦恼，皆在千里之外。午饭上来了，清一色的湖鱼，琳琅满桌，鲜美无比，这回佐菜助兴的，却是一壶壶热气腾腾香味悠长的客家水酒。"莫笑农家腊酒浑，丰年留客足鸡豚。山重水复疑无路，柳暗花明又一村。"在浓浓的谈兴中，一群文化人就这样不知不觉醉入宋人的诗境。

离开过埠时，陪同我们的副镇长赖新华和我们告别。一如这里的山水，这位年轻人朴实得不见声色，但正是在这种朴实之后，我却分明看到了一种雨洗云空后的净美。车后，湖水渐离渐远，我轻轻挥手，哑然一笑：小木屋是不适合这里的，蚱蜢舟也太雅致，华兹华斯更听不懂这湖水的声音，真正配守望这湖水的，应是这些朴厚丰美的过埠人家！

路上，大家由过埠人家说到整个崇义。崇义人应大都属新客，所谓新客，是指明清时期从闽粤返流倒迁回赣的客家人。赣南山多田少，区区开阔平坦之地早已被代代朝朝先行定居的老客占尽，新客无奈，只得携着老小往荒远的大山长谷里挺进，开山辟水，择坡而居。荒山野谷、虫兽出没，更夹杂着和土著人的激烈生存斗争，严酷的生存环境造就了崇义人的韧烈"匪气"，而秀美的山水又将这种"匪气"的烈性轻轻抚摸成温韧，再经过一代代文明教化的浸润，便酿成了今天崇义人一股坚忍不拔的酒劲，这酒劲倒入杯里，会醉，落到土地上，会拔节生长……

曾听说崇义有"三宝"："黑"得发亮，"红"得发紫，"绿"得发青，一直不知所指，今天终于大悟，"绿得发青"，自然是指永远走不尽的青山绿水了。而"黑得发亮，红得发紫"又分别指什么呢？我想，无论指什么，都不能胜于这片客家人播种下的东西……

秋色满西江

人在沉闷之时，总该出去走走。山川，田园，市井……心无所系地溜达，心疴或许就一片片剥落在了风景里。那天去兴国探望一位文友，听说那边的新农村建设搞得好，几位一嘀咕，拉了他就往乡下奔去！

车出县城，江随路转，岗峦绵延。凭窗望去，金浪铺田，树荫夹岸，村舍柿影，浅滩流声。十月秋浓，禾风千里，正是乡村浓醉时节！乡村多野趣，处处藏胜景。友人操车，如入无人之境。

车入永丰，一个我完全陌生的乡镇。陪同的当地朋友娓娓而谈：清时，有许多新客迁徙入此，见山上林木丰茂，谷野河水丰盈，遂于此安家落户，一番风耕雨种后，家境渐殷，烟火渐旺，决心为子孙营造一方水土。于是十姓人家相约，精择风水，合力新建圩场。新圩建于永丰河沙滩上，远看，恰似莲叶藏龟，暗寓永远丰盛富足之意，"永丰"故此为名。不知是天道酬勤，还是汗水养地，此后，永丰还真是山丰田美，雨顺风和，一度成为兴国粮仓之地。

然而，岁月风云，时空陡转，上世纪三四十年代的战火洗礼以及六七十年代的一派山林砍伐刀劫，致使这里的生态环境遭受了前所未有的重创。山头皮开肉绽，山腰石筋裸露，粗岩砺石，红壤赭沙，一片不毛之地。自古苍翠连绵的群山，就这样在岁月弹指间丰颜尽失。水土流失，河床陡升，旱涝相随，昔日丰莹的江流渐渐失了神采，越活越老、越流越瘦……永丰，难道从此不丰矣？所幸的是，当岁月刀刃轻轻划过之后，随之而来的是无尽惠风的滋养。八十年代以来，永丰人开始在当地政府的引领下，植树造林，疏理河渠，涵养水土、发展生产……这几年，随着新农村建设在赣南如火如荼展开，永丰人更是憋足了干劲：整治生态环境、扶持村办企业、发展特色种养……如今的永丰，封山育林蔚然成风，新识新念广植乡野，新村新貌盎然呈现……

我们最终在一座簇新的楼院前下了车，主人笑朗朗地上来握手。他叫谢华松，是西江村近三十年的村支书，朋友说别看他已过七旬，在当地可是铁打的嗓子响当当、威望盖云霄的人物，乡亲们爱称他"老总"，上过电视、上过报纸哩！往墙上扫去，果然挂着"兴国县'十佳'村支书"的奖牌。屋里陈设简洁，唯见一张圆桌前围坐了好些人，似乎在讨论着什么，一问，才知是县里新农村建设驻此村挂点的明心平部长，正率乡里杨爱群书记一道，组织村干部商讨"整村推进"的下一步工作。看他们热火朝天的样子，我们不便打扰，匆匆喝过茶水，决意到田垄间转转。

秋田新割，阳光酥酥脆脆的，空气里扑闪着稻草的香味，树上的柿子挂满了秋阳的光泽。村头村尾，新铺的水泥路逶迤蜿蜒，笑盈盈地向一幢幢崭新楼房扑腾而去。幼儿园的歌声远远飞来，擦着水面弹出一串串漂亮悠长的水漂，把一片浮在鱼塘里的鸭群仿佛听呆了。远处，松山静谧，几辆摩托载着货物"突突"地奔着，把秋色一趟一趟地拉向山外……

毋庸置疑，这里的新农村建设已初见成效。这个蹲在山褶里的安静村落，悄悄地，仿佛一夜之间，秋风已将千家万户的笑容炸得"哗啵"作响，吹得谷子般黄澄澄透亮。"西江西江，家家有摩托，户户住洋房"。别的不说，单单看一眼宣传栏上的旧时村容照片就可了然于心。村里人对着照片向我们逐一指点，说这幢新楼的位置以前就是哪张哪张照片的样子，那条公路就是墙头照片里哪条哪条烂泥路的位置，那个健身场地又是过去的哪片哪片猪栏荒地……那神情，透着庄稼人难于掩藏的底气和自豪。我们凭着话语，顺着他的手指方向看去，目光在新容和旧貌间切换轮回，思绪在今天与昨天之间起起落落，顿生沧海桑田之感！这里的昨天，是一个怎样贫瘠落后的村落！而要改变如此一片村落，那得付出何等的漫漫艰辛和智慧……

"山上无树、地上无毛、河里无水、锅里无米。"此话似乎夸张了点，但用来描述西江的过去并不过分。当地百姓编出顺口溜自嘲："西江有三怪，山上烤熟生鸡蛋，住在山上买柴烧，悬河村中串（河床高出岸边的农田），你说怪不怪。"水土流失，春涝秋旱，人均有的 8 分地贫薄如纸，村里人终年奔波在向天讨雨问地刨食的原始粗陋日子里。水，是西江穷困的命脉，修水库！乡亲们幡然醒悟。急群众之所急，身为民办教师的谢华松被调至西江水库指挥部。修水库！这位如苍松般奇崛的汉子，说话从来就掷地有声。在他的率领下，全村人勒紧裤腰带，历尽艰难，硬是在满眼漠漠荒山下围造出了一片奇异的水域——西江水库。1980 年春，在群众的呼声中，四十多岁的谢华松开始走马上任村主任了。固水坝，修水渠、疏河道……治水还得治山！整整十五年，谢华松又率西江人一道，将松绿的坚韧和希望在一座座光秃秃的山峦上一年一年植满。上世纪九十年代，商品经济的大潮洪波涌起，一批批年轻人纷纷外出务工，小富即安康，要引导村民从小农经济转向市场经济，从不稳定的务工经济走向一个稳定的小康之梦，单靠几亩简简单单谷子是远远不够的。针对本地水土，谢华松开始从邻县引进蜜梨种植、田里试验谷子制种、庭院提倡鸡鸭养殖……一年又一年，碧水映青峦，秋色满西江，重着上绿装的山野终于流出了潺潺的欢笑，西江人渐渐摘掉了贫困的帽子。

2004 年，新农村建设之风开始悄悄涌动赣南。西江人从山旮旯里探出头看看，外面的农家真精彩，那样的日子才真叫日子呵！看看自己的村落，泥院委琐斑驳，坪地蝇虫飞乱，猪栏、厕所横杂，山路如鸡肠子般曲折坑洼……几千颗渴望好日子的心又开始按捺不住了。2006年，通过积极争取，西江终于成为了全县仅有的两个整体推进村之一。但是，得来容易，做好何其艰难！用乡里杨爱群书记的话来说："新农村建设如同女人生孩子，怀胎时充满了孕育的自豪和幸福感，可是真正一朝分娩时，那可是难于形容的撕裂和阵痛。"

"三清六改"真枪实弹地干起来了！清垃圾、清污泥、清路障，改水、改厕、改房、改路、改栏、改环境，对庄稼人来说，哪一样不是掏钱出力切人厉害直捣心窝的大事啊？乡里刚刚到任的杨爱群书记悄悄下村来了。上任前，领导拍着他的肩膀说，到这个连山都长不出树的地方工作，你要受苦了！他笑笑。这个在兴国崭露头角的年轻人，一把雨伞，一身土衣，擎着小雨，不吭声不露气，一家一户地走，一田一垄地看，没有人知道他是谁。他和谢良玉唠嗑：咋要带头反对新农村建设呢？谢说："小兄弟啊，你还不知道，这新农村建设，如同宋祖英的歌，好听不好唱，调子高，咱跟不上……咱要莳田割禾，向土里要饭吃，哪有闲心去摆弄那些花架子！"杨知道，多年的落后闭塞，使西江人的思想淤积了太多因囊中羞涩而造成的窘迫和自我安慰的自在满足，要做好西江新农村工作，必须像疏理河渠一样先疏通村民思想！以群众为主体，调动广大群众积极性，激发内在动力，强化干部服务……这可是县里明心平部长在西江新农村建设工作会上再三强调过的。他和谢良玉坐下来拉家常，恳切谈心，从生态环境讲到村容村貌，从农民过去的艰辛日子，谈到如今党的惠民政策……一番澈言，春风化雨，这位村里唯一的老三届高中毕业生心结豁然打开。后来，当他得知这位貌不惊人的青年人便是新上任的乡里书记时，不禁感动万分，他说："我家还从来没进过党委书记哩！正科级的干部咱还第一次见过。看来，新农村建设绝不是搞花架子！"

拆"空心房"开始了，连片连片地推倒清理，在西江人眼里，那可是动撼老祖宗风水基业的要命事！抵制声一片！谢华岑虽明白新农村建设的好处，可面对自己昔日曾朝夕相处的老房子，怎么也舍不得拆掉！杨爱群和谢华松来做工作了：老谢，你曾经是村里支书，又是老党员，我们得起带头作用啊，大伙可都看着咱呢！一次，两次，三次……第六次上门时，这位老党员连同他火辣辣的妻子终于舒开了眉疙瘩，欣然同意了。一石化开，万水奔流，仅仅几个月的时间，西江就顺利拆除"空心房"4000多平方米，没有出现一起纠纷。农民们投工投劳、集资募捐，一条条水渠建起来了，一条条公路铺好了，一户户的自来水哗哗地通了……西江的新农村工作一片欢声雷动，一下子进入全县前六强。农村的环境要改善，同时还要注重发展村级经济。西江村在加强村庄整治的同时，大力发展制种产业和山上果业，扩大规模，组织农民骨干参加制种技术培训，制种面积由新农村建设前的180亩一跃为目前的近800亩，年收入70万，蜜梨种植由原来的零星散户种植扩展到如今的整整1100亩，年收入 10 万……绿水露峥嵘，青山拔傲骨，西江，如霍霍朗朗的客家大汉子，终于在一片连绵的沙田里昂首阔步了！

说实话，与许多新农村相比，就目前来说，西江还不是一眼看去气势夺人赫赫生辉的那种，但是，它却给我一种水静流深的迂阔与安静，正是这种不惊不乍的深远和安静，才切入人的内心，才能流得长远，如同西江水库水，能流入家家户户心坎里。

午炊将熟之时，我们离开了西江。我一直在想：西江，这名字似乎在哪见过？终于想起来了！北宋《太平寰宇记》载："虔州上洛山，多木客……""上洛山"究竟在哪里？一直吸引了学界不少的目光。一年前，一篇题为《虔州木客析》的文章提出，"上洛山"在兴国永丰乡西江一带。照此说来，身后的这片松山，定是几千年前飘荡过木客们嘹亮伐木号子的神秘"上洛山"了？那该是片怎样绿色丰沛莽莽如海的原始森林！世事变幻，沧海桑田，时间掩埋了太多的过往，历史风化了太多真相，上洛山，或许它是历史蜕下的一具空壳，对着它，任何人的思维可以辽阔得没有疆界，但眼前的西江，却给你脚踏实地的真实！如果说，几千年前，一拨神秘木客撼醒了西江古老的土地，那几千年后，一批客家人，却正在拨亮农村文明之火……

从兴国回来的路上，我们每个人心里亮堂堂的。我想，大家心里装着的，已远远不止是一片悠闲的田园牧歌……或许，我们此行不是采风，而是采回一片秋的火焰？

硝香飘过的土地

立秋稍过,阳光虽敛了些锋芒,热度却依然不减。我们驱车出了城,这次的目的地,是赣县石芫乡沙洲的一个小村坊——廖屋背。同行者有周本华、叶林、赖馆长,三君皆赣县宣传文化界人士、性情中人,业余均爱点染文墨,言笑举止自然轻松畅契。

车上得知,石芫乡位于赣县东北部,东靠吉埠,南接江口、西邻茅店,西北连湖江,距县城28公里,是赣县唯一的"内陆"乡,丝毫不与周边县接壤。境内冈峦绵延,石芫河纵贯南北,经江口南入平江。沙洲,正是石芫河流经出的一洲沙坝。

车子一路欢快北行,过茅店、江口,开始往连绵不绝的丘山村沟里折拐。昨夜雨过,河水泛涨,田陇依稀,禾稼苗壮。"稻花香里说丰年,听取蛙声一片",隆隆车声中,蛙鸣虽不能闻,晚稻花的香味却已时隐时现。赣南风景,美在乡村,深以为然。

远远见一河桥,桥头立一人影,车内便有人"游德富！""游德富！"地叫喊，下车介绍一番，才知此君是石芫乡文化站站长，正是我们此番当地向导！

这便是沙洲村？仿佛不是很大。两脉柔润的青山，南北纵然绵延，相互对望出一片片画廊般的灼绿村田；山冈下偎依着一户户平和人家，白墙灰瓦，泥坪树院，简朴而见风致；石芫河由北向南悄悄剖村而过，轻轻地描画一个个村段、淡淡地映照两岸炊烟……哪有片儿沙坝的影子？然桥栏上刻的"沙洲"二字却分明在无声地提醒我们——目的地确实到了！人类和自然永远在相互奔跑。想想这名不见经传的石芫河，须流淌多少久远年代，最终才在这山沟里冲积出一片平坦沙坝，而人类只花了几个百年，文明就已然将沙坝尽情淹没……

跨过石芫河，往西穿过一片田畴，廖屋背人家就簇拥在田陇与山冈交接的缓坡上，与沙洲的肖、兰两姓人家隔河相通，隔田相望，颇见淳和。廖屋背人房舍不算起眼，土墙黛瓦，木窗石墩，没有一栋砖房。是主人不爱张扬？还是迷恋温厚的泥土？抑或是心灵没来得及被外面的浮华铺卷？砖楼有时尚的风华，泥房有质朴的敦厚，世间美丽本就无须一致。

廖屋背人并不姓廖，姓曾，清康熙年间由广东河源迁入。据说，迁来时，只有一对夫妻，男子名曾孙荣，不想一晃却成了如今沙洲三百多曾家人的开基先祖。中国向有以标识物做地名的传统，"廖屋背"，足见早在曾氏之前，已有廖姓人家在沙洲扎根繁衍，且活得颇有声色。曾家夫妻初来乍到，不显名头，只得暂借廖屋的声势作自己的居处标识。然而，沧海桑田，世事更替，几百年后，风光的廖屋人似乎渐渐退隐出了这片世居的土地，是选择了新的繁华？或是另拓了一片开阔天地？如今的廖屋只留了个空名。而曾家人却如劲草般在沙洲繁衍了开来，而且滋长得日苗月壮，风雨蔚然。

曾家人扎根小小沙洲，不过几百年历史，廖屋背的声名却早已传遍周边。人们都知道石芫有个噼啪响、火辣辣的小村坊，这全得益于曾家的一项传统手工业——制爆竹。中国人喜爱爆竹，小精灵般的纸卷，凌空一冲，"嘣"的一声，一身的热量、一世的豪情、一脸的喜悦、一生的希望、一时的晦气便在顷刻间随着飞腾的火花尽然嘣射。远离中原的客家人对爆竹更是情有独钟，爆竹的噼啪声四季不绝——婚丧嫁娶、红白喜事、节日喜庆、开业奠基……如潮的爆竹声总能把气氛推向一个又一个高潮。喧天的豪气一浪又一浪地滚烫岁月的风雨，飘飞的硝香一次又一次地鼓涨着生活的激情。精明的曾家人谙解商机，他们深居在这客家山沟村寨里，用世代的勤劳作燃引，以淳厚的民风作香硝，用自己的智慧轻轻一卷、稍稍一捻，一个个、一串串、一挂挂、一饼饼的爆竹便源源不断地从廖屋背响当当地走了出来，走出乡土、走出县界、走进城市。一时间，附近县市的爆竹商贩纷纷慕名而来，曾家的爆竹声越传越远，终于覆盖了周边乡镇，直把四方山水搅荡得一片沸沸滚滚……曾家人的日子就这样随着喧腾的爆竹声渐渐红火。

爆竹虽响，终究冲不出历史的天空。凭借爆竹富裕的曾家人，并没有把这一手工业向纵深拓展。循着农耕社会的轨迹，他们把自己日积月累的辛劳和希望渐渐兑换成了一片片广阔田产，一代一代，土地渐布周边乡村。解放时期，社会风云席卷而来，几个曾家大户突然淋了个浑身透。据说，当时以拥有田地量来划定人的成分，80亩以上为地主。于是，七八个曾姓地主恶霸被村里人理所当然地揪了出来，游来斗往，推来搡去，地覆天翻，在一片唾沫怒火中，爆竹声音几近淹没。今天，站在历史的岸边回望，旧社会大批剥削者血迹斑斑的罪恶，依然狰狞触目，他们理应受到历史的审判、被时代的怒潮彻底掩埋。不过，人们有时也会疑惑，仅仅凭一个数字来评判一场人生，是否也稍稍显得简单？

曾家的爆竹业彻底止于上世纪七十年代。手工业虽然坚韧顽强，毕竟是小打小闹，终究抵挡不住时代的疾风劲雨。当大规模的商潮澎湃而起，曾家的手工业如一叶小舟，只得无声挣扎泊岸。小河没有丰沛的水源，又岂能成就滔滔的江流？曾家人又复归于田园的宁静。今天的廖屋背村，丝毫没了昔日的爆竹硝香，走在村路上，几乎已很难追寻这里曾经的热闹和喧哗。但曾家人并不遗憾！花儿只要绽放了自己的美丽，哪怕是短暂的瞬间，也是生命的辉煌。毕竟，他们不是为爆竹而生存，而爆竹也不仅仅为他们歌唱。一朵葳蕤的花儿放尽了光芒，自然会在岁月的舞台悄悄枯萎。只要生活如水欢笑，爆竹永远在另一片天空为他们欢呼喝彩。

可喜的是，如今廖屋背人的目光已渐渐投向了乡外的世界。爆竹的硝香虽然飘落，精神的根须却永不枯萎，而且日益蓬勃繁茂。走出深僻的土地，开拓希望的远方，一代年轻人开始在城市商海辗转追寻，辛勤植造着自己生命的另一番精彩。其实，人类的精神永远在不断迁徙，一个地方长成了丰茂的森林，另一片地方又开始了悄悄播种！

离开曾屋时，我们的心突然被一块崭新门牌欣欣灼亮了，一行红色字迹赫然入眼：廖屋背村新农村建设理事会！

饮一村秋色

山外秋风铺地黄，几坡红柿醉斜阳。

客家笑透橘林路，鲜果谁能胜我乡？

十月，正是新橘初摘、红柿盈筐时节。欢笑的阳光挂满树梢，村民们忙碌在浪涛般起伏绵延的山坡橘林里，采摘着一枝枝沉甸甸的喜悦。山下，无数流线般的田埂轻轻勾勒出一块块层层叠叠的金色稻田，袅袅炊烟将丰收的消息捎出很远很远……巍巍阳岭高入云端，一群白鹳舒展着羽翅把晚霞扇得如痴如醉。我们飘浮在这西风铺就的绚丽秋色里，脚步迷离不能自已，衣襟飞满了秋的香味。

山道蜿蜒处，一丛丛笑声由果林深处欢快扑腾出来，有一种山的低语贴着树梢在轻轻流淌，琐琐、屑屑、纤纤，秋的静谧被抚慰得无边无际。无数浑圆肥硕的红橘如星星缀挂枝头，兴奋而羞怯地翘望着山道上的陌生来客。我们生怕踏碎了这一山的宁静和丰美，收敛喧哗，悄悄攀行。越过红橘的笑容，淹没在果林里的老乡渐渐清晰入镜……

这是一张张和鲜橘一样红硕而欢悦的脸，浮动的夕辉给他们抹上了一层汗涔涔的古铜金丽光泽！辛勤的采摘，略略显出疲惫，但表情和眼神里的那种安然自足却止不住地悄悄流涌。伸手摘红橘的瞬间，似乎可以听见一股幸福在流动！他们那种专注，那种安静，那种不经意的从容，会让人突生感动，仿佛内心正孕育着一团团熊熊希望之火，这火随时能点亮你、点亮乡村、点亮城市！一篓篓金灿灿的鲜橘从他们肩上卸下来，哗地倒入一个个萝筐，山凹处，几名男子担着夕阳蹒跚而下，女人们不时空出一只手擦着额上汗水……我忽然暗自惊叹，他们长得多么相像！无论厚扎的汉子，还是硕壮的农妇，或是硬朗的老农，都一样地挂着爽朗自在，风霜的面容上，都沉淀着相同的沉静质朴……而这种质朴正是都市里所没有的！它感染着我，涤荡着我，如瀑泉般倾泻而下，倏地渗入内心深处，一种薄荷般的清凉芬芳便欢欢地荡漾滋长起来。

一担担红橘与我们避让着擦肩而过，好奇的目光在我们身上稍作停留，客气地笑笑，留给我们一个个厚实的背影。一位汉子歇坐在树下，热腾腾的额上贴着几丝乱发，肩上搭着褂子，正有滋有味地剥吃着甜橘。他大概渴了！红橘在手上抚掂着，剥皮、掰肉，汁液顺着手指淌滴而下，饱满的肉瓣塞进嘴里，腮帮子立刻被汁液充盈得鼓胀，吐核，再剥……看见我们，男子微微一惊，挪身笑笑，"呵呵，来了？来！来！吃橘子！"他招呼着，指指身边堆成土丘似的红橘，一个红艳艳的果子早已憨笑着抛了过来。那神情，仿佛我们是他相熟甚久的朋友。我们几个莽撞人嘴里早已虫爬似的难受，津津地舔着唇，素性和他一块坐下，甩开膀子，呼呼大吃起来！汩汩的汁液贴着喉腔淋漓而下，酣畅的感觉酥酥地甜透全身，刹那间，我们的味觉如阳光般灿然释放！

"好吃吧！"男子期待地看着我们，骄傲之情溢于言表。表情是那么诚恳、真实、坦荡，眼神里没有丝毫杂质，那是一种生活在自己劳动基础上的安足和纯朴，简单、轻松而塌实！我突然想，能够简简单单坐在自己的世界里，让人品尝自己亲手培育的美果，该是一种怎样令人神往的幸福！男子约四十开外，自述早年随乡民外出打工，虽然收入不错，却惦挂着无人耕植的乡土，携妻辗转回乡，在政府引导下，精心种下一片橘林，朝霞暮霭，裁枝修叶，渐成殷实光景，结出了满山的丰厚。乡民们知道了甜头，也纷纷沿山开荒种橘，如今橙橘早已香飘阳岭周边。男子语气亮足、纯粹、透明，透明得让人心动。望着不远处他那充实忙碌着的妇人和一双林中穿梭嬉闹的儿女，我不禁感慨，现实中，我们有时把幸福搬弄得过于复杂，穿梭在缤纷人海，奔忙于滚滚尘世，灯红酒绿，终日谋划着幸福，却往往将幸福越追越远，越经营越模糊，渐渐迷失了原始的自己……这阳岭人是素朴的，活到世界上来，娶妻，生子，收拾几垄稻田，种几亩果树，守着大山的沉静，经年后，再默默钻进土里，简简单单，坦坦荡荡，安安足足！然而，简单的人生，却收获了如此透明的幸福，酝酿出如此多汁的甜美！这不正是阳岭人的生活智慧么？其实，人的一生最难追寻的，并不是甜美的幸福，而是真实的自己。阳岭人却找到了！土屋、田野、竹林，还有这一坡橘绿，和阳岭人诚恳透明的笑脸，构成一幅安静和谐的画面，在我的脑海里萦回不已……

云天下，阳岭微微俯拥着我们，这座巍巍而立的赣南雄厚大山，磅礴得似乎能包容整个宇宙。然而我想，今天，阳岭是痛楚的，怀胎十月的阵痛袭击着她，卷荡着她，满地红橘是她无数娇美的产儿，一个个乡民是她美丽的产师。当一篮篮甜橘从她怀里鲜活活地捧出，当一双双大手把脐带一根根温柔折断，来不及捂住伤口，阳岭便静静地睡了，带着母性的温柔，含着母亲的骄傲……她，太疲惫了！红橘们安静地躺在一担担竹筐里，一如襁褓里的婴儿，残留着母亲的体温，散发着母体的芬芳。明天，将有大批山外客人涌来，将阳岭的秋天一车一车地拉向一片开阔遥远！而这无数的产师——阳岭淳厚的子民们，依然将默默地执守在大山里，劳作着，用整个一生来抚慰她、调养她、守护她、侍奉她，因而，阳岭又是多么美丽，多么富足，多么骄傲呵！

夕阳渐远，霞光从云缝中倾泻而下，半天的绯红垂落山巅。乡民们挑着红橘渐渐下山而去，靛青的橘林开始明净、空荡起来。男子邀我们回家吃饭，我们谢了，不忍心打扰他们，只将目光溶化在山下那一片炊烟里。

老乡，无需盛情，其实我们早已借你这美丽的向晚，满斟一村秋色，酣然入醉了！

麀山下的花环

　　曾几何时，赣南许许多多小村子，还藏在山脚旮旯里，日月相随，安之若素，就像山野里的稻草人，丝毫不惹外面的目光。

　　麀山，相传因神麀化而得名，属赣州名山，也是佛教名山。位于现赣县县城梅林镇东北，约 40 公里的南塘乡境内，属武夷山余脉。麀子和鹿相似，是一种非常祥瑞灵性的动物！它以山林为居，逐草而欢，知恩图报，千百年来，一直是人与自然友谊的使者、和谐的象征。

　　一片由神麀灵性衍化出的山川草木、风水人家，难道不值得去看看么？

　　大约十二三岁吧，和麀子巧遇过一次。二月的一个上午吧，我在家对面的山脚小河里洗衣。春风淙淙，阳光像蜻蜓一样在波光上飞舞，溪水被揉搓得"哗啦哗啦"作响……那只动物，就这样悄无声息地来到溪潭边，"啪嗒啪嗒"的舔水声，把我的表情一下子凝固了：多美的生灵啊，小笋般的耳朵，棕黑的皮毛泛着金色的光芒，眼球就像溪水里的乌亮的小石子。我第一次被一种东西击中了：温和、善良、友好……后来，我知道，那只动物叫麂子。

麂山和我曾有过一面之缘。2006年夏，赶往南塘清溪探访一座古屋，途中，正被暑热蒸得蔫蔫的，忽见对面山冈呆立，瓦房簇簇，一座孤峰依势拔起，山形突兀，朋友说那是麂山。我的目光蓦然灼亮，那应是麂子出没的地方吧？呆呆回望着山坡上简朴如斯的人家，简直不能相信眼前的不期而遇！

夏木荫荫，一条路将我们款款迎向山坡，麂山人家，就这样安安静静地簇拥在坡腰上。古樟，水塘，草坪，白墙，楼院……阳光一根根地从樟荫顶上弹下来，把乡村的笑声清凉凉地捻拨一地。山下，清溪河蜿蜒而行，蝉声追着庄稼的气息满村飞舞……麂山人，就这样用一村的风景无声地招待我们。

我们在山腰上一户人家前停了下来，坪院宽阔，男主人出来招呼凳子茶水，女主人正蹲在屋檐下逗笑着为孩子们洗澡。交谈得知，这里叫麂坳脑，几乎全是刘姓人家，属饶田村里的一个自然小村。这里人除了作田，养猪，养鱼，还栽下了漫山遍冈的果绿，今年又种上了甜叶菊，问及一年收入情况，一家人暗掩着羞涩和满足，用一阵阳光般的笑声淹没了我。

这样的笑声，有时是静谧的，掩藏在麂山的一棵棵植物里。屋前院后的树荫间，我发现好几个鸟巢。那些小建

筑，裸露着枯枝、草叶，如一枚枚简单的符号，里面住着
的，是叼风衔雨的古老日子。远处，连绵的果园漫过一座又
一座的山冈，金色的阳光将禾田一垄一垄涨绿，鸭声清粼
粼地荡漾开来，安静一圈一圈地淹没了原野，我们可以听
到那些庄稼滋滋生长的宁静和欢乐，那是一种生灵与山水
相契的自得与和美！我被麓山脚下这些安静的笑声深深打
动了。在金钱长入骨髓的物质年代里，绿色，正被人类超负
荷的索求挤压和榨干，人心，正在被一车一车的物欲掏空
和填埋，人类日益枯漠的精神，是多么需要这种生命深处
的泉涌和笑声啊。

　　麓山人是灵性的。他们将面黄肌瘦的泥岗山村，涂抹
成一幅幅浓墨重彩的绿色油画，山被果园掩着，院子被树拥
着，山道被绿荫笼着，绿色，像春天的雨丝，正向村子的一
个个角落，无声地填充。麓山人是精明的，"贪心出耷糠"
的传说，使他们知道索求和给予的道理。大自然和麓山顶上
的"出米洞"一样，对它过度攫取造成的灾难，远比桑叶般
的既得利益大得多。富裕的过程，其实是大自然与人类的物
质转移，你接受大自然的馈赠，同时也对它默默施予回报。
谋求富裕，不能背离生态的根本，营造生态环境的同时就是
在富裕生活，这种绿色的富裕，像麓山上的仙人泉，澄澈清
冽，让人们悠悠鱼乐其中。

　　从山脚到顶峰，一条山路顺着松荫匍匐而上，那是麓
山人的心荫之道。据说，每年，都有一拨拨的善男信女沿着

这里爬上麃山山顶，登上妙高峰，进入妙高寺，人们在那里观光，游览，烧香，还愿，祈福，烦恼一缕一缕释放，人心一点一点净化……放眼望去，赣州、赣县、万安、兴国匍匐天底。佛是微笑的，他坐在妙高峰上俯视人间，拈花一笑，麃山也笑了，笑声安静成一朵朵白云。"山下雷鸣僧不觉，世间日落院犹明。"和寺名一样，门上的古联幽深高妙，渗透着禅意佛理，麃山人弄不清楚这些，但他们骨子里却融会了一种温和、善良和灵性。"才闻善事心先喜，长愿丰年粟有余，""德教行修成世业，兴诗立礼发家声""择居仁里和为贵，善与人同德有邻"，从家家户户的对联里，随意撷下几幅品咂，你能感受到麃山人的和谐之美，更有诗书礼仪、从善从德的仁厚之香。山村是狭隘的，山村人的心灵却可以是澄明开阔的，因为一种文化和理念可以不受空间限制。

在村头花坛里，我看见一只巨大的麃子，它背负苍天，引身而立，那昂首奋蹄的姿态，闪着迷人的汉白玉光泽，震撼着我这个陌生的造访者。久久凝视着，体悟着雕像设计者的用意，直抵人心！麃子，是一种精神的表达，一种和谐的象征，一种文化的昭示，一种道的引申，一种永远的图腾。

在构筑农村基本物质表层的同时，一些敏锐的建设者，始终默默关注着农村的精神田野，他们明白鱼、渔与道的根源关系。授人鱼，授人渔，不如授人道。道，人心之根、和谐之本。幸福是一种境界：人与自然的和谐，人与人的和谐，人与社会的和谐……然而，只有进入人类内心的真正和谐，才能渡向人类幸福的理想彼岸。

在麂山人心中，这是一幅远远没有成型的艺术作品。如今，他们只是把那顶"旧草帽"，悄悄编织成了一个美丽花环，而未来的日子，仍然是一个不断构思、超越、提炼、打磨，不断深化主题和灵魂的漫漫过程。

储水一泓清

一座城市，除了她长在脸上的明眸皓齿，以及灵魂肉身，常常还在于长在后脑勺上的，那双隐秘于时空的法眼。

赣州城外二十里，除了峰山，储潭是我最常去厮磨的地方。

不仅在于那里江深水阔，鱼羹鲜美，更在于它肥艳的晚霞，酡醉的斜阳，还有储山脚下，长榕卧波，储君庙高梁青瓦、水深难测的背影。

夜雾胭脂般敷上来，水面有微风滑过的感动。有渔人就着夕阳余辉放网。舟一寸一寸滑行，网一点一点莳下水去，青山在走，江水在走，对岸人家在走……渔夫成了江中移动的浮标。江面起了腥气，被挂起一个个大水褶，一层牵起一层，一叠追着一叠，最后成了一张透迤几里波光粼粼的大鱼骨扇面，占领了半条江，分不清哪是金色，哪是红色，哪是银色。

渔家的生活，总是让人猜测的。几尺宽的船，米把高的舱，船头船尾算进去，也不到五平方吧。守着一江水，日日夜夜，月月年年，复制着一代代生计。除了一只船，什么也没有，哪里也不去。人世那么长，大段大段的时间空白，靠什么填充？

白天被江水带走了，有无边的寂静来填充。榕树下，拴着两条船，有妇人蹲在舷上捣衣。月光从上游冲下来，泄密着她壮实的身影和饱满的脸部轮廓。岸边长满了杂草，几块木板越水搭过去，船在摇，人在晃，远方的灯火在游动。

妇人姓萧，丈夫姓郭，两人都是赣江世代渔民。看见陌生人上船，她比船还淡定。大约，这就是传说中的赣江打鱼"萧郭李"吧。十多年前，报纸曾有大篇幅报道，记录赣江源头"萧郭李"三姓渔民祖祖辈辈依水而生的水上"吉卜赛人"故事。她笑，说如今大部分已洗脚上岸了，有些就住附近储潭墟上。旧时，无论是贡江、章江，还是赣江，三姓人守着各自的水域和捕鱼术，有的擅长装钩拉鱼，有的以撒网打鱼为生，有的以两条渔船共牵一张大网，敲锣拦江围捕为主。他们遵守着共同约定的规矩，活出了各自的水域和名声。

断黑前，她和丈夫刚刚放过网，要待凌晨再收网去。运气好，能收个上百斤，明天一大早，她得拉到城里卫府里菜场卖去。几十年，由于赣江新鲜河鱼，菜市里都认识她了，许多人专门向她打电话预订。

埋头说着这一切，她一边大幅度地在江水里漂洗着衣物，不悲，不喜，一如脚下的储潭。

生活放大千千万万倍，是花花世界，缩小千千万万倍，也就一叶舟，除了一江水，连立锥之地都不必。人要简单，其实也就这么简单。

储潭江水肥美，除了脘鱼，鳊鱼，鲤鱼，甲鱼，乌鱼，河鳗，翘嘴，扬鲹，还有特有的鱼种，叫鮰鱼。这种鱼头呈锥形，嘴小肚大，喜欢在急流险滩中生活。方志中有叫"储鱼"的，指的就是它吧。细皮淡骨，汤白肉嫩，味道特别鲜美。一时食客趋之若鹜，成就了储潭岸边数家鱼馆。节假日，邀上三两好友，从闹市驱车到此，煲一钵鮰鱼，外加几个山野时蔬，于水碧风清中，就着榕波树影，喝几盅热酒，扯一段牛皮，再来一碗乳汁般的鱼汤，有种说不出的野趣。

世上所有的宁静，都可能是凶险的前奏。"赣石三百里，沿洄千嶂间。沸声常活活，洊势亦潺潺。"只要读读孟浩然这几句，就知道，赣江此去，储山一别，暮霭沉沉江天阔，何处是长亭，何处是短亭。

章贡二水自八境台下交合，一路冲撞翻腾二十里，开始慢慢咬合脾性，迎面撞到储山，冷不丁收脚刹车，来一个急转弯。握握手，歇一把，坐下来，好好叙谈一下。风，追着云，还有夏日嫩绿的蝉声，从储山上面飞下，那些汇自赣南各个山头的江流泥沙，开始在这里调整身段，形成无数的旋涡暗流在回旋，在拧接，在组合，在回转。急转的江水回旋成涡，成深潭，像个黑洞，上游冲来的泥沙万物，被回旋储积潭中，储潭这个大蓄大积的名字，就这样水静流深地，连同历史，被储了下来。

大积即大有。这样的地方想逃出历史法眼，注定是不可能的。

旧志载："在城内东南隅，濂溪书院后，高出者为笔峰山，远对储山诸峰。"地理形势上，储山为赣州城风水靠山。它扼赣江咽喉，居赣城门户，兀立千仞，仿佛上天布下的一个巨大屏障，千百年来默默地把住赣南水口。

又因地处赣江十八滩头要势，潭深水阔，波平如镜，宋代开始，储潭已然成为文人们怡情纵目的风景地，甚至成为了清代赣州古八景之一——储潭晓镜。储山产的储茶、储布被作贡品，储潭"三宝"全国盛名：泥片茶、储布、储鱼。

那么就让我们穿越时光，来喝喝清代赣县知县杨介的《尝储茶》："月望午睡起，有客叩我门。双手持纸裹，言荐储茶新。开函靓青玉，微微嫩黄翻。汤沸倾在瓯，白乳水无分。饮之味殊甘，似出苦茗群。一饮意未厌，渴喉思再吞。谓客茶诚佳，我素固不闻。"

河床下是如戈如斧的滩石。著名的十八滩之第一滩——储滩就在这水底。十八滩多石，凶险如鬼门关。"二百四十里，如行戈戟端"。旧时，赣江是沟通岭南和中原的著名黄金水道，南人北上，一过储潭，险象环生的十八滩就开始了。文臣武将，商旅船工到此，莫不卸货上岸，一边寻当地识水断性的专业滩师导空船过去，一边寻脚夫将行李货物从岸上挑去，至下游江水平处，再会师上船。另一项性命攸关的事，救生衣前往储君阁烧香叩头，祈求平安。

储君阁这名古雅，放在这峰回路转的水口，有种隐于乡野的低调奢华。大凡民间的称呼，基本图个好叫实用。在皇权天威时代，处江湖之远的赣州，"储君"这样微妙的字眼，难道不犯忌？

《中国古今地名大辞典》载：晋刺史朱伟置储君庙于此。从此，舟楫停靠过往客商和四方信士，云集朝拜，渐成圩镇。

这大致说了庙的来历，却只字未提庙名由头。

那就听听民间说法。

其一，黄帝最小的儿子，身为储君，却好玩得很，喜欢游猎天下。一天，且游且猎，恰巧到储山，见这里长河深潭，险滩狰石，便任性起来，生了歇住之念，于是在这里耕读人生，渔樵终老。后人尊他是储君，于是建庙世代纪之。

其二，秦汉时，这江边住了一储姓人家，传说是赣南最早的人家之一，后人尊他为先祖，奉为储公、储君，于是建庙纪之。客家人重祖宗和神明崇拜。这位开基于赣江第一滩头之地的老祖宗，便自然成了艄公们首先崇拜的保护神。大小船只到此，无不上岸叩拜祈求平安渡过十八滩。

上海博物馆现存战国时期的五枚印玺中，有一枚刻印为"上赣之君之玺"，致力于研究赣南方史的本土散文家张少华先生发现，自先秦时期至今，全国有史可据的、地名中含有"赣"字的地方少之又少，地名中只有一个"赣"字的，就仅赣县一例。于是灵光一现：先秦时期，在当时的赣地，是否可能存在两个以上的君国，而其中的一个，就存于左近，叫"上赣君国"？

历史之所以有趣，在于它永远掐头去尾，仅仅留给你只鳞片羽的想象据点。

旧时，古榕下是重要渡口。对岸人赶储潭墟，常常渡船在此上岸。对面为湖边乡境内，渡口叫芒埠。埠，码头；芒，怎么解释呢？抑或江上船来货往，要祭拜储君阁，必在这里卸舟登岸。忙，是止不住的了。

这次到储潭，赣江刚刚发过大水，两岸的草木棘篷一片泥沙狼藉。储山伸咀入江处，水回潭转，恰好吐出一个长长的石滩。滩上黄泥水渍，积满了上游冲下来的枯草老木，拖鞋烂篓，衰枝残叶。

然而，无边的绿意正从仲夏的大地反冲上来，我知道，这是另一股无法截流的洪峰。

站在不见踪迹的古码头前，江面辽阔，对岸的芒埠除了一只巨大的挖沙船在嘶鸣作业，半个人影也没有。我一脚踩着岸滩，一脚跨上江舟踏板，忽然强烈地想念储茶。储潭虽在，储鱼虽好，然而储山储下给我们的，究竟是什么呢。

清代诗人、学者顾嗣立《泊储潭庙》云："储山转苍翠，储水一泓清。茶户烟中语，秧田雨后耕。双江明夕照，孤塔倚春城。宴坐且为乐，风滩浪已平。"

近来，见曹真先生为储潭作画、撰联："敬神若在，朝朝暮暮同修证；从善如流，来来往往相护持。"读之，悠然神往。"菩提本无树，明镜亦非台"，我想，清人谓之"储潭晓镜"，恐非仅仅水镜也。

崆峒精舍寻记

常常在不经意间，一些绝远的人事，会星子一般在心里亮起，比如一位没了消息的朋友，一本泛黄的书，一棵湖边的树，甚至，那样一座熟悉到陌生里去的高山。

"简心，去吧?"朋友半征半询。其实，在我心里，已开始蛛丝盘动了。

说的是峰山，位于市郊十多公里，因主峰大峰山而简名。在岗峦绵延的赣州城郊，这样一座海拔千米的主峰，很有些睥睨千里的味道。峰巅形如华盖，日出晨辉，曦光万里，从赣州城南望，但见宝盖朝云，云蒸霞蔚，到宋朝，遂被苏东坡定为虔州著名八景之一。

上世纪六七十年代，人们因势造利，在峰顶建起微波站，架起电视转播高塔，从此盘控赣州电视视野。同时，沿南麓筑一条水泥公路盘山上去，渐渐操盘了人们攀涉峰山的足履和目光。"宝盖朝云"的宏境，在现代铺天盖地的传媒信号里，开始时间一般地溃散了。

我对峰山的认识，始于那座电视塔。那是读师范的时候，学校在章江之滨，和峰山举目相眺，直线距离不过十华里。夏日晨读，坐在教室里，看远处峰山云起，翠色如流，公路蜿蜒如带，入晚，见山顶塔灯杳杳，心情就飘到云隙里。

一个周末，在塔灯的蛊惑下，我们走进了夜幕。山风茫茫，雾气裹足，为了赶在早晨，和电塔的第一缕阳光会面，一群少年沿着公路在山腰峦壑间茫走，瑟瑟地走了一夜。当我们一头露水，终于站在山顶时，塔灯早已灭了，晨曦微澜，足下万丈雾海，我们的学校在哪呢？那些电视信号飘向哪呢？迷了眼，不辨来路和归迹。那种对塔灯的美丽幻想，就这样深埋在云雾里。

此后二十年，我回到老家上犹工作，又从上犹回到赣州师范，恋爱，结婚，生子，始终不离峰山侧影。期间事如浮萍，工作流转，生活的角色逐渐迭加，少年的心境，已是草色将芜，我几乎对它熟视得近于无睹，甚至要忘却了。

上一个假日，一朋友带消息回来，说她从峰山北麓择径登山，竟意外见着了一座古寺。"崆峒寺？！"座中立刻有人眉清目亮了。此君尚古，一腔文化幽怀，说在《赣州府志》里曾读到此寺，叫崆峒，也名峰山精舍，深藏在郊外的峰山里，志载舍前有宝镜池，时在兴国当县令的海瑞曾造访过，只是自己几次上山寻访，无奈寺庙荒默岁月太久，于今，已不被几人知晓，一直未见踪迹。真是众里寻它，伊人不知。几个人被他波澜一惊，竟是足不动心在动了。难道这日日如面的峰山，果然别藏深意？

已是深秋天气，鸟飞叶落，稻黄归储。我们从北麓的林科所进发，渐行渐深，至双桥村小学，路尽溪隐，弃车，沿山徒步。古道深深，梓花如雪，这时走在西风里，看山居人家，念山外尘事，村桥野景，古今逸闻，连同肥得悠然的狗尾巴花，渐渐将我们的心境吹白，吹空。

"一个人，如果开始往宗教禅门走了，说明，他的心迹已在结痂脱落，人生走出了一重境界。"朋友说这句话时，阳光从他衣襟上斑斓滑下，落到安静里，一径深了下去。

这是一条被芦箕深埋了的山道，芒花披立，杉竹相倚，山风一片一片俯拥过来，将乱树翻成青苍连绵的烟紫。有枯叶纷飞而下，落在鹅卵石道干枯的苔痂上，踏上去，簌簌如花。

峰山古为道教之地，相传，早在晋时，就有崆峒僧阡驻于此，故峰山古名崆峒。照此说来，那崆峒寺，当为其后世弟子所建了？晋前的虔州，还是一片人烟稀落之地，不要说这深山僻野，即便是现在的赣州城区，怕也仅仅是片草深林阔的茅舍江滩。一介布衣，在尘世待得倦了，穿过江浪涛鸣，越过人声烟火，积善修心，把行迹深埋山海，这是一种"出"的选择，心归所属，无所谓境界。如同上山的路，众人在主道上爬，他从岔道出去了，不再与山周旋。人生渺渺，天地之大，何必一棵树上苦吊着呢？只是，芸芸众生，入"山"深了，便被一种磁场吸附、深埋，引身投足，失了真趣，要"出"，不是件轻妙的事。

我不知道这条山路究竟起于何时，是谁，在这里踩上第一行足迹，崆峒僧侣？还是当地先民？可是，这老瘦的路基和卵石，却在无言地陈述它的风光和古老。千百年，这路里路外，走过多少人声，长过多少春芽，飘过多少落叶，早已结痂风化了，留了一山的安静，深埋无迹，这是否算境界呢？

常人有常情，或许更是一种天趣。不过，一位寻常僧人，能时名一座高山，世名一座禅寺，足见其在此地造化深远，不管属他本意与否，站在时隔千年的山口，我仍要投诸敬心。

风在爬升，雾在引退，村子在沉落，山道用一种孤默的表情指引着我们，向上，盘身，峦回，壑转……天高尘远，万壑空绝，这时，独立山巅，自以为踏破苍茫，可路却依然无尽，向另一山头迢迢递去。对面，有梯田追风而下，那些晚稻的金色，早已被秋天燃尽了。阳光蓬松松地盖下来，回首杳然。

志载宋代，赣县隐士陈晦之曾结庐于崆峒山中，乐于耕种，勤于著读，包拯造访崆峒寺，正是向此人请教，后又为其作墓铭。陈晦之到底学养胸襟何如，时隔近千年，已无从细知，毕竟，志记有时难免做些秀，可是仅就潜山耕读一点，多少见真淳，这真，如阳光，会轻轻软化我。

这些梯田，是否是隐士所耕读过的呢？或许，当年下山之时，陈晦之，也是站在这里送走包大人的吧？他们谈了些什么？天下，世事，名利，往昔……一一筛过了，皆风过芒花，虫声树影，执著得深了，离尘世近了，离人生却远了，那些所追、所求，又有什么意义呢？不如，荷锄上山，读一段经史，耕几亩农事，写几纸文章，或许更好。只是这样一位真人，孑然埋身山海，月凉风薄，可有远人记挂？身边可有人添衣，研墨？

一介布衣书生，能让包大人如此引身仰目，对于峰山来说，不仅仅是深意，或许，更是一种辉霭？可惜，被时光深埋了。

就在这思绪渺渺、山头望断间，小路一转，崆峒寺，忽然用一谷的荒茅引见了我们。我不知道用什么词来描述那场野草凄凄的相遇，只觉得刹那间，内心一片荒芜，愀然跌落。

如果，时光真是一场沦陷，那么，崆峒寺，埋在了时光底部。

这是片峰峦相合的山掌，那些荒茅，爬满了掌丘指缝。掌丘一侧，便是崆峒寺的废墟了。断壁残砖，斜梁乱瓦，几垄浮土飘着苍白的蒲公英花，只有东侧两间土屋，似有几星烟火，走过去，室空。土屋外是荒坪，再下去，是水塘，之外，便是层层叠叠的荒地。野草从泥墙根铺下来，沿塘边一溜烟跌下，那些荒茅，便着了火似的，向四周燃烧蔓延开去，山上山下，就像一片跳荡苗子的绿色火焰。

过路的山人说，那口水塘，便是宝镜池，池边的一沓荒田，正是崆山精舍的殿宇所在地。我站在塘边，久久不能言语。遥想几百年前，这里，该是片殿堂相递的宏阔圣地吧？梵音，香火，经卷，殿宇，香客……清朗的诵经声日日迎送着朝霞暮霭。而今，一切繁华都枯槁了，了无痕迹，只有那一池风水，静静的，微微泛着禅意，除此，便是破天荒的斑茅。

忽然有些迷茫。峰山，寺庙，僧侣，野草……这四者之间，到底谁主宰了谁呢？僧人开山破土，兴寺传道，按理，应是最强大的了，可他，却成了寺庙的一个过客；寺庙昂然石木之躯，却訇然殁于一片荒草，可是野草的过客？或许，一片野草，远比人的生命力旺盛。很多时候，我们自以为把它们除尽了，转过身，它们却已蔓过天涯，把我们深深埋住，包括楼台、庙宇，甚至，我们手创的一切物质繁华。野草是一种女性的生命，你来了，它转身，你走了，它站回原地，一点一滴把你收回、深埋，就像深埋一座寺庙。峰山如此，尘世，也一样。

"活在尘世，尘世，是季节，我们回不去，我要把我爱的，收回，收回到生命里。"雾里魂牵这句话，恍若隔世。古今中外，多少人，长驱直入于尘世，又有多少人，干出了皇皇盖世的功业，生出了沧海桑田的爱恋，可最终，还是被尘世深埋，消遁在时光里，一如这寺庙，剩了一堆草，回不去。

如此，我的尘世呢？从少年到中年，说不清我的尘世绕在哪里，田间少年？城市灯火？还是，更与谁人说的余生？或许，就在这百转千回始终绕不开去的峰山里。深埋，这样一个恸心的词，不是每个人能随意扛起，可是天下有多少人，用了多少个一生，簇拥着它，沿着岁月，一道深深埋伏下去。连名字，带肉体，就像深海里的鱼，没有来径和归迹。

友人说："哪日捐个庙宇，自己做住持，守着一方清静，研读经书，那样多好！"我们默然一笑，伫立废墟里，闲话宗教人生，论及文道、哲理，不觉话题重了，于是想起远人近人，念及生死，渐渐有种被漂白了的感觉，仿佛遁入绝远，被光阴轻轻深埋了。

一个僧人，一位隐者，一座寺庙……他们，穷尽一生，想把自己深埋峰山里，到后来，自己的名，却反把峰山深埋了，再后来，峰山，又把他们的名深埋了，可最终，现代尘世的目光，却把这一切、连同"宝盖朝云"的绚景，深深埋住了。一座高山，就这样深埋在尘世的朝霞暮霭里。

山道上，遇一拾荒老妇。有些纳闷，这样的林海深山，有荒可寻么？她笑，有哩，每天都有三三两两的游客到崆峒寺来，且有对退休夫妇正修葺寺庙准备长驻山上。看来，前不见古人，后却不乏来者，纵然荒草萋萋，也可不必为天地涕下了。

客路青山

行走在苍茫辽阔的闽粤赣山区，如同穿行于一座座山水园林。无数的山水在大地上逶迤流走，游转迂合成一条条清雅的乡村回廊。客家人就藏在这些无穷无尽的青山回廊里，世世代代，繁衍生息，形成了成百上千个谜一般的客家村落。

"桃林红染李花飞，溪柳人家燕子随。古樟荫旁童姥语，菜花深处小锄归。"说的是小村晴日，开春人家；"布谷声声新雨茶，云风吹落到田家。山林流水播春雾，垄上犁人耕落花。"这是新茶初摘，谷雨春忙时节。若到初夏，则见"白鹭清江榕影葱，肥田绿雨几襄风。云山脚下围屋女，闲摘南坡梅子红"俨然是一片红了樱桃、绿了芭蕉的宋词风景；"几亩荷塘轻柳风，蛙声清远稻香浓。农家瓜地丰收早，笑担斜阳归路红。"转眼已到柳风禾浪、十里瓜香的夏收时节。"山野晨曦映瓦房，满园红柿挂秋霜。农家笑透橙林路，鲜果谁能胜我乡？"恰是一片脐橙初摘、红柿盈筐的绚烂晚冬。

客家村林山云绕，其潋滟的风光表情又岂是我这几首古诗所能表达透彻？无论是草木苍茫的五指峰人家，鸠声鸹语的上堡梯田，杉竹浓荫的白鹭古村，还是枣树成林的夏府……抛开这些高负氧离子的名村古寨，随便攥一把客家生活史，会发现他们举手投足、每个日子、每个角落缝隙都饱含着水分和叶绿素。

"酒尽君莫沽，壶倾我当发。城市多嚣尘，还山弄明月。"这首署名"太上隐者"的《木客诗》，虽然至今人们对它的版权以及木客的原始身份莫衷一是，有人说是秦始皇为建阿房宫派往南国而逃亡的伐木者，有人说是随屠睢、任嚣五十万大军进戍岭南的伐木筑路工……但无论何种技术工种，始终都掩藏不了他们入驻闽粤赣边区伐木为生的客居先民身份。能吟出这样淡泊宁静的诗句，木客，至少不仅仅是个荒蛮的山林土著吧！

"客家"的概念及种种框范其实都是因人设定的。闯关东，走西口……同系为客天涯的中原汉人，他们为何就不是另一种语系版本的"客家"？中国内陆互相武力征服的结果，是大规模叛逆人口的逃亡性迁徙，随之引爆劳动力、生产技术、文化意识的一次次征服与迁徙。但不管人群流向何处，自晋以降至明清，相对历朝活跃的政治经济文化中心，闽粤赣边区广大未开发的处女山区盆地就像个绿色的母宫，是汉人南流的上佳收容所，也是播迁海外的内陆腹地。

"回峰乱嶂郁参差，云外高人世得知。谁向空中弄明月，山中木客解吟诗"，等到宋朝东坡大人路过赣南，这里早已一代一代地吸纳了筚路蓝缕一路南迁的中原汉人。没错，对于饱受兵荒离乱的中原流民，南方万里山林恰是最好的防护色和隔离带。他们遁入南国深山，就如万里黄沙潜入大海。

我们难以想象这些一夜间蘑菇般从赣南山坡野谷冒出来的棚寮客，如何睁大警惕而新奇的眼睛，小心热烈地扫描周边陌生的一切——这里的土山如此敦厚，这里的花草如此葳蕤，这里的河汉如此清亮，这里的林雾如此缠绵，这里的蛇虫如此诡异……风一程，雨一程，直到山外战火平息，一颗忐忑的心才战战兢兢放了下来。

缓缓神，舒口气，站在长风浩荡的南方山野，仰望蓝天大雁流云，理一理补丁累叠的葛襟，以及被南方雨水漂黑了的发须，秋天的阳光泅着千山落叶瓢泼而下——北方是回不去了，姑且安好祖宗牌位，在这山林水泽落地生根吧！开山辟田，养畜耕种，在这山山水水的林壑沟谷里，数年的垦荒劳作后，面黄肌瘦的脸终于慢慢明亮滋润起来，凿山造屋的宏伟计划便油然而生。

选一个林山环绕的风水宝地，采石伐木，或池塘小院，或竹篱晒场，或土楼围屋，或九厅十八井……他们将中原故土的古代坞堡和府第式宅院，和山林土著的勾栏建筑杂交融合，按照"天人合一"的居住理想，或一倍或数倍地复制在南国青山绿水大背景里，配上亚热带雨林独特的鸟兽虫鱼花窗梁木图案，成就了客家人独特的风水建筑格局和民居版本。

或许你对他们憨头夯脑的黑瓦土墙不以为然。但只要将眼睛稍往正堂门上稍稍一瞥，便立刻觉出了它中原文化的富丽古雅和诗意。家家户户的门楣上，竟然都墨书着一方字匾或题辞——张姓的"金鉴家风"，李氏的"太白遗风"，朱家的"紫阳世泽"，陈屋的"文范遗风"，郭家的"汾阳流芳"……这些浓缩了先祖道德精华和理想人格的题辞，是他们的族史，是宗源，族望，更是家风，是姓氏安身立命的根，是对子孙后代的鞭策与瞻望。它高挂在房屋额门上，如一枚熠熠的族徽，固执而骄傲地昭示南国万里湖泽山野——无论如何僻处山林之远，我们，依旧顶天立地于华夏文明中心。

当千百年后，人们用"客家"这个饱含汉人血缘地理的词汇，将他们及其流播海内外的后裔注册在中国民系词典里，客家人寄居山林的情怀，以及对中原故土的眷恋，早已以木质般的喉音，连同飘散在山林里的晨曦暮霭，骨髓般在身上沉淀下来。

你看他们对山林的敬惜，几乎近于祖宗崇拜。屋子后山是风水藏蓄福地，除一代代培植林木，任何人指甲都不能弹它一下。樟树虽清香好烧，却是开基祖留下的风水树，除了香烛祭拜，谁也不敢挨它一个指头。松树杉树水桶般粗，留着做梁柱寿木或者打门窗衣橱，用来当柴火烧，简直就是败家子。妇娘们上山砍柴，只钩些高树大木的干枯枝桠，再割些树下的芦箕斑茅担回去搭配着烧。有时不小心割断了芦箕中夹生着的树秧子，得默念社官老爷，求他老人家宽恕。树秧子是山林的"少年儿童"，砍多了是要损福折寿。客家人认定，自己和自然是一种孙祖孝顺关系，那些精心看护的山林，是世代取之不尽的风水宝库。

若以天地五行来划分性格，我以为客家人是属木的。你看看他们任气而硬颈的性子，听听他们跌伏而绵荡的口音，看看他们浅白而热辣的采茶戏，瞧瞧他们透亮清澈的眼神，品品他们咸辣而悠长的口味……已然褪尽了黄河沿岸的泥沙混沌与粗粝，但中原崇宗尚祖、耕读为乐的儒家基因，却如优良的稻种一般于南方沃土漫植开来，喂养出一个个高纤维的文化灵魂。他们爱山，坚韧磐实，隐忍厚重；他们爱水，水是生命的波澜；他们爱树，树是他们灵魂的巢穴。而把中原的豪情和热度酿成一坛坛醇厚的客家米酒，平时封坛扎口，一旦开启，则甘洌浓郁……

仔细回望客家人辽阔的迁徙版图，会发现，他们无论从哪个经纬度出发，去往地球哪个角落，其实都是背着祖宗牌位，带了一棵树上路的。

"问我祖先来何处，山西洪洞大槐树""北有大槐树，南有石壁村"，这样传遍海内外妇孺皆知的歌谣背后究竟折射着怎样丰富深厚的历史表情和文化记忆？

无须做太多的晦涩生硬的求证与考据。世事无法推演，历经千百年的岁月烽火与历史跌宕，万物早已枯荣消长，有多少文案谱牒能经受起时光掩埋和涂改？却有一棵树，始终穿越漫长的物理时空，百折不挠地活了下来，盘扎在他乡千百年的族群记忆里，从黄河，到长江；从江西，到闽粤，到湘桂，沿途播种在各个山隘码头路口，一直到南疆沿海，乃至东南亚世界各地……成为无数华夏儿女魂牵梦绕的故乡。与其说"大槐树""石壁村"是个具象的族群迁徙始发地，不如说是枚抽象的巨大"故乡"胎记，深深烙在中华民族的播衍谱系里。

为什么每到一个客家村落，总会见一棵巨大老樟或古榕驻守于村口？

宋元丰六年（1083 年），当苏轼好友王巩从岭南贬迁之地北归重聚，话过三巡，唤曾随行岭南的歌伎柔奴出来为东坡大人劝酒。

苏笑问柔奴道："广南风土，应是不好？"柔奴粲然对曰："此心安处，便是吾乡。"

是的。水穷之处，云起之时。前路漫漫，无论如何为客天涯，如何背井离乡走到天荒地老，这棵树种下，心安处，便是吾乡。

孤郁的楼台

我在赣州已经十多年了。日日在这古城的街道里穿行，看它藤葛飘拂的斑驳城墙、故事层叠的古老巷道、枝叶繁荫的巨大榕树………这些昔日心中颇具魅力的风景早已熟悉得如同家人一般，亲切得近乎平淡，甚至有些熟视无睹了。是它们悄无声息地溶进了我平淡的生活中？抑或是我平凡忙碌的身影早已淡淡地洒进了它密实的砖缝之中？然而，却有一座楼台，叫我至今仍然看不透它，它在我心中总是显得那么神秘、深沉而遥远！虽然我曾不止一次地徜徉于它古旧的亭廊间，不止一次虔诚地触摸它的一根根台柱，但只要闭上双眼，它在我脑海中仍是一幅傲然的身影，令人无法亲近，更无法把它看得真切。难道我永远也无法真正地走进它，即使身在咫尺？我和它不属于同一个世界？可它又总有一股无形的力量在默默地吸引着我，令我总想为它写点什么，哪怕是些粗浅的表象。于是，无论是在夕阳暮霭的街头，还是在霞光万丈的江畔，或是月朗星稀的窗前，我的目光总要不自觉地被它所牵引，久久地把它凝望。或许，在这种远远的默视中，能寻到彼此交流的语汇？它会给我一个稍加清晰的面容？

　　这是一座极其普通的楼台。和散落在全国各地大大小小的古代亭台楼阁相比，它实在不引人注目：几层亭廊、几根漆柱、一盖碧瓦，兀自在赣州城西北那个冷僻的角落沉静地立着，丝毫没什么惊人之处。

　　然而这又是一座很不平凡的楼台，它寂寞地在这小小城市的一隅，一站就是千年！而且站得风骨凛凛，站得傲气冽冽！任大唐的风雨款款地吹淋，任宋朝的霜雪无声地飘落，任元明的曲音沉沉地回响，任晚清的鸦烟袅袅地旋绕……它却充而不闻、浑然未觉，仿佛凝固了一般。我常常疑惑，它简薄的身躯何以能穿越如此苍远的历史？难道它在等待着什么？或者在信守一个千年的约定？

　　它就是郁孤台，一座孤郁的楼台，苍苍然地坐落在城西北的贺兰山上！古代文人的取名手法真是神妙，"郁孤台"，寥寥三个字，便把一座楼台的独特气质点染了出来，而且点染得意态俱丰！赣州城双水环绕，城区坦荡无余，却在城西北边际，突楞楞地隆起一座林木葱郁的孤山，山下一边是碧森森浩荡北去的江水，一边是街道纵横、车流滚滚的都市，这使得贺兰山很有些孤兀和冷郁；再加上中国西北部那座苍莽雄厚、朔风凛凛的大气磅礴的同名山脉的联想，更使它平添了几分厚重和苍凉。在这样的孤山之巅，再沉沉地耸起一座三层楼台：昂然翘起的飞檐、奋激苍傲的瓦宇、沉稳挺立的台柱、寂寞回旋的亭廊……一股孤郁、苍凉的气息便从楼里幽幽地散了出来，一直流向整个山体，"郁孤台"三个字便油然而生。

当初这楼台的筹建者是谁？他何以要在这样一个寂寥的所在，建造一座如此孤郁的楼台？我常常想：或许，他是位胸怀苍宇、满身才气却又孤寂无比的一代智者？他在名利喧喧、迎来送往的宦海漂浮了很久，知音寥寥、很是失望。终于有一天，他怀着孤郁的心游宦到了赣州。在这座小小的城市里，他每天伴着夕阳若有所思、踽踽独行，就这样，一天，信步走上了贺兰山。他站在这铺满落叶的孤山之巅，背对着红尘滚滚的都市，耳听着汹涌流泻的江水，目送着远处苍茫绵延的群山，沉默了很久很久，一动也不动。夕阳的余辉洒在他的身上，把他镀得如同金色的雕像一般。突然，他像被什么触动了似的，胸腔急剧起伏，喉头哽动了几下，肩膀上下抽动着……随之，一股压抑了很久的酸涩、浓重的气流便从他的心底腾涌了上来，一直涌向鼻腔、眼眶，最后化做两行浑浊滚烫的的泪慢慢地从眼角淌了出来，淌了出来……之后，他对着苍天长长一吐，发出浑厚而低哑的喉音，在山风夕霭中久久回荡。那天下山时，他走得很快，步履显得异常轻松，仿佛把平生的郁闷都抛尽了一般。从此，他便常常到这里来沉吟闲步，特别是当他心潮起伏、心绪难平之时，总爱一个人悄悄来到这里，盘桓良久，仿佛对着千年知遇一般。后来，在他的倡议下，这山顶上，便建起了一座楼台，取名郁孤台。他和这楼台相望相守、相契相知，直到死去。他的一生什么也没有留下，留给这世间的唯有这座孤郁的楼台。这楼台里，是否倾注了他一生的孤寂和对生命的感悟？是否熔铸了他充满历史感和文化感的孤高灵魂？

> 郁郁孤隆起，苍苍崖埠巅。
>
> 江深凝碧影，林阔笼寒烟。
>
> 古道松风过，新园梅雪翩。
>
> 贺兰山寂寞，千载对涛眠。

日月变幻，时光流转，岁月的脚步悄然踏进了公元1176年，此时的郁孤台已然在人世间孤立了几百个春秋。然而，谁也不曾想到，这年的一天，一贯沉寂冷清的郁孤台前忽然来了一位历史的超拔人物，他眉头微锁、目光深邃、气宇轩昂、神态飘逸。他，就是南宋一代英雄词人辛弃疾！郁孤台不知道，这位满身豪气的齐鲁豪杰，曾经怎样从金人的铁蹄下呼啸而起，金戈铁马，叱咤风云！曾经怎样率区区五十名壮士在数十万人马的金人营里纵横驰骋，活捉奸贼，瓦解敌军！曾经怎样怀着抗金北伐、恢复中原的热切渴望率部冲过金人的烈烈战火，横渡江流，风尘滚滚，追随自己的南宋朝廷而来！他那轰轰烈烈的英雄壮举曾令"儒士为之兴起"，曾令"圣天子一见而三叹息"，令千千万万的炎黄子孙血脉偾张。而今，这位铁骨铮铮的山东壮士却显得如此孤闷和沉郁！他没有料到，自己千山万水、浴血南归的南宋朝廷竟已是日沉西山、风雨飘摇，就像一位胸膛干瘪、苟延残喘的老头，只会怯弱地躲在临安这座暖风熏人的南方城市里，终日纸醉金迷、莺歌燕舞。在一片奸佞阿谀小人、懦弱臣子的包围中，它早已把自己那沦为敌手的北方半壁江山遗忘得一干二净，任那苦苦追随它而来的赤子怎样地为抗金北伐日日枕戈待旦、奔走呼号、嘶声呐喊，它却置若罔闻、毫不理会。这是怎样地令辛弃疾痛心疾首、悲怆失望啊！慨当以慷、忧思难忘，这位来自山东的汉子只得满怀着英雄失路、壮志难酬的苦闷，独抚利剑，几十年在江南柔媚的山水中，被朝廷迁来调往、东西漂泊、消耗年华。"四十三年，望中犹记，烽火扬州路。"在一次次的回望中原、一次次地"醉里挑灯看剑"中，他不仅没有回到自己梦中的沙场，反而越走越远！他的满腔豪情无法在战场中纵马飞扬，只能透过一杆小小的笔管，就着昏黄的烛灯，挥洒成满纸雄奇瑰丽的词章！

现在，这位风骨凛凛的失意者，正和郁孤台站在了一起！一边是旷世孤独的一代英雄词人，一边是几代寂寞的江南楼台。四目相对，怦然心动……郁孤台的楼门豁然开启，辛弃疾缓步而上！残阳如血，江风飒飒，暮色苍苍，他们的心无声地交流着……在一片鹧鸪声中，辛弃疾伫立台上，扶廊北眺，梦中的长安啊，于今何在？心中的故土啊，于今何在？他的嘴角喃喃地翕动着，随之，一串浑厚而纯美的声音便从他的肺腑深处汩汩地流了出来……

"郁孤台下清江水"

"中间多少行人泪"

"西北望长安"

"可怜无数山"

"青山遮不住"

"毕竟东流去"

"江晚正愁予"

"深山闻鹧鸪"

仿佛是天籁之音，从地球的深处传来。青山伫立，江水凝固，鹧鸪无声……整个世界都在凝神屏息聆听！

郁孤台深深地震撼了，这是一曲动人心魄、荡气回肠的吟唱！那沉郁顿挫的声音，满含着一代英雄沉痛的社稷之悲和阴霾漫漫的国事忧虑；那含蓄深远的意蕴，更孕含着一个民族大海般的宏阔胸襟和气魄以及水静流深、洪波暗涌、百折不挠的巨大韧性和张力。它默默地目送着那个孤独而伟岸的身影，没有任何的挽留告别。它知道，这是个奇异的人物，而奇异的人物总是孤独的，因为芸芸众生中，难于有人能和他真正站到一起！"海内存知己，天涯若比邻"！它所能做的，唯有把他的吟唱好好珍藏，让那串美妙的声音千古在人间回荡……

又一个八百多年过去了，时光终于走到了二十一世纪的今天。当一个个奄奄一息的封建王朝相继坍塌在历史的长河里、了无声息，当一代代荡气回肠的失路英雄满含着黍离之痛，无限悲怆地沉入岁月的水底，那曲倾吐在郁孤台上的气韵沛然的词章却早已传遍大江南北，镌刻在民族记忆的深处。人们为词中折射的那段沧桑历史而沉痛，为词作那磐石重压般的沉郁和苍凉而感慨万千，更为词人那深广的民族责任感和忧愤感而抚卷长叹。

人以文传，楼以人传，如今的郁孤台早已被修葺一新，名播四海。人们纷纷从四面八方前来探访它、朝圣它，为着那荡气回肠的一代寂寞英雄，更为着楼台内那激荡千古的民族魂魄。然而，郁孤台依然是沉静的。"郁结古今事，孤悬天地心！"它依然傲然地挺立在江西南方的深处，用它扫空万古、泰然自若的目光，默默地注视着华夏九百六十万平方公里的寥廓天空。它在期待着什么？

登上八境台，便登上了赣州美丽的制高点。

无限风光"哗"地尽然匍匐眼底，江城如画，迤逦十里！天地接壤间，丰莹明丽的章、贡二水闪着动人的波光，分别从南岭、武夷山脉迢迢透迤而来！远处，云峰雾岭，田园村郭，一片丰足百姓；近处，高楼瓦巷，商埠市街，满城繁遮人家……它的身后，是一派雄阔空茫的赣江。深满绵丽的章江贡水从左右奔流台下，拍打着斑驳的城墙开始轰然交合，翻滚的波澜汇成一江无比宏阔的涛流，浩浩荡荡，滔滔天际，直奔烟波浩淼的长江！

八境台始建于北宋。公元1056年，一位风姿凛凛的北方汉子欣然登上自己刚刚修建一新的赣州城墙，他是孔宗瀚，时任赣州知军。此前，这里是一道松垮的土墙，江流冲噬，残败坍塌，百姓深受洪水之苦。而今，在他的主持下，城墙宽阔挺崭，绵亘数里，一概砖石垒砌，更兼铁水浇铸，坚牢庞大浑厚，足以抵挡千年洪水的冲击！他，脚踏城墙，极目四望，但见墙下三江之水波澜壮阔，城中百姓一片安泰祥和！想着这城市的古往今来，这位孔子的第四十六代孙，积淀在血管里的先祖思想和文化脉液忽然翻涌激越起来，壮怀飞思，倏地闪出了一个充满诗意的宏伟计划！他要在这城市东北角、蜿蜒城墙上、三江交汇处，巍然矗立起一座高高楼台，让汹涌作浪的三江之水望而震慑，让南来北往的仕子流连忘返，让千千万万的市民登而壮怀！

于是，叮叮当当的斧凿声开始飘荡起来，川流不息的工匠们开始穿梭忙碌，画梁漆柱，雕屏镂彩，七年后，一幢璨丽雄伟的三层楼台夺目地诞生了！孔宗瀚兴奋不已，登上楼台，浩然命名"石楼"！暗寓赣州城从此铜墙铁壁，坚如堡垒，固若金石。画师随即挥毫泼墨，满楼风光尽铺纸笔，即成《虔州八境图》！后来，孔宗瀚赴任山东，恳请苏轼题图赋诗。一代文豪见了此图，诗情腾涌，欣然提笔，龙飞凤舞，挥就《虔州八境图八首》，并赋序一篇。"石楼"因得了一代文坛大师灵性，越加华楼焕彩、赫赫生辉，遂改名"八境台"。在诗歌的绚丽光芒中，一座巍峨的楼台就这样矗立在了千里赣江之源头上。

　　岁月苍苍，风雨千年，不负孔宗瀚所望，赣州果然坚如铁城，承受住了一次次生命的洗礼。翻开赣南历史，无数的时代风云正是从这里猎猎登岸，刀光剑影、烽火云烟，留给八境台一幕幕荡气回肠的英雄记忆。滚滚风尘中，八境台迎来送往，不知接待了多少文臣武将、骚客贬官、英雄才子，他们都用自己时代风云之笔，给这楼台留下了自己诗歌生命的深深羁痕，然后又消失在茫茫历史深处。他们都回到中原了么？

　　千年岁月中，八境台几经烽火。而今，已是第三次重建面容。历经风云的它越发深沉伟岸、神采奕奕！峥嵘的楼身，雄飞的檐宇，峻拔的回廊，繁丽的斗拱，焕美的楂阁……然而，我站在它面前，久久凝视着它，却突然感到一种潜伏于灵魂深处的厚重和苍茫，一股浓烈的情怀忽然从内心深处勃然喷涌……

　　八境台高高地矗立在苍古的城墙上！坚韧的目光，勃蕴着一种绵厚的热情，高高地越过我的头顶，仿佛向一片莽莽雄阔的方向飘落……是川流不息的市区？还是雄厚连绵的南赣大地？抑或是逶迤绵延的闽粤山区？

　　登上楼台，北眺赣江，久久无语……我深深知道，这八境台下，赣江源头，承载着赣州太多太多的历史！这历史不仅仅属于一座城市，更属于一个世代生活在这里的来自中原的浩大民系——客家！登上这楼台，无疑是登上了一个客家历史的瞭望点。

　　无数的客家先民从赣江的历史深处颠沛流离而来！衣衫褴褛、仆仆风尘、浩浩荡荡，从东晋至晚清，一批批、一拨拨，别中原、过汉水、渡长江、转鄱阳湖、溯赣江，再悄然从这八境台下滑过，继续行进在章贡流域的莽莽深山腹地，继而辗转流向更加苍远茫茫的闽粤山乡……艰伟浩荡的征程，如同横贯南北的京九铁路，开山架水、凿隧垦基，一节节、一站站，一直向中原视野的边际悲壮铺展……客家人的种子就这样顽强地一路播撒、一路生根、一路繁衍、生生不息！从此，荒渺野莽的南国山乡渐渐飘起了袅袅动人的炊烟，一个个边远偏僻的山村水寨慢慢燃起了生命斑斓的篝火，一片片原始芜杂的森林田野悠悠荡起了绵长动人的歌声号子。世世代代、岁岁年年，坚韧的客家人就这样远离了祖祖辈辈的中原故土，扎根异地，用自己强劲的生命之火燃亮了赣南、燃亮了闽粤，一直燃向海边天际！直把一片荒冷的南国繁衍得华光溢彩、烈烈扬扬、生机万里！

　　千百年来，这赣江源头，有多少客家先民蹒跚走过？有多少北方客子泊舟登岸？有多少老客驻居赣州？又有多少移民辗转流徙千里？而这浩浩荡荡的队伍中，又行走着多少铁骨铮铮的中原英雄？八境台不知道！它灵魂的深处，千年回荡着赣江澎湃激越的涛声，它记忆的血液，亘古倒映着客家风尘万里的舟影。扶廊凝听，你仿佛仍能听到当年他们"哗哗"的登岸声！听到他们疲惫而顽强的低语！

　　深厚绵延的赣江呀，是你，把千千万万的客家先民从中原的战火中牵引而来，把黄河的生命和文明流播南天阔地。你的涛声，载满了客家久远的苦难；你的浪花，飞溅着客家顽强的生命热情。而你，又把这所有的一切，深深地镌刻进八境台庞大浑厚的灵魂，榫构起它每一根傲岸的骨，擎举起它每一檐辉煌富丽。

一代代的客家人，秉承着中原祖先的文风剑脉，满携着赣江源头的激越涛声，在南国千千万万的荒坡野岭、水泽湿地建设和保卫着自己新的家园，开山垦田，造林播地。他们凭着自己的铮铮铁骨拓开了一个又一个山乡，更用自己的烈烈血性征服了一页又一页历史。"年深外境犹吾境，日久他乡是故乡。"如今，他们早已俨然成了这片广袤大地的美丽主人。

然而，这些美丽的新主人，他们会忘掉自己的中原故土么？那片孕育了遥远祖先殷浓血脉的庞大浑厚土地！他们会忘掉赣江么？那条输送了中原滚滚血脉的宏阔水流！不会！又怎能忘掉呢！无数个历史深夜，一股股绵长的思念便从南国山乡纷纷升腾而起，飞扬、飞扬，一直沿着章贡北去……

而八境台，总是庄严地驻望在赣江源头，深情地把这些思念一一拦截采撷，精心地收藏进自己心底。年长日久，思念越积越满，终于堆成了一座巍峨的乡思宫殿！这幢澎湃着中原血液的峥嵘楼台，浩浩地盘扎在城墙之上、三江之口……那些客家后裔——我的同胞们，你们认得它么？它庞大浑厚的灵魂里，可是高高地矗立着一座远胜于它自己的巍巍的思念宫殿呵！那位故人，为它垒筑起中原文化躯体的孔子后裔，早已踌躇满志回了中原；那位故友，为他注入时代诗歌血液的一代文坛巨子，在经历半生南北磨难后，也早已一身光辉魂归家园厚土；那条江流，为八境台雕铸历史灵魂的赣江，在吞吐无数岁月风云后，仍然日日滔滔北流……只留了它——一座沧桑美丽的楼台，千年耸立着，深沉地守望着我们每一方客家土地！日日夜夜，代代朝朝，人来客往，涛声千年……

一股说不清的浓重情结骤然重又向我席卷！匆匆下楼，沿着城墙归去。然而，就在举步回眸的刹那，我忽然被眼前的一幕深深震住了！一幅动人的画面旋即占据了我的整个视野：漫天辉煌的霞光中，一个高大深浓的楼影巍巍临江而立，正用浩然的目光，伴着一轮浑圆的彤日，穿过波澜翻滚的茫茫赣水，朝着遥远辽阔的中原，深情回望……

性灵之谷

　　细雨霏微，小峰凝翠，正是初夏时节。一条微染青苔的石阶小路从山脚沿着竹林斜伸而上，直入山腰而去。在悄无游人的境界里，我们就这样缓缓踏上了通往通天岩的山阶。

　　微阳欲出还敛，而山色空蒙，新竹分绿，林露沾衣，在这样宁静的雨雾里，一路看山看石，听风听竹，使我颇觉得有点佛家的出世之感。正飘然间，眼前陡然一暗！竹绿消失了，山路被拦腰截住，凛然身前的是一扇巨大的山崖，峭壁危岩，阴翳蔽日。抬头望去，只见崖顶藤蔓飘拂，树根盘结。沿着崖基往左折十几步，有个厅廊般大小的岩洞，洞内清凉爽净。沿洞穿崖而过，清风习习，尘虑顿消，恍惚间已到山崖的另一侧了。

　　这是一个滤尽尘嚣的静谧山谷，片片的青山将它围得碧净而清廓。我们所站立的洞口，正处于这个谷尾的山腰上。俯首望去，只见谷底蟒藤攀悬，野花点点，清泉泠泠，鸟声呖呖。谷尾的缓坡上，万竿瘦木挺拔而上，直插云天，至山腰的高度，才密密生出一片片巨大的枝叶绿网，把个山谷四周遮蔽得严严实实。透过茂密的林木，隐隐约约可见一片水光，凝眸细辨，竟是一湾水潭！如深秋皓月，澄澈而空明，盈盈地嵌缀在谷底，使我不由得想起了一行诗句："山光悦鸟性，潭影空人心。"

从洞口往西北，顺着谷尾的山腰小道蜿蜒横行，松风时至，冷翠侵衣。树上的雨水滴沥而下，渗入路边厚厚的枯叶层里，隐隐地便有一股沁人心脾的气息悄悄弥散开去，丝丝缕缕，轻浮暗溢，恍如一片美丽的净修林。沉醉在这样的氛围里，我不自觉地想起了宋时长期隐居在此的高人阳玉岩居士，想象他当年一身才气，辞别京城，万里归乡，悄然登山；想象他清朗的面容，飘逸的长衫，脚蹬步履，手握书卷，几十年在这林谷里书声琅琅，沉吟闲步，寒来暑往，朝霞暮霭，孤月清灯。是什么令他如此眷恋这座山谷？他在这林子里，是否吟哦出一条通往心灵世界的山路？从此，这静僻的山谷便有了文人气息的氤氲，淡淡书香的浮动。

山路一转，猛然间，如天外飞来一般，眼前兀地出现了一座庞大的裸岩山峦！褚褐色的岩层从几十米高的山顶陡荡而下，凹痕悬突，浩荡磅礴，岩壁上赫然刻字：通天岩。这就是通天岩？那宏荡而雄浑的气势，仿佛真要通天而去！岩峦顺着山势逶迤横亘，宛如一把厚重的罗圈椅背，泰然端坐在山谷尾端。罗圈椅的中央，安详地静坐着一座古寺——广福禅寺，钟声寂寂，香烟袅袅，古树参天。寺庙倚山面谷，神态超然，正用一种亘古的目光，淡然地注视着远处邈邈的群山。

寺庙的两侧，逶迤默立着几处岩窟，宛若佛珠一般静静地散嵌在岩壁上，这就是闻名遐迩的通天岩石窟！通天岩石窟素有江南第一石窟的美誉，足见它在全国石窟艺术中举足轻重的代表地位，我们不禁放轻脚步，悄悄进去。石窟规模不很大，却已有着千年的历史。长长的岩壁上，几百个摩崖石龛佛像逶迤绵延，或大或小，或坐或立，或庄或谐。千年的山风早已剥蚀了当年的鲜活与亮泽，但它们恣活的神态、简淡的衣饰、朴拙的轮廓却依然历历可见、寥寥清晰。望着岩壁上那些千变万化的古拙的线条，耳边仿佛响起了遥远的历史深处工匠们那叮叮当当的斧凿声，想当年他们是怎样一斧斧地敲开山岩，是怎样将自己的虔诚和信仰一点一点地凿进！他们凿出的不仅仅是一尊尊精致的佛像，更是一枚枚神圣的岁月印鉴，把唐朝的微笑、宋代的虔诚、明人的信仰、满清的佛思一一印在了山岩上。

这些摩崖佛像，来源于一个古老的传说。相传古时，广福禅寺的僧尼们个个执行清虚、潜心向佛，日日在通天岩这块风水佳地戒身修行、念佛禅坐。但他们都有一个心愿，就是希望有朝一日能亲眼见到佛主，亲耳聆听佛主讲述佛法。这一天，他们功课完毕，和往常一样，面向西天，两手置于胸前，双眼微合，开始虔诚地诉说自己的心愿。忽然，他们隐隐约约觉得周围有些异样，抬眼四顾，只见向来寂静的山谷忽然千鸟翔飞，万树微拂！正疑惑间，忽见西天霞光四起、彩云齐飞，眨眼间，已浮聚成一团巨大的祥云飘至通天岩的上空。刹时，金光四射，天乐齐奏，梵琴拨响，一种难以想象的神奇光乐骤然在通天岩上空飘洒！光在流溢、声在飞扬、色在流转……僧尼们惊呆了！慌忙跪地。金光云气间，如来佛主微笑从容，安然团坐。他的两侧，八大菩萨、十八罗汉、五百比丘依次排列，衣袂飘飞、浩浩荡荡、烈烈扬扬。天乐消歇处，只见佛主天唇轻启，一串宏阔而浑亮的声音悠然响起，佛法的精义便这样从佛主胸中潺潺而出，娓娓流泻……山在聆听，水在聆听，树在聆听，僧尼们在聆听……能亲睹佛主圣容，亲聆佛主声音，那真是佛家弟子们的莫大殊荣与幸事。为了纪念这个神圣的日子，僧尼们决定要在通天岩开岩凿窟，把这天所见的圣景一一凿刻下来，让千秋万代的佛家弟子及香客们顶礼膜拜。于是他们纷纷外出苦行，广募善缘，筹集了大量的资金，不久，他们的第一组摩崖造像终于开工了！日月变幻、皇朝更替，绵长的岁月长河中，多少事潮起潮落，多少事兴盛衰废，然而，通天岩摩崖造像的佛业却被代代传承了下来，年长日久，终于凿成了这绵延几百米的摩崖佛像群。如今，这些佛像恬然壁立，无声地注视着过往行客。古往今来，多少香客从面前虔诚走过，多少个心结在这里淡然消释，多少条心路从这里悠悠延伸，多少颗心灵被这里澄澈收留……

明朝正德年间，一位哲人悄然来到这里，他叫王阳明，中国一代理学家。这位哲人在山谷里徜徉良久，最后在洞口的山崖下悠然坐下。不久，便陆续有几十人闻声来到这里，他们是王阳明的赣南弟子。师生们在山崖下席地而坐，娓娓而谈，言笑契契，一代理学家的思想就这样在山林野谷间欢快活泼地流淌起来！山在聆听，水在聆听，树在聆听，弟子们在聆听……不知不觉中，整片山谷便随着哲人的思绪慢慢进入了一个宏阔而深奥的理学境界，理学的精义就这样在山石间悄然萌动、静静开花……从此，一代理学家的"致良知"心性学说便被一点点地植进了赣南的心海，更深深地溶进了这片山谷的灵魂深处。这是继佛学之后又一次治心学说的渗透！如今，斯人长去，山石依旧。满山的冷泉可是他当年滑落的声音？满谷的云雾可是他当年飘落的思绪？

徘徊在这充溢着灵性的山谷，不知不觉中又回到了刚刚进山的岩洞，原来这竟是进出山谷的唯一通道！忽见洞口崖壁上题有一首古诗，落款正是明朝理学家王阳明先生！诗云："青山随处佳，岂必故园好。但得此身闲，尘寰也蓬岛。西林日初暮，明月来何早。卧醉石床凉，洞云秋未扫。"是呀！青山处处都是美丽的，岂止是故园？只要自己心神宁静，即使在尘寰，也如同置身于美丽的蓬莱仙岛。千百年来，正是由于一泓泓心性学说的滋养与浸润、一片片如诗人般澄澈心性的感悟与观照，这片冷僻的山石才渐渐被人们所认识、所读懂，才变得如此有生机、如此有灵性、如此神奇而美丽！西林日暮、明月来早、卧醉石凉、洞云秋扫，循着诗人的意境，踏着洞口飘忽的云雾，我们恍惚间已进入一片至纯至美的逍遥境界……

一群水的舞蹈

冷雨，缩在家里足不出户，手中的笔也仿佛被冻住了。南方的冷总是那样黏滑滑的，而今年的冷，则像矿井深处的泥浆，附在人身上，渗到魂魄里，一直干不透，非要把骨头冻化掉才会结痂脱落。这种冷若游丝的雨，如同一群活跃的雨巫，足以把人的热情一根根抽灭。

这样被雨巫们囚禁了几日，忽然念起城外的峰山，这样的天气，那里应该是一片冰挂世界了吧？想到这，干白的情绪总算泛起了血色。果然，摄影的朋友来电话了："上山去！"

我爱看雪，更神往冰挂营造的世界。想想，那种透明的晶莹，皑皑一片，铺天盖地，透着冷的力度，足以淹没人的视野，令你骤然屏住呼吸，慢慢沉下去，沉下去，直到静得没了声音，不再生非分之想，然后豁然一亮，如天乐拨响，一种美妙和圣洁就这样訇然打开，千树万树铺泻而来，实在是天地精灵的最美舞蹈……这时，你会欢呼，会雀跃，你觉得自己很小，小得像个精灵，可以在天上飞，在地上滚，在风中旋转，甚至可以像冰条一样在枝上倒挂……于是，你笑了，发出冰挂那样悦耳的声音，冻结的欢乐飞撒一地。

　　然而在我们赣州，大雪纷飞的日子极少，即使看上一场稍有厚度的脂雪，那也是不多的事，更甭提满目沉甸甸的冰挂了。幸亏城外有座颇见海拔的峰山，那里独入云霄的寒气，为我们终年绿色的赣州，偶尔能网住一点冰雪的惊喜，运气好时，兴许还能积下一树一树茂盛的冰挂。于是，每到寒冬，摄影家们都会翕动灵感的鼻翼，嗅着从山上飘来的高远而零星的雪气。

　　车子开过田野，一层层拐上山道。几番林回路转，雾气开始咝咝钻入鼻孔，湿漉漉的，冷，没有人说话，只有一道道如山泉洗过了的目光，在安静地捕捉。窗外，苍山如海，一群群的云雾安详地在山谷野壑间游走，有些低头吃草，有些抬头怯怯地望着我们，还有些远远地四散而去……这样一个山头一个山头地盘越上行，很容易触动人们内心深处潜伏已久的某些东西。如果说站在阴冷的山脚，给人的是天之巍巍的茫茫仰视，那么在豁亮的山梁上行走，却会陡然生出大地渺渺的浩浩俯视之感。这种视角的变化，给人造成的心理落差是巨大的。身在低处的长期视野收缩会使自己生出渺小拘谨和虔诚之心，因为世界茫茫无际，永远看不透底，你只有小心翼翼一步一步贴着地面行走。而一旦置身高处，那种一览无余的视野扩张不能不使你胸宇充盈，吐气若舒，人生的快慰，大抵是图个胸气舒畅。可是，高处待得太久，另一种问题又出来了：天，举手可攀，尘世，拔足可踏，天地莽莽，不过如此！这种独涉天下的长期视野幻觉足以让人内心膨胀，骄横和霸气往往就这样暗暗滋长开去。

雾气越升越浓，渐渐把山野洗成一片纱白的世界。汽车仿佛被浓雾裹住了，小心蠕动着，生怕一失足将前方的视线碾碎。那一团团的雾气，刚刚还匍匐在山谷，那样静谧，那样和美，仿佛是从远古山缝里飘逸而出，现在却分明感觉到了它们的凝力和重量。我不知道它们到底来自哪里，山下那片田野？林中那抹清泉？或者是渺渺千里之外的天涯水域？它们成群结队地聚到这高山上，无声地徘徊、逡巡、游转，难道在酝酿一场什么盛大的活动？

路边的林荫下，一丛丛雪迹皑皑可见，不时有树枝牵绊着从窗前划过，碎裂的声音簌簌一地。随着汽车接近山顶，我们的视线终于淹没在无边的雾海里。除了天空，除了脚下的一截山路，和周边几平方米的树影，世界只剩了一片白雾。那么多的雾气，那么辽阔，那么洁白，那么严实，那么匀腻，铺排成一个密不透风的安静国度，茫茫千里，骤然将整个视野席卷。我们不知是跌进了天堂，还是撞入了地狱，仿佛没有一滴声音能够传出、没有一道视线能将它们穿透。我站在山上发呆，脑子缓不过神。一个人，当周遭花花绿绿的世界骤然被一种东西掏空，他的脑海无疑会迎来一场眩晕般的地震，五脏六腑也就被一股脑删除了，剩下的只有对生命无依的恐惧、孤独和虚空。

"简心,在想什么呢?"我回头时,朋友已对茫茫云雾做了一次定格。"冰挂呢?"我问。"在那!"顺着他的手指方向,我看见大片大片七歪八倒的树木以及枝桠上稀稀落落的冰凌,还有满地狼籍的枝叶和雪渍。有些稍大的树木或被拦腰折断,或被连根扳倒,横七竖八地卧在路面上,枝叶上的残雪撒碎一地,雪水流淌开来,汇成几条滂沱的泪沟。朋友一边拍摄,一边沉沉地解释:"昨天,这里,还是一片美丽冻人的冰挂世界!由于冰挂太多,积雪太厚,大棵大棵的树木不堪重负……"望着满地的狼籍,我呆若木鸡,倒吸一口凉气。我翻山越岭所追寻的美丽,竟然以这样惨烈的面目出现在这里。不敢想象,昨天,在这罕无人迹的高山之巅,悄悄进行着一场怎样的生命抗争。成千上万的雨滴,以一种怎样的冷傲硬度倾泻下来,摆出千万种瑰丽的姿态,咄咄地铺扎在茫茫的森林树梢上,树木们则以一种怎样的凛然姿势默默承受着,用倾尽一生的强度和韧度在做着最后的顽抗和坚守,最后,生命终于熬不住了,蠹然倒地,肢体断裂,无数美丽的冰挂也随之崩溃瓦解。

现在,几米外的前方,那些被浓雾屏蔽的区域,有多少惨烈还在上演着,又有多少抵抗还在无声持续着……没错,对于无数水滴来说,冰挂,或许是它们凝结了一生的舞蹈,那种唯美生命造型,实在是它们倾尽一生的理想。可对于无数野外植物来说,这些冰肌玉骨的冰挂,实在是一群凝固了的雨巫!比冷雨还冷酷的雨巫!我轰轰烈烈神往着的冰雪美丽，就这样从心中颠覆了。

是的，从一群水到一群雪花，需要经过无数日子的漫漫飞腾，然后在一个必然的高度里无期地孵化，这时，如果恰巧遇上了寒流，雪花才会如蝶般从云雾一朵朵破茧而出，纷纷飞舞……而这些风情万种的雪花，又需要无数天地寒气的淤积和凝结，才可能修炼出一根根冰清玉洁的冷傲硬度。当然，如果条件允许，有时，一群水也会直接淬炼成冰，但那需要一种地狱般逼人的寒度，我不知道这样骤然的境遇落差，对水意味着什么。或许，为了达到一种理想的高度，它们首先必须得沉下去，甚至沉到地狱的冷窖去提炼？

我不得不以异样的目光打量那些冰雪残迹了。原来，那些满山游走的浓雾，为的是赶赴这样一场恢宏的生命舞蹈。它们，那么轻绵柔软的躯体，居然能堆积成扫荡千里的霸气，而这种霸气，一旦被冷酷所拦截，竟然就阴阴地沉淀下来，潜伏，提炼，然后摇身一变，凝结成一片冷硬的杀伤力……它们的前世，就是那一群群满天飞舞精灵般的雨巫，一丝一丝撒向山林旷野，一层一层穿过苔藓、岩层、化石、沟谷，一颗颗滴沥出来，流成山泉溪水，汇入泥塘村田或者江河湖海，再到植物根须里，变成生物的血液，经过一次次宇宙轮回，又升华成更轻灵的水分颗粒，漂浮到这里，潜伏下来。当水还是一群水时，它是渺小、谦恭、踏实的，它贴着地面，向低、向低，无限低下去，可是，当它达到一种热度和高度，内心便开始升腾、膨胀，这时，它已变成水汽、雾……渐渐失了许多本来面目。

　　其实，无论怎么变幻，它们生命的骨子里，实在只是一群普普通通的水，而所做的一切过程，也只是为了一场生命的最高舞蹈。只是，当一种理想以践踏无数的生命为代价，这种理想，已是一场灾难。

一场美丽的逃离

几年前，一次重感冒，在我的咽部播下痕迹。此后每至夏日，咳嗽恍如蝉声般苏醒，总要缠缠绵绵地和我作一番浅斟低唱。友人逗曰：蝉声如嘶，咳声如诗……长长短短的咳声还真如诗如影，除之不绝，挥之不尽，一度将我扰得郁郁寡思、寥无心绪。我渐渐陷入一种深不见底的阴郁和焦灼。友曰："何不来一次逃离？"逃离？对，逃离！有时，借一趟远行，凿开一个心理亮口，打破一种顽固的生活循环，未尝不是一条出路。

我开始悄悄谋划一场远行。去哪呢？铜钹山，一个足可把我咳嗽声淹没的绿色山区。正好，想去的还有一拨狂歌劲酒的文友。

铜钹山，深藏于赣北，连绵的林海喂养着一群群肥硕的白云，碧澈的湖泊放牧着一座座灵动的石峰，千年的红豆古杉群荫庇着一个个炊烟袅袅的村寨……此处属闽浙赣边地，外地少有人知，那原始茫茫的山林静谧正是休养我充血喉咙的理想国度，我迫切需要这样一场俯贴泥土的静养。

汽车碾出赣南，直贯赣北，车灯"唰"地从苍茫大地划过，旋过山垭，终于甩掉了城市深意的视线！

大山用广袤的静穆收留我们。湖水流烟，青峰含雾，山鸟啾啾，林风飒飒……如云的浓绿从空中铺天盖地下来，一群群阳光在林间追着山风奔跑，白云贴着我的裙裾纷飞，泉水啄着我的脚趾轻笑……我听见一种低低的呼唤正从地层深处隐隐传来，一股凉意酥酥地流贯周身血管，目光慢慢融化，一种从未有过的松懈和轻软从胸腔缓缓飘出……

我是山的恋者。山，高大、巍峨、静谧，从来就那么深沉、那么平和、那么心定，它给我匍匐于地的无上大美和深蕴。大道至简，大美无言。从古至今，有多少人在它身上寻求慰籍、寻求灵光一击的彻悟？仁者乐山，道者归山，佛者性山，而今，蝼蚁如我，人间一粒微尘，终于飘飘浮浮回栖山里。

"独坐幽篁里，弹琴复长啸。"什么声音？这样深邃的竹林，摩诘，难道是你么？你从唐诗里逃出，竟也来到这深寂的林谷？可是，大唐的琴声此刻却显得如此苍渺无力！不，我不需要琴，也不需要长啸，我们只需在崖边静静坐上一会。你听，芊芊簌簌的竹林是一张最辉美的琴，恢宏跌落的瀑是山川最圣洁的啸，无数的风用手指在林间调、拨、摁、捻，珠落音飞，水转云绕，森林的琴声早已如天乐般辉煌玄妙。你看，那苍苍傲立的峰，那崖高万仞的谷，正用一种亘古的定力在吸纳、在蓄势、在吞吐，运气、提丹、引颈，云喷日涌，仰天一啸……扔掉手中的琴吧！什么一溪流水一曲琴，什么南国嘉木抚潇音，那是人类在用心欲弹乱自己，那些声音，多么矫揉，多么空洞，把大自然的精妙韵致弹拨得一干二净。将手中的琴扔掉吧！"但识琴中趣，何劳玄上声。"古韶乐虽尽善尽美，终不过潇湘的一秋流水，孔子琴道高深，声不过山间清水泠泠。一切声美，皆于天籁，我们只需静静地听。什么诗书礼乐，什么经纶天地，我们一边在编织攀登文明的绳索，一边却在用文明的缆绳一点点捆绑自己。我们一直想着怎么去改变自然，自然何曾改变过神圣高妙的天宇？

夕阳山道上，一辆推车咕噜咕噜而行，铜钹山民在一步一步地运载生计，从古至今，不知走了多少年代？它要运往何方？恍惚间，一辆古老的木车从历史深处颠簸摇晃而来，车上昂立着一个茫然四顾的削瘦身影，那是行吟于精神旷野的阮籍！回来吧，阮籍，你郁郁独行千年，手中的缰绳已抖索太久，停下你内心的号哭吧，前面已没有路，路在我们自己心里。来吧，到铜钹山来！这里有任你驰骋的竹林，这里有任你高卧的山水，这里有任你酣饮的杨梅酒，这里有值得你哭吊的陌生亡灵……我们可以在这砍樵、对酒、放歌、高卧……然后，化作一株草、一棵树、一溪云、一座峰。来吧！不要再迷迷茫茫，不要再长歌当哭，不要再叹什么："时无英雄，使竖子成名！"英雄是什么？刘邦么，项羽么？还是茫茫尘世尔虞我诈如过江之鲫的凡夫俗子？名是什么？一拘笑，一抹泪，一曲歌，还是一声叹息？生命本是苍渺一物，没有谁能永恒，没有谁能主宰，请不要给自己太多的负荷。我们既从自然中来，就悄悄回自然中去，我们尽可以将生命喂养得自由、从容、洒脱、酣畅、饱满，就像山底那一枚枚安度光阴的溪石，还有山崖上那一匹匹闲游四海的白云。"阮籍为太守，乘驴上东平。判竹十余日，一朝化风清。"是的，精彩！就这样！不苦心执意，不稍事雕琢，你只需将生命汁液从容挥洒、率意从行，直到风光万里、一派安闲天然，如同眼前那静默的斜阳、含籁的晚峰。

　　暮色苍苍而来，湖光缄默如镜。一种天幕下的辽阔安静融化着我、引诱着我、拖曳着我，我开始跃入凉润软滑的湖水，如一枚秋叶，从山上翩跹摇曳而下！我躺在湖水里，成了一朵云、一弯月，什么尘世浮华，什么流长非短，什么名利纷争，一切皆流水。山淡去，天远去，人消去，脑海里只有一个个水边行走的古人身影。孔子说："智者乐水。"是的！水是流动的、透明的、善变的，一如我们的智慧。我们喝它、用它、恋它，却永远抓它不住，亦如我们的智慧。"子在川上曰：'逝者如斯夫，不舍昼夜。'"自然界、人世间、宇宙万有，无一不是逝者，无一不像流水，昼夜不住地流。这水，不仅是人类心智的投影，更是宇宙万物的浮生，是生命轮回的密码。我们喝下它，便喝下生命之源，更吞下了天地万物，万物皆在你肚子里。屈原何等睿智，他往水中去，去的岂止是汨罗江？去的是心中一个无极无限包容万物的茫茫苍宇。他在那里纵水三千，在那里与万物嬉戏游弋，何等充盈快乐？"沧浪之水清兮，可以濯吾缨；沧浪之水浊兮，可以濯吾足。"清也好，浊也好，重要的是水，我只想在水的怀抱里扑闪、欢笑、嬉闹、浮沉，激起千朵万朵浪花，然后一点一点地溶化，一点一点地消失，最后凝成一滴晨曦中的露珠，挂在湖畔美丽的草尖。一滴水，从母亲子宫湖里走出，从根须渗到树梢，从足根涌到发尾，走过乡村，走过城市，走过万物，又回到一滴水。人生就是一滴水的自然，循环轮回，永远生生不息，如此而已。

不远的小竹楼里飘出山林纯净的饭香，小窗里的灯火扑闪着炊烟之气……我累了，爬上湖岸，懒懒地躺在草丛里，开始怀想中国历史上一顿最简美诱人的野餐：小桌、鸡黍、菊花、绿树、青山、村居、场圃，外加一壶烫着友情的水酒和永远话不完的桑麻农事。不禁口水涟涟了。孟浩然何其幸福，一顿饭吃得如此快活迷人！可是，我的野餐在哪里？孔子说："饭疏食饮水，曲肱而枕之，乐亦在其中矣。"吃饱了，喝足了，眯起眼，弯起手臂当枕头，那真是十分舒服快乐的事。这快乐应就在铜钹山区的一个个灯火小院里。收工了，铜钹山人踏着炊烟归来，放下锄具，随手脸上抹一把山泉，扒拉几碗灶堂饭菜，喝一杯杨梅酒，往竹椅上歪歪一靠，枕着臂，翘起脚，梯田里的青蛙便有一句没一句地搭上话来，爽极了！什么宾馆、酒吧、咖啡，那里的饭不叫饭，那里的酒不叫酒，那叫世俗、功利和暧昧，让人食不闻香、饮不知味。饭变成饭以外的东西，总会让人的味觉梗阻、喉咙无所适从，难于呼吸。

朦胧中，一条竹筏向我漂来，悠悠渡我等人而去，竹筏无篙，以绳牵渡，恍惚回到远古。渡者回头一笑："到水云间喝酒去！"水云间？军潭湖畔山腰的一个小村落，正等着我们这批陌生的晚泳者。一条石阶小路蜿蜒上去，几户石砌农家院落静立梯田之间，一棵柚树院墙边葱茏而立，那里早已备好小桌、鸡黍、湖鱼、杨梅酒，还有山巅一轮明月，以及如明月般的军潭湖。文友们大悦，就着美酒，且歌且饮，酣醉。

深夜，归宿林场。不想浪费一山月色，全部下车徒步。山道中，不时见有虫类依稀爬动。这些自然的精灵，像一个个沉静的诗人，竟也在和月色散步么？随手拾起一个，是只露打湿了的蝉！凭着月光端详良久，让它趴在胸前衣襟上，如婴儿般。

翌日晨，衣襟之蝉忽然鸣唱如笛，我一惊，下意识清清嗓子，发现喉咙已如诗般欢畅！欣喜。

晨曦下的铜钹山，云天雾海，天地茫然，一切融于一体，无声隐去，唯有一团日月精气在回旋、周流……一群群鸟从高处飞下，它们在啄食着一个个新的日子。""此中有真意，欲辩已忘言。"

希腊智者伊壁鸠鲁说，生命中有三种欲望，一种是自然而必要的，另一种是自然却不必要的，还有一种是不自然也不必要的。对不必要的欲望不要屈服，对自然的欲望要追求，这就是快乐的秘密。陶渊明缠身宦海，最终归于田园而浑身静穆，孔子周游列国后回到鲁国，才把自己的音乐根本调正，他们终于明白：回归自身，才是做人的真正快乐。

山水无恙，人可归来。遂为此行命名：一场美丽的逃离。